Jonathan Carroll
Wenn Engel Zähne zeigen

Aus dem Amerikanischen von Sabine Hübner

JONATHAN CARROLL

Wenn Engel Zähne zeigen

ROMAN

EUROPAVERLAG
WIEN - MÜNCHEN

Die Deutsche Bibliothek – CIP-Einheitsaufnahme

Carroll, Jonathan:
Wenn Engel Zähne zeigen / Jonathan Carroll.
Aus dem Amerikanischen von Sabine Hübner. –
Wien ; München : Europaverl., 1995
ISBN 3-203-51248-3

Originalausgabe
From the Teeth of Angels
Doubleday, 1994

Lektorat: Mathilde Fischer

Umschlaggestaltung: W + Z, Dortmund

Herstellung: Friedrich Pustet, Regensburg
Printed in Germany
ISBN 3-203-51248-3

Geschwind, Tyrann,
Gevatter Tod,
zu jeder Botschaft, die du bringst,
gehört ein Tanz,
das Zucken eines Fischs,
ein kleiner Krückentanz.

Anne Sexton, *Godfather Death*

Die Götter vermögen nur
wettzueifern oder nachzuahmen.

Gilgamesch-Epos

Für Bunny & Charlie –
hands on our faces forever

und für

Richard & Judy Carroll
Rita Wainer
Herb Kornfeld

ERSTER TEIL

WYATT

Sophie,

gerade sind wir aus Sardinien zurückgekommen, wo wir eigentlich zwei Wochen bleiben wollten, dann aber schon nach fünf Tagen wieder abgereist sind, weil die Insel einfach GRÄSSLICH ist, Liebling, glaub mir. Ich falle immer auf Bücher rein wie *Das Meer und Sardinien* oder *Der Koloß von Maroussi*, in denen berühmte Schriftsteller schildern, wie herrlich es vor vierzig Jahren auf diesen wüsten Inseln zuging, als die Eingeborenenfrauen noch selig oben ohne rumliefen und eine Mahlzeit weniger kostete als eine Schachtel Zigaretten. Und ich Idiot lese diese Bücher, packe meine Tasche und hüpfe gezielt nach Süden. Dort finde ich dann allerdings Oben-ohne-Frauen – nämlich hundert Kilo schwere deutsche Dampfwalzen aus Bielefeld, mit Riesentitten, die zum Windsurfen geeignet sind (sie müßten nur Segel setzen), Mahlzeiten, die mehr kosten als mein neuer Wagen, und Unterkünfte, die man seinem ärgsten Feind wünschen würde. Und weil ich ein schlechtes Gedächtnis habe, vergesse ich immer wieder, daß die Sonne in diesen südlichen Gefilden so heimtückisch heiß ist, daß sie einen in Null Komma nichts wehrlos brät. Bitte nimm mein knallrotes Gesicht zum Beweis, danke.

Nein, ich bin über vierzig und habe folglich jedes Recht der Welt, künftig zu derlei Reisen »Nein danke« zu sagen. Auf der Rückfahrt hab ich Caitlin vorgeschlagen: »Im nächsten Urlaub fahren wir einfach in die Berge.« Und siehe da, wir landeten in einem Wirtshaus am Fuß der Berge in der Nähe von Graz. Ein Bächlein schlängelte sich vorbei, und überall roch es nach Holzrauch und dezent nach Dung. Auf den Tischen lagen rotweiß gewürfelte Decken, und im oberen Stock, von dem aus man durch schwankende Kastanienwipfel auf den Bach hinabsah, stand unser Bett, und auf den Kopfkissen lagen silbern eingewickelte Pralinen. Daheim ist es am schönsten, Toto.

In Sardinien saßen wir oft und lange in einer Cafébar, die dort das einzig Annehmbare war. Sie hieß Spin Out Bar, und als die Besitzer merkten, daß wir Amerikaner sind, behandelten sie uns wie Helden. Einer von ihnen war vor Jahren mal in New York gewesen und hatte eine mit roten Markierungen übersäte Karte von Manhattan an die Wand gepinnt, um jedem zu zeigen, wo er überall herumgekommen war.

Wenn sich der Laden abends füllte, konnte es ziemlich laut werden, doch abgesehen von den nordischen Windsurfern und einer Überdosis buntgeblümter Fettsäcke, haben wir ein paar ganz interessante Typen kennengelernt. Unsere Favoritin war eine Holländerin namens Miep, die in einer Sonnenbrillenfabrik in Maastricht arbeitete. Ihr Begleiter war ein Engländer namens McGann, und hier, meine Liebe, fängt diese Geschichte an.

Anfangs haben wir nicht recht begriffen, was Miep überhaupt in Sardinien wollte, denn sie sagte, sie stehe nicht auf zuviel Sonne und ins Wasser würde sie auch nicht gehen. Sie hätte es gern dabei belassen, aber McGann mußte unbedingt noch hinzufügen: »Sie liest viel, wissen Sie.« Was denn so, wollten wir wissen. »Bücher über Bienen. Bienen interessieren sie sehr. Sie findet, wir sollten uns alle für Bienen interessieren, weil *die* nämlich wissen, wie eine Gesellschaft funktioniert.« Leider beschränkte sich sowohl Caitlins als auch mein Bienenwissen auf Stiche und diverse Honigsorten, aber Miep sprach kaum über ihre Bücher oder ihre Bienen. Anfangs sagte Miep fast gar nichts und überließ es ihrem Freund, die Konversation in Gang zu halten. Was er auch mit beängstigendem Elan tat.

Engländer sind weiß Gott gute Unterhalter, und wenn sie witzig sind, liegt man vor Lachen alle fünf Minuten auf dem Boden, aber McGann quatschte zuviel. McGann *hörte nie auf* zu reden. Es kam der Punkt, wo man ihn einfach ausblendete und seine hübsche, stille Freundin ansah. Das Betrübliche war nur, daß sich hinter all den Worten ein interessanter Mensch verbarg. Er arbeitete als Reisebürokaufmann in London und hatte faszinierende Länder gesehen – Bhutan, Patagonien, Nordjemen. Er konnte auch ganz gut erzählen, aber mitten in einer Geschichte über die Seidenstraße oder einen durch einen Schneesturm erzwungenen Aufenthalt in einem buddhistischen Kloster merkte man unweigerlich, daß man vor lauter langweiligen Details seit sechs Sätzen nicht mehr zuhörte und eigenen Traumvorstellungen von einem eingeschneiten Kloster nachhing.

Eines Tages blieben wir zu lang am Strand und kamen beide mit argem Sonnenbrand und übler Laune zurück. Wir raunzten uns so lange an, bis Caitlin den guten Einfall hatte, in die Bar essen zu gehen. Dort fand nämlich an diesem Abend eine Grillparty statt, von der man schon seit unserer Ankunft gesprochen hatte. Grillparties, zumal mit irgendwelchen fremden Leuten, entsprechen zwar nicht meiner Vorstellung vom Nirwana, aber ich war trotzdem einverstanden, weil ich wußte, daß wir uns streiten würden, wenn wir noch eine Stunde länger in unserem öden Bungalow blieben. »Hallo! Da seid ihr ja, ihr zwei! Wir haben euch Plätze freigehalten, weil Miep sich schon gedacht hat, daß ihr kommt. Das Essen ist gar nicht übel. Probiert mal das Hähnchen. Mein Gott, ihr habt vielleicht einen Sonnenbrand! Seid ihr den ganzen Tag draußen gewesen? Ich weiß noch, mein schlimmster Sonnenbrand ...« war nur ein Teil der Begrüßung, die uns McGann quer durchs Lokal zurief. Wir luden unsere Teller voll und gingen zum Tisch der beiden.

Während der Abend und McGann kein Ende finden wollten, sank meine Stimmung auf den Nullpunkt. Ich wollte ihm nicht mehr zuhören, ich wollte nicht mehr auf dieser verbrannten Insel sein und hatte keine Lust auf die zwanzigstündige Heimreise. Habe ich schon erwähnt, daß auf der Rückfahrt mit der Nachtfähre keine Kabinen mehr frei waren und wir auf Bänken schlafen mußten? So war es.

Sei's drum. Ich spürte, daß ich allmählich eine Stinkwut im Bauch hatte. Drei Sekunden, bevor ich sie an McGann ausgelassen, ihn als schlimmsten Langweiler aller Zeiten beschimpft und aufgefordert hätte, endlich die Klappe zu halten, fragte mich Miep plötzlich: »Können Sie sich noch an Ihren merkwürdigsten Traum erinnern?« Verblüfft, weil mich die Frage völlig überraschte und ihr Freund gerade irgend etwas über Sonnencreme schwafelte, dachte ich darüber nach. Ich erinnere mich selten an meine Träume. Und wenn doch, dann sind sie entweder langweilig, oder es handelt sich um phantasielose Sexträume. Der einzige merkwürdige Traum, der mir einfiel, war der, wo ich mit Jimi Hendrix nackt auf dem Rücksitz eines Dodge Gitarre gespielt hatte. Auch Jimi war nackt, und wir haben garantiert zehnmal »Hey Joe« gespielt, bevor ich lächelnd erwachte, tieftraurig, daß Hendrix ja tot war und ich ihn nie kennenlernen würde. Das erzählte ich Miep, die beim Zuhören den Kopf in beide Hände stützte. Dann fragte sie Caitlin. Die erzählte dann diesen tollen Traum, in dem sie ein Riesenomelette für Gott machen sollte und die ganze Welt nach Eiern abklapperte. Weißt du noch, wie wir damals gelacht haben?

Nachdem wir geantwortet hatten, trat tiefe Stille ein. Sogar McGann schwieg. Mir fiel auf, daß er seine Freundin mit einem bangen, kindlichen Gesichtsausdruck ansah. Als warte er darauf, daß sie den Anfang machte.

»Ian und ich haben uns nämlich durch Träume kennengelernt. Ich habe in Heathrow auf meinen Rückflug nach Holland gewartet. Er saß neben mir und sah, daß ich einen Artikel über luzides Träumen las. Sagt Ihnen das etwas? Man lernt, nachts bewußt zu träumen und seine Träume zu steuern. Wir fingen also an, über dieses Thema zu reden, und ich fand es sehr langweilig. Ian kann nämlich sehr langweilig sein. Daran muß man sich gewöhnen, wenn man mit ihm zusammensein will. Ich hab zwar immer noch Probleme damit, aber nach einer Woche geht es schon besser.«

»Nach einer Woche? Wie meinen Sie das? Sind Sie denn erst so kurz zusammen?«

»Miep kam gerade von einer Bienentagung in Devon zurück. Nach unserem Gespräch im Flughafen hat sie gesagt, sie würde mich begleiten.«

»Einfach so? Sie sind einfach mit ihm hierhergekommen, statt heimzufliegen?« Caitlin glaubte das nicht nur, sie war auch entzückt. Sie glaubt fest an Zufallsbegegnungen, phantastische Zufälle und daran, daß man sich spontan so heftig in jemanden verlieben kann, daß man mit seinen schlimmsten Fehlern leben lernt. Ich war eher erstaunt, daß Miep ihn begleitet hatte, gab aber offen zu, daß er ein Langweiler sei. Wurde so eine Liebe auf den ersten Blick besiegelt? Ja, fliegen wir doch zusammen, mein Schatz, ich liebe dich wahnsinnig und werde versuchen, mich an deine langweilige Art zu gewöhnen.

»Ja. Nachdem mir Ian von seinen Träumen erzählt hatte, habe ich ihn gefragt, ob ich mitkommen könne. Es war wichtig für mich.«

Ich sagte zu McGann: »Das muß ja ein beeindruckender Traum gewesen sein, den Sie da hatten.« Er wirkte ehrlich und nett, auch tüchtig, aber in einem begrenzten Bereich – wie ein zuverlässiger Briefträger, der einem morgens die Post bringt, oder der Verkäufer im Getränkeladen, der einem dreißig verschiedene Biersorten herunterrasseln kann. Wahrscheinlich war er ein guter

Reisebürokaufmann, der sich mit Preisen und Prospekten auskannte und in der Lage war, auch weniger begüterten Kunden einen schönen Urlaub zusammenzustellen. Aber er war uninteressant und quasselte in einer Tour. Mit welchem Traum mochte er diese attraktive, geheimnisvolle Holländerin dazu gebracht haben, alles stehen und liegen zu lassen und ihn nach Sardinien zu begleiten?

»Es war eigentlich nicht viel. Ich habe geträumt, ich würde in einem Büro arbeiten, nicht da, wo ich wirklich arbeite, sondern in einem anderen Büro, aber keinem bestimmten. Ein Mann kam herein, den ich vor langer Zeit gekannt hatte, der aber schon gestorben war. Als ich ihn sah, wußte ich genau, daß er meinetwegen von den Toten zurückgekehrt war. Er hieß Larry Birmingham. Ich hatte diesen Kerl nie so recht gemocht. Er war sehr laut und furchtbar von sich eingenommen. Aber jetzt stand er da in meinem Traum. Ich sah vom Schreibtisch auf und sagte: »Larry, Sie? Sie sind ja von den Toten zurückgekehrt!« Er war sehr ruhig und sagte ja, er sei wegen mir gekommen. Ich wollte wissen, ob ich ihm Fragen stellen dürfe. Zum Tod natürlich. Er lächelte, eine Spur zu amüsiert, wie mir inzwischen klargeworden ist, und sagte ja. Ich glaube, an diesem Punkt des Traums wußte ich, daß ich träumte. Kennen Sie das? Aber ich hab gedacht, na los, mal sehen, was du rausfindest. Also habe ich ihm Fragen gestellt. Wie ist es, wenn man tot ist? Müssen wir Angst davor haben? Ist es so ähnlich, wie wir es uns vorstellen … die Art von Fragen. Er antwortete zwar, aber viele seiner Antworten waren dunkel und verwirrend. Wenn ich dann nachhakte, gab er andere Antworten, die mir im ersten Moment klarer vorkamen, es dann aber doch nicht waren – er hatte den ganzen Wirrwarr nur anders ausgedrückt. Es war wirklich keine große Hilfe.«

»Haben Sie irgend etwas erfahren?«

Ian sah Miep an. Trotz ihrer Zurückhaltung und seines ewig langen Monologs spürte man deutlich, daß zwischen diesen auffallend verschiedenen Menschen eine enge, respektvolle Beziehung bestand. Auf jeden Fall war es ein liebevoller Blick, aber noch viel mehr als das. Es war ein Blick, der klar besagte, daß sie bereits Dinge voneinander wußten, die das Zentrum ihres Seins berührten. Ob sie sich nun eine knappe Woche oder zwanzig Jahre kannten – der Blick enthielt alles, was wir uns im Zusammenleben mit anderen Menschen erhoffen. Sie nickte zustimmend, aber gleich darauf sagte er leise: »Ich … ich fürchte, ich kann es Ihnen nicht erzählen.«

»O Ian«, sie beugte sich über den Tisch und berührte Ians Gesicht mit der Hand. Man stelle sich einen Laser- oder Hitzestrahl vor, der direkt über den Tisch fällt und nur diese beiden umschließt. So wirkte es auf Caitlin und mich, als wir sie beobachteten. Am meisten überraschte mich, daß Miep zum ersten Mal über ihren Freund gesprochen und ein echtes Gefühl für ihn gezeigt hatte. Jetzt war auf einmal soviel Gefühl da, daß es uns peinlich war.

»Ian, du hast recht. Entschuldige. Du hast völlig recht.« Sie ließ sich auf ihren Stuhl zurücksinken, sah Ian aber immer noch an. Zu mir gewandt sagte er: »Ich will nicht unhöflich erscheinen, aber wenn ich fertig bin, werden Sie verstehen, daß ich Ihnen nichts sagen kann.

Entschuldigen Sie, aber bevor ich weitererzähle – es fällt mir schwer, darüber zu reden, deshalb hole ich mir noch einen Drink. Soll ich noch jemandem was bringen?« Da alle verneinten, stand er auf und ging zur Bar. Während seiner Abwesenheit sagte niemand etwas. Miep ließ ihn nicht aus den Augen. Bis er zurückkam, wußten Caitlin und ich gar nicht, wo wir hinschauen sollten.

»Okay. Vollgetankt und startbereit. Wissen Sie, woran ich dort an der Bar gedacht habe? Daß ich mal durch Österreich gefahren bin und einen Lachanfall gekriegt habe, als ich am Ortsschild von Mooskirchen vorbeikam. Ich weiß noch genau, daß ich dachte, was für eine verrückte Übersetzung dafür ›Moose-Church‹ [Elch-Kirche] wäre. Und dann hab ich gedacht, warum denn nicht, verdammt noch mal – auf dieser Erde wird ja alles mögliche angebetet. Warum sollte es keine Kirche geben, in der man Elche anbetet? Oder vielmehr eine Elch-Religion. Wer weiß?

Ich quaßle hier in einer Tour, wie? Das kommt daher, daß es mir schrecklich schwer fällt, diese Geschichte zu erzählen. Das Komische ist, daß Sie am Ende denken werden, ich sei genauso verrückt wie meine imaginären Elch-Anbeter, stimmt's, Miep? Die werden doch sicher denken, bei mir sei ein Schräubchen locker?«

»Wenn sie es verstehen, werden sie sehen, daß du ein Held bist.«

»Na ja, Herrschaften, Miep dürft ihr nicht so ernst nehmen. Sie ist ein stiller Typ, aber manchmal sehr emotional. Ich erzähle jetzt weiter, und dann könnt ihr selbst entscheiden, ob ich verrückt bin oder, ha, ha, ein Held.«

»Am Morgen nach diesem ersten Traum bin ich ins Bad gegangen und wollte meinen Pyjama ausziehen, um mich zu waschen. Und da sehe ich zu meinem Entsetzen ...«

»Nicht erzählen, Ian, zeig es Ihnen! Zeig es ihnen, sie sollen es selbst sehen!«

Langsam, scheu, begann er sein T-Shirt über den Kopf zu ziehen. Caitlin sah es zuerst und hielt erschrocken die Luft an. Als ich es sah, hielt ich ebenfalls die Luft an. Von seiner linken Schulter bis zu seiner linken Brustwarze verlief eine fürchterliche Narbe. Sie glich genau der Narbe, die bei meinem Vater nach einer Operation am offenen Herzen von der Brustmitte abwärts zurückgeblieben war. Eine einzige riesige, breite Narbe, die widerlich rosa glänzte. So gab ihm sein Körper zu verstehen, er würde es ihm nie verzeihen, daß er ihn so verletzt hatte.

»O Ian, wie ist denn das passiert?« Die süße Caitlin, die gute Seele, streckte unwillkürlich die Hand aus, um ihn zu berühren, zu trösten. Als sie merkte, was sie tat, zog sie die Hand zurück, aber ihr Gesicht drückte Mitgefühl aus.

»Nichts, Caitlin. Ich hatte noch nie im Leben eine Verletzung.

Ich bin nie im Krankenhaus gewesen, nie operiert worden. Ich habe dem Tod ein paar Fragen gestellt, und als ich am nächsten Morgen aufwachte, war sie da.« Bevor wir uns die Narbe genauer ansehen konnten, zog er sich rasch wieder das Hemd über den Kopf.

»Ich sage dir doch, Ian, vielleicht ist es eine Art Geschenk.«

»Es ist doch kein Geschenk, Miep, wenn es schrecklich weh tut und ich meinen linken Arm nicht mehr richtig bewegen kann! Genau wie bei meinem Fuß und meiner Hand.«

»Was meinen Sie damit?«

Ian schloß die Augen und wollte weitererzählen, konnte aber nicht. Statt dessen wiegte er sich mit geschlossenen Augen vor und zurück.

Miep sprach weiter. »In der Nacht, bevor wir uns kennenlernten, hatte er wieder einen Traum, und es passierte dasselbe: Dieser Larry kam zurück, und Ian hat ihm noch mehr Fragen über den Tod gestellt. Diesmal aber waren die Antworten klarer, wenn auch nicht alle. Er sagt, daß er beim Erwachen Dinge zu begreifen begann, die er vorher nicht begriffen hatte. Er glaubt, daß die Narbe in seiner Handfläche deshalb kleiner ist – je mehr er von dem Traum begreift, desto mehr läßt der Traum ihn in Ruhe. Vor ein paar Nächten träumte er wieder, wachte aber mit einem tiefen Schnitt im Bein auf. Viel größer als der in seiner Hand.«

Dann ergriff Ian wieder das Wort, aber jetzt war seine Stimme schwächer. Leiser und … ermattet. »Er sagt einem alles, was man will, aber man muß es verstehen. Wenn man es nicht versteht, dann passiert *das* hier, so lange, bis man mit seinen Fragen achtgibt. Das Problem ist nur, wenn man einmal angefangen hat zu fragen, kann man nicht mehr aufhören. Mitten in meinem zweiten Traum sagte ich Birmingham, ich wolle aufhören; ich hätte Angst. Er hat geantwortet, das gehe nicht.

Das ultimative Spiel der ›Zwanzig Fragen‹, wie? Gott sei Dank gibt es Miep. Gott sei Dank hat sie mir geglaubt. Es *schwächt* mich nämlich so ungeheuer. Vielleicht ist das das Schlimmste. Nach den Träumen kommen die Narben, aber noch schlimmer ist, daß ich so geschwächt bin und nichts dagegen tun kann. Ich kann kaum aufstehen. Meistens wird es dann im Lauf des Tages besser … aber ich weiß, daß es immer schlimmer wird. Und eines Tages werde ich nicht mehr … ich weiß, wenn Miep nicht wäre … Gott sei Dank, daß es dich gibt, Miep.«

Ich überredete ihn später, uns die Narbe in seiner Hand zu zeigen, die ganz anders aussah als die auf seiner Brust. Sie war weiß und schmal, als sei sie schon mehrere Jahre alt. Sie verlief diagonal über die Handfläche, und ich erinnerte mich, daß mir von Anfang an aufgefallen war, wie merkwürdig er diese Hand bewegte, wieviel langsamer und plumper sie war. Jetzt wußte ich warum.

Das ist noch nicht alles, Sis. Aber was macht man in einer solchen Situation? Wenn die eine Hälfte des Verstandes denkt, das ist ja verrückt, und die andere Hälfte bebt, weil es *ja vielleicht doch stimmt*. Sie baten uns um nichts, und ich bezweifle auch, daß wir irgend etwas hätten tun können. Aber jedesmal, wenn ich McGann nach diesem Abend sah oder an ihn dachte, war er mir ungeheuer sympathisch. Egal, was mich an ihm störte, er wurde von etwas Furchtbarem heimgesucht. Es war ganz klar, entweder würde ihn der Tod oder der Wahnsinn ereilen, und zwar bald. Trotzdem blieb er ein Langweiler. Ein gutmütiger, gutgelaunter Langweiler, der mitten im Todeskampf oder was immer das war, genau so blieb, wie er wahrscheinlich immer gewesen war. Das ist die einzige echte Tapferkeit. Ich meine, es gibt nur wenige, die in ein brennendes Gebäude rennen, um andere zu retten. Aber mitanzusehen, wie jemand das Schlimmste mit Anstand trägt, ohne sich zu beklagen, und dabei sogar noch dankbar ist für die Liebe und Hilfe anderer Menschen … Wenn Du mich fragst, ist es das. Zwei Tage später beschlossen Caitlin und ich mehr oder weniger spontan abzureisen. Es gefiel uns überhaupt nicht, und wir hatten genug. Binnen anderthalb Stunden waren die Koffer gepackt und die Rechnung bezahlt. Wir gehören zu den Leuten, die Verabschiedungen gern aus dem Weg gehen, und Du kannst Dir ja vorstellen, daß uns McGanns Geschichte unheimlich war. Eigentlich würde man so was nicht ohne weiteres glauben, aber wenn Du an jenem Abend dabeigewesen wärst und ihre Gesichter gesehen und ihren überzeugten Tonfall gehört hättest, dann wüßtest Du, warum uns in ihrer Gegenwart unbehaglich zumute war. Und dann stießen wir auf dem Weg zum Wagen direkt mit Miep zusammen, die aufs Büro zurannte.

Irgend etwas stimmte nicht. »Miep, alles okay mit Ihnen?«

»Okay? Äh, nein. Ian ist … Ian geht es nicht gut.« Sie war völlig in Gedanken, und ihr Blick war überall, nur nicht bei uns. Dann leuchtete in ihren Augen die Erinnerung auf, und ihr ganzes Wesen wurde langsamer. Wahrscheinlich fiel ihr ein, was ihr Freund uns neulich abends erzählt hatte.

»Er hat heute wieder einen Traum gehabt, nachdem er vom Strand zurückgekommen war. Er hat sich nur fünf Minuten hingelegt, aber beim Aufwachen …« Statt weiterzusprechen, zog sie eine lange Linie über ihren Bauch. Caitlin und ich fuhren zusammen und fragten, was wir tun könnten. Ich glaube, wir wollten beide zu ihrem Bungalow laufen, aber Miep schrie, ja, schrie: »Nein!« und ließ sich nicht überreden, unsere Hilfe anzunehmen. Wenn wir überhaupt in der Lage gewesen wären zu helfen. Aber was mich am meisten überraschte, war ihr Gesicht. Als sie sah, daß wir uns nicht einmischen würden, blickte sie über unsere Schultern auf das Haus, in dem Ian lag, und ihre Miene war ängstlich und strahlend zugleich. Stimmte es wirklich? Lag er wirklich dort hinten, mit einer neuen Narbe vom Tod, weil er die Antworten auf seine Fragen nicht verstanden hatte? Wer weiß?

Auf der Fähre zum Festland fiel mir wieder ein, was er an jenem Abend über die Elch-Kirche gesagt hatte und daß es jedem freistehen sollte, anzubeten, was er will. *Das* drückte die Miene seiner Freundin aus – es war die Miene eines Menschen, der sich in der Gegenwart dessen befindet, was er für die Wahrheit und für die Antwort auf das Leben hält. Oder den Tod.

In Gedanken bei Dir,

Jesse

Ich ließ den Brief sinken, schloß die Augen und wartete, daß sie etwas sagte.

»Na ja, was meinst du, Wyatt?«

Ich sah zu ihr hinüber, aber die Morgensonne stand direkt über ihrem Kopf, wie eine heiße gelbe Krone. Ich mußte zwinkern, um auch nur den Umriß ihres Gesichts zu erkennen.

»Ich finde es interessant.«

»Was soll das heißen, ›interessant‹. Glaubst du es denn nicht?«

»Doch, klar. Das ist seit Jahren mein Problem – der Glaube. Manchmal denke ich, ich sterbe nicht an Leukämie, sondern an unheilbarem Glauben. Unheilbarer Hoffnung.«

»Wyatt, darüber sollst du keine Witze machen. Das könnte es doch *sein!* Was dich retten könnte. Warum versetzt dich das nicht in größere – ?«

»In größere was? Aufregung? Sophie, ich habe Krebs. Man hat mir gesagt, daß ich sterben muß. Daß ich nicht mehr lange leben werde. Gott tut mir einen großen Gefallen, daß er mich heute überhaupt hier sein läßt. Kannst du dir vorstellen, wie das ist, jede Minute des Tages mit diesem Gedanken leben zu müssen?

Am Anfang, als ich erfuhr, daß ich krank bin, war alles mögliche in mir, das jetzt einfach nicht mehr da ist. Ich bin jeden Morgen aufgewacht und habe geweint. Dann kam eine Phase, wo ich mir alles doppelt genau anschaute, weil ich nie wußte, ob ich es noch einmal sehen würde. Das Leben wurde zum 3-D-Film; ich ließ alles vortreten, habtachtstehen. Aber komischerweise geht sogar das nach einer Weile vorbei.

Ich hab mal von einer Frau in New York gelesen, der ihre Handtasche gestohlen wurde. Das allein ist schon fies genug, stimmt's? Aber weißt du, was der Dieb dann getan tat? Er fing an, ihr zu bestimmten persönlichen Anlässen ein Stück nach dem anderen zurückzuschicken. Die Tasche hatte ein Filofax enthalten, in dem ihr Hochzeitstag und die Geburtstage der Kinder angestrichen waren. An ihrem ersten Geburtstag nach dem Diebstahl bekam sie ihren Führerschein zurück. Nebst einer Glückwunschkarte. Als nächstes schickte er ihr ihre Geburtsurkunde. Und so weiter. Eine perverse Geschichte, aber auch ziemlich clever! Der Typ fand Angst geil. Er dachte sich einen perfekten Plan aus, wie er sie jahrelang quälen konnte. Es ging ihm gar nicht um die Handtasche – er wollte sich wie eine Zecke in ihrem Leben festbeißen.«

Sophie nickte, aber mit einem Lächeln, als wisse sie etwas, das ich nicht wußte. »Andererseits ist es schon fast wieder erotisch, wenn man bedenkt: all diese Aufmerksamkeit und all die Zeit, die er damit verbrachte. Wie viele Diebe würden sich schon die Mühe machen, dir deine Handtasche zu stehlen, um dir eine Geburtstagskarte zu schicken?«

Ich wußte, daß meine Freundin mich verstehen würde. »Genau das meine ich. Der Tod ist wie der Handtaschendieb, und das ist so verdammt fies. Er stiehlt dir ein paar Dinge, und dann gibt er dir das eine oder andere zurück und stürzt dich gleichzeitig in Hoffnung und Verwirrung. Wenn er meine Handtasche stehlen will, soll er sie nehmen und aus meinem Leben verschwinden, verdammt noch mal. Ich will keine alten Kreditkarten zurück oder einen Führerschein, den ich mir schon neu besorgt habe. Ich lese zum Beispiel einen solchen Brief oder einen Zeitungsartikel, in dem steht, ein Arzt in Osaka habe in einem Pflaumenstein-Derivat angeblich ein Mittel gegen Krebs entdeckt … Ich *will* keine Hoffnung mehr. Ich will nicht mehr glauben, daß es irgendwo auf der Welt ein Heilmittel oder eine Antwort oder einen Guru gibt, der mir meine Angst nehmen kann. Ich würde jetzt gern lernen, wie man stirbt.«

Sie sah mich empört an. »›Deine Aufgabe ist es, herauszufinden, was die Welt zu sein versucht.‹ Was ist daraus geworden,

Wyatt? Du hast mir damals dieses Gedicht gegeben. Heißt sterben lernen auch, daß man lernt, wie man zu leben aufhört?«

»Vielleicht.«

»Dann ist das vielleicht alles nur blödes Geschwätz! Gott will sicher nicht, daß wir es auf diese Weise tun, und ich spreche nicht davon, sanft in irgendein gütiges Dunkel hinüberzudriften. Zugegeben, ich mache nicht das durch, was du durchmachst, und habe vielleicht gar kein Recht, darüber zu reden, aber ich werde es trotzdem tun. Die einzige Möglichkeit, den Handtaschendieb auszuschalten, ist die, nach ihm zu suchen. Such ihn, zeig ihm dein Gesicht und sag zu ihm: ›Jetzt hab ich dich gefunden, du kannst mir keine Angst mehr machen.‹ – Wenn dich der Tod andauernd quält, indem er dir Zeug zurückschickt, das du schon verlorengegeben hattest, dann such ihn, und sag ihm, er soll damit aufhören. Ich glaube, sterben lernt man dadurch, daß ... Ach, Scheiße!«

Ich hatte sie während dieser zornigen Sätze nicht angeschaut und merkte deshalb erst, als ich bei diesem letzten Wort aufsah, daß sie weinte. Ihr Gesicht war tränenüberströmt, aber ihre Augen funkelten wütend. »Ich hab dich gleich angerufen, nachdem ich den Brief gelesen hatte, so aufgeregt war ich. Wenn du diesen Ian ausfindig machen würdest, könnte der vielleicht die Antwort haben! Aber es interessiert dich nicht!«

»Klar interessiert es mich, aber die Antwort zu finden muß ja nicht heißen, auch ein Mittel gegen meine Krankheit zu finden.« Ich trank einen langen, kalten Schluck Orangensaft. Sophie preßte den Saft immer selbst – er schmeckte lecker. Frischer Orangensaft, herb und voll faserigem Fruchtfleisch, das beim Draufbeißen plötzlich seinen ganz eigenen Geschmack freigab.

»Wyatt?«

»Hmmm?«

»Wie *ist* das eigentlich?« Ihr Tonfall machte klar, was sie meinte.

Ich rollte das Glas zwischen den Handflächen und starrte in

den orangefarbenen Strudel hinunter. »Bei meiner letzten Bestrahlung habe ich eine junge Frau kennengelernt. Sie kann höchstens fünfundzwanzig gewesen sein. Kehlkopfkrebs, der sich bis in den Brustkorb ausgebreitet hatte ... die ganze Scheiße. Wenn ich nicht gewußt hätte, worauf ich achten muß, hätte sie mich hinters Licht geführt, so perfekt hatte sie sich verkleidet. Eigenes Haar, oder zumindest eine sehr gute Perücke, und frische rote Wangen. Aber auch das lernt man unterscheiden – was echt ist und was Make-up, Perücken, Bräunungsstudios ... Dieses Mädchen erzählte mir, daß ihr jetzt nichts mehr zu tun bliebe, als auf die Behandlungsergebnisse zu warten und sich zu überlegen, wie sie der Welt am besten weismachen könnte, sie gehöre dazu. Gesund, unversehrt; ein richtiger Mensch. Denn das ist eins der Dinge, die man als Kranker lernt.

Wie es ist? Wenn du Krebs kriegst oder zu sterben anfängst, siehst du schnell, wie Menschen funktionieren. Und glaub mir, es ist ganz anders, als du dein Leben lang gedacht hast. Jedenfalls hat mir diese Frau etwas sehr Ernüchterndes erzählt. Sie sagte, sie habe gerade ihre letzte Bestrahlung bekommen. Man kann nur eine gewisse Zeit bestrahlen, dann hilft es nicht mehr, sondern beginnt einen zu zerstören. Sie geben dir soundso viele Behandlungen und das war's – wenn all diese Rads, oder wie sie heißen, nichts bringen, dann hast du eben Pech gehabt. Aber weißt du, was man ihr noch gesagt hat? Sie darf nicht in die Nähe von Babys kommen. Und ja keins *berühren,* weil sie so verstrahlt ist, daß sie sie gefährdet.«

»Nein!«

»Doch, es stimmt. Als sei sterben nicht schon schlimm genug, wie? Auch noch diese Demütigungen. Die Angst, daß du dich im Restaurant erbrechen könntest, wenn du deine Medizin nicht pünktlich einnimmst. Oder daß du plötzlich nicht mehr allein aus dem Sessel hochkommst. Oder daß du deine Stimme im Griff haben mußt, wenn der Schmerz unerträglich wird und du einen Fremden bitten mußt, einen Krankenwagen zu rufen. Wie es ist? Es ist so, als wäre man die Radioaktive Frau. Nur daß du für die gesamte Welt der Gesunden radioaktiv bist. Alle schauen dich an, als sei was nicht in Ordnung mit dir. Als würdest du glühen oder seist ansteckend, und egal, wie oft man ihnen sagt, daß das nicht stimmt, insgeheim glauben sie's doch. Aber nicht *du* bist es, der nicht in Ordnung ist – sondern das, was in dich eingedrungen ist. Da ist … Ich drehe mich im Kreis. Wie es ist? Es ist so, als sei man das Radioaktive Mädchen. Man lebt nicht mehr; man jongliert. Es ist ein gewaltiger Irrtum, zu glauben, daß man davonkommt.«

»Das deprimiert mich so, daß ich was essen muß. Ich gehe jetzt in die Küche. Möchtest du noch einen Orangensaft?«

»Ja, sehr gerne.«

Sie stand auf und ging glöckchenklingelnd über die Terrasse, gefolgt von Lulu. Lulu, die schwarze französische Bulldogge, die in der Mitte ihres behaglichen Lebens am grauen Star erkrankt und erblindet war. Daraufhin hatte Sophie ein kleines Glöckchen gekauft und es an einem ihrer Slipper befestigt, damit der Hund immer wußte, in welchem Teil des Hauses sie sich gerade aufhielt.

Sophie und Lulu. Wir drei verbrachten viel Zeit zusammen. Sophies verstorbener Mann Dick hatte in L. A. einen Laden für seltene Bücher gehabt, in dem ich mich gern und häufig aufhielt. Er war ein Mann, der Bücher liebte und sie auch anderen Leuten nahebrachte. Ich fand nie heraus, welchen von beiden ich mehr mochte. Als Dick starb, wurden Sophie und ich enge Freunde. Wir telefonierten fast täglich und trafen uns drei- bis viermal im Monat zum Essen. Sie war erst Mitte vierzig, als er starb und ihr ein florierendes Geschäft und ein stattliches Erbe hinterließ. Aber sie zeigte keinerlei Interesse an einer neuen Beziehung mit einem Mann. Eine Zeitlang dachte ich, sie hätte sich in eine Frau verliebt, die in ihrem Laden arbeitete, aber ich hatte mich geirrt. Eines Tages fragte ich sie nach diesem Aspekt ihres Lebens. Sie sagte, ich sei der einzige andere Mann, den sie je geliebt habe, aber da ich schwul sei … ich drängte sie, die Wahrheit zu sagen. Das *ist* die Wahrheit, sagte sie.

»Wyatt! Komm schnell, das mußt du sehen!«

»Was denn?«

»Komm schon! Schnell!«

Ich begab mich im Laufschritt aus der glühenden Sonne in den Schatten des Dachgesimses, riß die Fliegentür auf und nahm die zwei Stufen zur Küche hinauf. Das erste, was ich sah, war Sophie, die kopfschüttelnd die Hände in die Hüften stemmte. Dann hörte ich, bevor ich es sah, Lulus Krallen hektisch auf dem Linoleum scharren. Klicke di klick – klicke di klack, sie drehte sich hechelnd und schnüffelnd im Kreis und sprang dann wie verrückt gegen die Arbeitsflächen, weil sie wußte, daß außer ihrem Frauchen noch etwas Wundervolles im Zimmer war.

Das Wundervolle war eine kleine, buntgescheckte Katze, die über der Spüle auf dem Fensterbrett saß. Sie putzte sich, indem sie ihre Pfote ableckte und sich damit übers Gesicht fuhr. Ich hatte die Katze zwar noch nie gesehen, aber sie benahm sich so ruhig und bedächtig wie ein Tier, das sich vollkommen heimisch fühlt.

»Das mußt du dir ansehen. Unser alltägliches Ritual. Das ist Roy, der Kater des Nachbarn. Er kommt durchs Fenster und sitzt einfach da und wartet, bis Lulu die Witterung aufnimmt. Seit sie blind ist, ist ihre Nase überempfindlich geworden. Wenn sie erst einmal einen Hauch von ihm erhascht hat, spielt sie verrückt und will Jagd auf ihn machen, als sei er das Goldene Vlies. Aber sie ist so dumm, wo der Kater doch immer das gleiche tut. Rein durchs Fenster, über der Spüle hocken, warten. Jetzt schau mal, was passiert.«

Je näher er der Katze kam, desto mehr geriet der Hund außer sich. Roy schien Lulus Gezucke und Gescharre zu langweilen. Vielleicht fand er einfach, es stehe ihm zu. Er putzte sich weiter den Kopf und legte nur hie und da eine Pause ein, um kühl zu erkunden, wo sein Fan abgeblieben war.

»Und das passiert jeden Tag?«

»Jeden Tag. Es ist wie in einem No-Spiel – beide führen jedesmal exakt die gleichen Bewegungen aus, spielen die gleichen Rollen. Warte, gleich beginnt Teil zwei. Aber erst muß Lulu müde werden und aufgeben.« Wir warteten, und ein paar Minuten später passierte es tatsächlich. Lulu sank keuchend und erschöpft zusammen, den Kopf in die Höhe gereckt, um mehr Luft zu bekommen. Roy, der mit Putzen fertig war, starrte wie ein gleichgültiger Gott zu ihr hinunter. Lulu hatte definitiv aufgegeben.

Langsam und vollkommen lautlos begab sich Seine Majestät vom Fenstersims über die Spüle auf den Boden. Aber die Hündin hörte es doch; sie sprang wieder auf. Roy lief zu ihr hinüber und haute, fast ohne sie zu berühren, mit der Pfote nach ihren Hinterbeinen. Sie drehte sich um, aber da saß er schon vorn und schlug nach ihrem Gesicht. Jetzt rastete sie aus. Wie ein erfahrener Boxer sprang der Kater beiseite, wehrte ab, tänzelte und entging auf wundersame Weise der Gefahr. Sophie und ich brachen in Gelächter aus, weil die beiden das reinste Fitneßtraining absolvierten. Nach ein paar weiteren Sprüngen und Ausfällen – Lulu war vor Aufregung und Frustration inzwischen ganz aus dem Häuschen – sprang Roy wieder auf die Spüle und war mit einem Satz aus dem Fenster.

»Das Phantom schlägt wieder zu.«

»Und das passiert jeden Tag?«

»Mehr oder weniger.«

»Sagenhaft. Aber ich glaube, Lulu gefällt es.«

»Sie findet es toll! Einmal bekam sie zufällig seine Pfote zu fassen und wußte vor lauter Verwirrung nicht, was sie damit machen sollte. Ich habe gerade etwas überlegt. Weißt du, woran mich das erinnert, Wyatt?«

»Woran denn?«

»An deine Sache mit der Hoffnung. Was du vorhin gesagt hast.«

»Wie meinst du das?«

»Du bist wie Lulu mit der Katze. Du bist blind, aber du weißt, daß es da ist. Du kannst es riechen und fühlen. Es zieht dich dauernd am Schwanz. Je näher es kommt, desto öfter fährst du herum und willst es packen. Bis jetzt, wo du aufgegeben hast und am Boden liegst.«

»Das, was mein Leben retten wird, was immer es sein mag, knufft und quält mich also, um mich zu erinnern, daß es da ist? Das ist ein bißchen weit hergeholt, Sophie.«

»Überhaupt nicht! Wir haben darüber gesprochen, seit du krank geworden bist. Ich weiß noch alles, was du gesagt hast. Vielleicht *willst* du die Hoffnung aufgeben oder denkst, du hättest sie aufgegeben, aber das glaube ich nicht. Und du auch nicht, weil wir beide wissen, daß es noch da ist. Denn das macht die Hoffnung aus. Wir sehen es nicht, aber es streicht so nah mit der Pfote an unserem Gesicht vorbei, daß wir den Lufthauch spüren. Es ist immer da, aber manchmal kriegen wir es zu fassen, und dann erschrecken wir fürchterlich und lassen es wieder los. Wie die dumme Lulu, als sie Roy dieses eine Mal erwischt hat. – So, hier ist dein Orangensaft.«

Jeder Mensch hat in seinem Leben eine Phase, in der ihm kein einziger Irrtum passiert. Diese Phase kann eine Stunde, einen Monat oder viel länger dauern, und hier liegt die wirkliche Ungerechtigkeit des Schicksals. Aber egal wie lange, es kommt für jeden Menschen der Moment, wo er unüberwindlich, unfehlbar, unsterblich ist. Selbst wenn es nur einen Nachmittag währt.

Ich hatte Glück – extremes Glück. Ein paar Jahre lang habe ich eine sehr erfolgreiche Kindersendung im Fernsehen moderiert. Es war zwar nicht die beste Zeit meines Lebens, weil diese Jahre nur aus Hetze und Termindruck bestanden. Aber es gab mir unglaublich viel Schwung und Energie. Pures Adrenalin. Das Beste, was man sich erhoffen kann, ist eine so erfüllte, umfassende Gegenwart, daß man jedes Gefühl für Zukunft und Vergangenheit verliert. Ich habe jene Jahre in einem so erfüllten Jetzt verbracht, und das war genug. Der Mann, mit dem ich damals zusammenwohnte, war der Produzent der Sendung, und wir dachten, wir hätten die Art von Beziehung, die alles überstehen würde – Hollywood, zuviel Geld, zuwenig Zeit und die Tatsache, daß sich alle Welt outete … Aber es kam anders. Ich verliebte mich für ein paar Wochen in einen New Yorker Filmkritiker und hatte eine oberflächliche Affaire mit ihm. In der Hoffnung, er würde es verstehen, beichtete ich meinem Freund und Partner in Los Angeles alles am Telefon. Aber er verstand es nicht. Als ich zurückkam, war er schon ausgezogen. Noch schlimmer war, daß er sich später im Rahmen unseres Arbeitsverhältnisses genauso wohlwollend und freundlich mir gegenüber verhielt wie früher privat. Was ist quälender, als unverdientermaßen gut behandelt zu werden? Ich war bestürzt, aber ich war auch ein STAR und bildete mir eine Zeitlang ein, ich könne mich ohne irgendwelche Konsequenzen schlecht benehmen. Das Fernsehvolk liebte mich noch! Die wußten ja nicht, was ich getan hatte.

Berühmtsein will gelernt sein, um die Redewendung abzuwandeln, und das traf auch auf mich zu. Zuerst benahm ich mich einem wirklich geliebten Menschen gegenüber wie ein Scheusal, und dann versuchte ich das auch noch wie einen Fussel von einem Kaschmirärmel wegzuschnipsen. Statt alles wiedergutzumachen, beschloß ich, es mal so richtig krachen zu lassen. Ich ging aus, amüsierte mich und hätte tief drinnen *beinahe* vergessen, was für ein Arschloch ich war. Die Drinks gehen aufs Haus! Musik! Und dann stolperte ich eines Tages bei der Aufzeichnung der Sendung über ein dickes Kabel. Ich fiel auf den Arm und zog mir eine häßliche Prellung zu. Die nicht mehr wegging. Sie hatte die Farbe einer finsteren Gewitterwolke und blieb wochenlang. Bis dahin hatte ich zu jenen Glücklichen gehört, die selten krank sind, wenn überhaupt. Ins Krankenhaus ging ich höchstens, um andere zu besuchen. Mein Arzneischrank enthielt Aspirin und eine ungeöffnete Packung Grippetabletten.

Der Arzt sprach langsam, als werde jedes seiner aufgeblasenen Worte in Steintafeln gemeißelt.

»Diese Untersuchungsergebnisse erwecken unsere Besorgnis, Mr. Leonard.«

»Aber es ist doch bloß eine Prellung, die nicht weggeht, Doktor.«

»Bedauerlicherweise ist es mehr als das.«

Ich wollte die Augen schließen, brachte es aber vor lauter Angst nicht fertig. Wie schnell wir das Schlimmste begreifen! Wo wir soviel simplere Dinge im Leben nicht kapieren – Algebraaufgaben, Reiseführer, warum Liebe scheitert. Aber dann hören wir »es ist mehr als das«, und unser Begriffsvermögen verhundertfacht sich. Verzweifeltes Luftschnappen, die einzige Reaktion, die im ersten Moment möglich ist, dann: »Was meinen Sie damit?«

Er erklärt es noch langsamer. Es ist deine erste Lektion in der Sprache des Todes.

Die beiden einzigen interessanten Menschen, die ich in der Klinik kennenlernte, waren das Radioaktive Mädchen und der Leber-Mann. Die anderen waren eine konfuse Mischung aus Panik, Gier und Resignation. Wir wußten zwar, warum wir da waren, legten in unserem Elend aber keinen Wert auf Gesellschaft. Sie erinnerte uns nur an die rasende Zeit und unsere Isolation. Wir wollten da raus, weg, auch ohne Gesundheitsattest. Nur *raus.* Wir wollten nicht mehr durch diese glänzenden Korridore laufen, aus den sauberen Fenstern in die allzu stillen, allzu gepflegten Gärten blicken, Gärten, die an Friedhöfe erinnerten. Was man im Krankenhaus am meisten vermißt, ist der Trubel des wirklichen Lebens. Ein Schinkensandwich, von einem mürrischen Kellner serviert. Hupende Autos, Passanten, die sich lebhaft unterhalten ... Und außerdem gibt es im Krankenhaus nur zwei Arten von Gesichtsausdruck – den von großer Angst oder von Ruhe. Ab und zu sieht man Trauer, die aber jeder zu verbergen sucht; sie zu zeigen ist entweder unprofessionell oder unfair. Hugh hat sie einmal Gesichter aus der Tube genannt.

Leber-Mann Hugh Satterlee verkörperte all das, was ich draußen verpaßte. Er war lebhaft und lustig und hatte es erstaunlicherweise geschafft, sein inneres Gleichgewicht zu bewahren – trotz eines schauerlichen Martyriums, bei dessen bloßer Schilderung ich erstarrte. Vor Jahren hatte man in seiner Leber einen Tumor entdeckt. Die Behandlung schlug nicht an, sein Zustand verschlechterte sich, bis er dem Tod nahe war. Dann fand sich wunderbarerweise ein Spender, und Satterlee bekam eine Leber transplantiert. Er genas. Seine Frau starb. Anderthalb Jahre später entdeckte man auch in der neuen Leber wieder einen Tumor – genau an derselben Stelle, wo der erste gesessen hatte. Inoperabel. Zeit zu sterben. Als ich Hugh kennenlernte, stand er kurz vor dem Transport in ein Hospiz in Palos Verdes, damit er »wenigstens einen Tod mit schöner Aussicht« hatte.

»So eine Geschichte haben Sie sicher noch nie gehört. Gruslig, nicht wahr? Vielleicht sollte ich eine Tumorfirma gründen. Bringt mir eure Organe, ich züchte euch Tumore. Wie diese Leihmütter, wissen Sie?«

Die Leute nach ihrer Geschichte zu fragen war das einzige, was mich von der allgegenwärtigen Angst und Langeweile des Klinikalltags ablenkte. Manche waren erpicht darauf zu reden, andere jedoch sahen mich mißtrauisch an, als wolle ich ihnen auch noch das letzte nehmen, das ihnen je gehören würde – ihre persönliche Geschichte. Bevor ich das erstemal aus der Klinik entlassen wurde, saß ich einen Nachmittag lang bei Hugh und erzählte ihm einige der Geschichten, die ich gehört hatte. Es ging ihm sehr schlecht. Seine Augen waren erschöpft und blutunterlaufen, aber trotzdem lächelte oder gluckste er hie und da in sich hinein. Als ich fertig war, seufzte er und fragte sich laut, ob der Tod wohl der letzte Bleistiftspitzer sei.

Als ich wissen wollte, was er damit meine, sagte er, die meisten Leute in meinen Geschichten hätten ihr Leben wahrscheinlich nie richtig benutzt, obwohl es das einzige sei, was uns je wirklich gehört. Wie ein Bleistift, der immer stumpfer wird, bis man nicht mehr damit schreiben kann. Dann kommt der Tod, und wenn man Glück hat, kriegt man noch eine Weile Zeit, um alles zu überdenken, zu ordnen, was auch immer. Als würde ein Bleistift gespitzt, damit er wieder richtig benutzt werden kann.

Außerstande, eine Welle der Bitterkeit zu unterdrücken, die sich in meiner Stimme niederschlug, fragte ich: »Warum sollte man denn einen Bleistift spitzen, den man nie mehr benutzen wird?«

»Weil es dann wieder so ist, wie es immer hätte sein sollen, Wyatt. Ich weiß nicht, wie es Ihnen geht, aber ich habe es immer sehr genossen, Bleistifte zu spitzen. Und sie danach griffbereit auf den Schreibtisch zu legen. Es war egal, ob ich sie sofort oder erst in einem Monat benutzen würde. Sie einfach daliegen zu sehen, ordentlich und scharf gespitzt ... das war die eigentliche Freude für mich. Diese Geschichten, die Sie da gehört haben ... Klingt es nicht, als kosteten die Leute ihr Leben zum ersten Mal aus? Für mich klingt es so.

Aber wissen Sie, worüber ich noch nachgedacht habe? Ich war fast mein ganzes Leben lang arm. Sind Sie je arm gewesen? Ich meine wirklich abgebrannt, ohne einen Groschen in der Tasche? Das ist ganz entsetzlich. Eine schreckliche Erfahrung. Und wissen Sie was? Man kapiert es in einer Sekunde. Wenn man zehn Minuten lang gewußt hat, was Armut bedeutet, hat man die Lektion für den Rest seines Lebens gelernt. Es dauert nicht Jahre, wie die Schulzeit. Ein Tag, eine Stunde, und man weiß alles darüber. Dasselbe gilt fürs Sterben. Wenn man nur zehn Minuten sicher weiß, daß man sterben muß, hat man die Lektion für immer gelernt.«

»Das widerspricht aber dem, was Sie vorhin gesagt haben, Hugh.«

»Stimmt.« Er schloß die Augen.

Eine Woche, nachdem mir Sophie den Brief ihres Bruders gezeigt hatte, verschwand Jesse Chapman. Er arbeitete für eine Agentur in Wien, die Flüchtlingen aus dem Ostblock half, Wohnungen im Westen zu finden. Deshalb war er oft unterwegs, aber dies hatte nichts damit zu tun. Seine Frau rief an, nachdem er seit vier Tagen vermißt war. Sein Chef hatte keine Ahnung, wo er steckte. Eigentlich hätte es zu Jesse gepaßt, keine zwölf Stunden zu verschwinden, ohne jemandem mitzuteilen, wo er sich aufhielt. Er war mit Aktentasche und Mantel ins Büro gegangen. Kein Gepäck, und er hatte auch seine Kreditkarten dagelassen. Beim Frühstück war er ganz ruhig gewesen und hatte nur davon gesprochen, was man am Wochenende unternehmen würde.

Sophie und Caitlin Chapman hatten im College zusammengewohnt und den engen Kontakt über die Jahre hinweg aufrechterhalten. Caitlin rief Sophie an, weil sie ihre beste Freundin und außerdem die Schwester ihres Mannes war.

Jesse, den ich ein paarmal gesehen hatte, wenn er in Los Angeles gewesen war, hatte auf mich den Eindruck eines in sich ruhenden, tüchtigen Mannes gemacht. Er trug dunkle Anzüge; sein Haar war lang, aber sorgfältig geschnitten; auch in den Ferien rasierte er sich jeden Tag. Leidenschaftlich hatte er auf mich nicht gewirkt. Sein Brief über den Reisebürokaufmann, der vom Tod träumte, überraschte mich, da ich Jesse nicht als den geistreichen Beobachter kannte, der aus dem Brief sprach. Fairerweise muß ich vielleicht sagen, daß Jesse Chapman mich nicht mochte. Trotz aller Offenheit, mit der unsere Gesellschaft in den letzten Jahren der Homosexualität gegenübersteht, gibt es doch immer noch sehr viele intelligente, sensible Menschen, denen der Umgang mit Schwulen echte Probleme bereitet. Ich habe nichts Tuntiges an mir und kann Tunten auch nicht besonders leiden. Ich finde nicht, daß man seine Sexualität inszenieren sollte, und mag es nicht, wenn jemand affektiert durchs Leben tänzelt und dabei johlend mit rosa Federboas wedelt. Aber ich habe mich auch nie versteckt. Ich schäme mich auch nicht. Anscheinend hat Jesse nach unserer ersten Begegnung seine Schwester in geringschätzigem Ton gefragt, ob ich schwul sei. Daß es so war, beeinflußte all unsere folgenden Unterhaltungen. Er benahm sich mir gegenüber reserviert. Dann entspann sich an einem häßlichen Abend ein dummer Streit übers Boxen, wo ich mich sehr gut auskenne, weil ich als Jugendlicher selbst geboxt habe. Obwohl Jesse absolut keine Ahnung hatte, gebärdete er sich wie jemand, der sehr wohl Ahnung davon hat. Zu allem Überfluß mischte sich dauernd Sophie ein und sagte ihrem Bruder, er kenne sich in puncto Boxen doch gar nicht aus; warum er so drauflosschwafle? Was nicht gerade hilfreich war. Ich benahm mich um kein Haar besser. Da ich ja merkte, daß er nur Quatsch verzapfte, hätte ich ihn einfach schwadronieren lassen können. Aber hinter seinen Worten spürte ich deutlich, daß er eigentlich meinte, ich als Schwuler könne doch nichts über diesen Sport wissen. Also trumpfte ich auf, er ging in die Defensive, und am Schluß wahrten wir kaum noch die Form.

Als Sophie anrief, um mir von seinem Verschwinden zu berichten, bestand meine einzige Beschäftigung darin, medizinische Bücher über meine Krankheit zu lesen und über die nächsten Schritte nachzudenken. Wenn dir nur noch so wenig Zeit bleibt, wirst du schizophren, was die letzten Tage betrifft. Einerseits gibst du allem geradezu zwanghaft eine besondere Bedeutung – jede Mahlzeit ein Fest, jedes Gespräch voller geistreicher, denkwürdiger Sätze. Mach was Besonderes draus, es könnte das letztemal sein. Selbst wenn es dem Ende zugeht, steckt das Leben voller Schätze, und es ist falsch, sie nicht zu genießen, solange man noch kann. So fühlst du dich, wenn du in positiver, hoffnungsvoller Stimmung bist. Auf der anderen Seite deines Monds wohnt der verzweifelte Zyniker, der keinen Sinn darin sieht, morgens aufzustehen, weil man früher oder später ja doch nur noch daliegen wird, bis zum verzweifelten Ende. Zwischen diesen beiden Seiten herrscht ein ständiger Kampf. Du weißt von einem Moment auf den anderen nie, wer siegen wird. Und egal, wer gewinnt, der andere ist immer empört. »Wyatt? Hier ist Sophie. Du mußt mir helfen, ich habe ein großes Problem.«

An diesem Tag regierte der Zyniker. Die eine Hand hielt den Hörer ans Ohr, während die andere auf einem langweiligen Buch lag, das in komprimierten Sätzen bis ins grausamste Detail erläuterte, wie wenig Hoffnung bestand. Sie hatte ein Problem? Wie konnte sie es wagen, mir gegenüber dieses Wort in den Mund zu nehmen!

Ich hörte zu, als sie erklärte, was passiert war, wurde aber immer ungeduldiger. Er war verschwunden? Na und? Da war ein Mann aus seinem Leben gefallen wie ein Pinienzapfen vom Baum. Sollte ich jetzt auf meinen sterbenden Knien herumrutschen und wie die anderen, die ihn wirklich liebten, suchen, wo er hingefallen war? Vergiß es!

Nachdem ich, wie es sich gehörte, ein paar mitfühlende Fragen gestellt hatte, trat eine lange Stille ein, und jeder von uns wartete, daß der andere etwas sagte. Schließlich sprach Sophie. Was sie sagte, stellte die Weichen für den Rest meines Lebens. »Ich hab bei dir noch einen Wunsch gut, Wyatt.« Wie ein Flüstern und ein abschließender Satz.

Ich fuhr zurück, als hätte mich die größte Biene der Welt gestochen. »Nein! Sophie, du weißt, daß du mich jetzt nicht darum bitten kannst! Es ist zu spät. Ich will nichts davon hören.«

»Das ist stark! Mir ist es egal, was du hören willst. Ich habe einen Wunsch gut, und jetzt ist es soweit. So war es abgemacht. Das sind die Regeln.«

»Verdammt! Was ist es denn? Was willst du?«

»Ich will, daß du mit mir nach Europa gehst, um Jesse zu finden.«

»Bist du *wahnsinnig*? Europa?«

»Du mußt. Wir haben es einander versprochen.«

»Sophie, darf ich dich daran erinnern, daß ich Leukämie habe? Manchmal bin ich sogar zu schwach, um aus einem Sessel aufzustehen.«

»Ich weiß, aber andererseits gibt es niemanden, auf den man sich in einer Krise so verlassen kann. Und niemanden, zu dem ich soviel Vertrauen habe. Wenn es schlimmer wird, gibt es dort gute Kliniken. Keine Sorge, ich habe mich erkundigt. Ich hänge seit drei Stunden am Telefon. Das hier ist der letzte Anruf, den ich erledigen muß.«

»Wo ist denn übrigens *dort*? Wo soll's denn hingehen? Europa ist groß.«

»Österreich. Die Heimat von Mozart, Schlagsahne und Nazis.«

»Jesus!«

»Nein, der kam aus Israel.«

Als Dick starb, machte ich einen Riesenfehler. Nach dem ersten Schock, der Beerdigung und all den Wochen, die es braucht, um die Angelegenheiten eines Toten zu ordnen, schlug ich Sophie vor, irgendwohin zu fahren. Ich sagte das, was in solchen Situationen üblich ist: Es wird dir guttun; eine neue Umgebung wird dich ablenken ... Ich machte mir nämlich große Sorgen um sie und war fest überzeugt, daß es sie aufmuntern würde, eine Weile von zu Hause weg zu sein, und daß es ihr helfen würde, neu anzufangen. Zu meiner Verblüffung gefiel ihr die Idee.

»Wo würdest du denn gerne hin?«

Da ich mit ihrem Protest gerechnet hatte, war ich jetzt so überrascht, daß mir nichts einfiel. So weit hatte ich noch gar nicht vorausgedacht. Ich war sicher gewesen, daß ein langes Gespräch nötig sein würde, um sie zu der Reise zu überreden.

»Wohin? keine Ahnung. Wir haben die ganze Welt. Du kannst es dir aussuchen. Wo zieht es dich denn hin?«

»In die Schweiz. Ich wollte schon immer mal in die Schweiz.«

»Das hast du mir noch nie gesagt.«

»Ich weiß, aber es stimmt. Ich wollte immer im Winter hin, in ein eingeschneites Hotel, hoch oben in den Alpen. Man ist ringsum von Bergen umgeben, und morgens hört man lautes Krachen, wenn Lawinentrupps an gefährlichen Stellen Sprengungen vornehmen.«

»Und man riecht Holzrauch und trägt eine Sonnenbrille, weil man sonst schneeblind wird.«

»Ja, aber nur am Tag. Gegen vier Uhr nachmittags beginnt es in dicken, trägen Flocken zu schneien, und alles ist still.«

So fröhlich hatte ich sie seit Wochen nicht erlebt, aber ich mußte noch einmal nachhaken, um sicherzugehen. »Du willst also wirklich in die Schweiz? Dann würde ich nämlich gleich alles organisieren.«

»Meinst du das im Ernst, Wyatt?«

»Ja, ich glaube, wir könnten beide einen Urlaub brauchen, und Schweiz hört sich gut an.«

»O ja, das machen wir! Phantastische Idee. Und du organisierst alles?«

»Bis ins Detail.«

Aber warum um alles in der Welt habe ich dann die Entscheidung getroffen, die ich schließlich traf? Ich blätterte Stöße von Prospekten durch, die genau *die* Schweiz versprachen, die Sophie sich wünschte. Schließlich buchte ich eine Woche im Club Mediterranée in Zims, einem Skiort im Berner Oberland, mit einem wundervollen Blick auf Eiger, Mönch und Jungfrau. Ich war zwar noch nie im Club Med gewesen, hatte aber gehört, es herrsche dort eine lebhafte, fröhliche Atmosphäre, man esse gut, könne abends tanzen und lerne manchmal interessante Leute kennen. Ich hielt Rücksprache mit Sophie, und da sie glücklicherweise auch der Meinung war, es höre sich gut an, fand ich es, als wir einige Zeit später in Dingsbums eintrudelten, gar nicht schlecht, daß ich uns hierher gelotst hatte.

Der Flug war das reinste Vergnügen. Wir landeten in Zürich und stiegen, je mehr wir uns den Bergen näherten, in immer kleiner werdende Züge um. In Interlaken begann es zu schneien. Als die kleine Zahnradbahn ihre Fahrt vor der Station in Zims verlangsamte, bestand die ganze Welt nur noch aus Schnee, tiefhängenden Wolken und vorbeistapfenden Menschen, die farbenprächtige Skier geschultert hatten und Französisch oder

Deutsch sprachen. Wir standen vor einem original Art-Deco-Bahnhof und atmeten kalte, reine Luft. Wie auf ein Stichwort wandten wir uns im selben Moment zueinander um und umarmten uns.

»Wyatt, du bist ein Genie! Es ist herrlich!«

Tja – die nächste halbe Stunde noch.

Dem Club Med gehörte ein riesiges altes Ferienhotel aus den 20er Jahren, das einer der Hauptgründe für meinen Entschluß gewesen war, hierherzukommen: auf den Fotografien entsprach es genau Sophies Beschreibung ihres Traumrefugiums.

Aber schon dreißig Minuten später war uns klar, daß wir einen schlimmen Fehler begangen hatten. Kinder rannten durch die Eingangshalle und die Korridore und kreischten, als stünden entweder sie oder das Hotel in Flammen. Überall schwirrten Ausbilder und Bedienstete herum, wie lächelnde, aufgeputschte Zombies – sie organisierten, dirigierten, sagten einem, was man tun und wo man hingehen sollte, fragten, warum man denn nicht Ski fahre, Schlitten fahre, Schlittschuh laufe und die vielen phantastischen Angebote des Clubs wahrnehme. Bei allen Mahlzeiten bekam man einen Platz zugewiesen. Besaß man die unglaubliche Frechheit, woanders sitzen zu wollen, rutschte das Lächeln von den Gesichtern, wie Schneematsch von der Windschutzscheibe, und das Personal wurde so fies, wie es nur Franzosen sein können. Die Prospekte hatten eine freundliche, entspannte Atmosphäre suggeriert. Aber wir merkten nur allzu rasch, daß alles völlig überdreht und irgendwie faschistisch war. Am Ende des ersten Tages nannten wir ihn Club Schreck.

Trotzdem standen wir die erste Woche durch, weil die Landschaft überwältigend war und wir uns miteinander rundum wohl fühlten. Wir wanderten, fuhren Schlitten und sahen zu, wie Skiläufer die weißen Hänge blauschwarzer Berge hinunterrasten. Es schneite jeden Tag, und jeden Nachmittag wanderten wir die Pfade, die noch tiefer in den Schnee und ins Schweigen führten, ein Stück höher hinauf.

Wir machten auf einer schwarzen Bank inmitten eines Schneefelds Rast und aßen Mandarinen, die sich in unseren Manteltaschen erwärmt hatten, als Sophie zum erstenmal von der Idee erzählte. »Hier oben riecht es nach nichts außer den Früchten. Ist dir das auch aufgefallen? Drunten riecht es nach Bäumen und Stallmist, aber hier nur danach. So intensiv und fehl am Platz, nicht wahr? Ich liebe es, wenn meine Hände danach duften. Dick und ich haben mal eines Morgens im Bett Orangen gegessen. Bevor mir klarwurde, was er tat, nahm er die Schalen und begann mich am ganzen Körper damit einzureiben. Sie fühlten sich kalt und glatt an. Es war herrlich. Ich hab so wunderbar gerochen. Und dann haben wir natürlich miteinander geschlafen. Der ganze Raum hat nach Sex und Orangen geduftet. Seitdem muß ich jedesmal, wenn ich eine Orange esse, an jenen Morgen denken. Wyatt, gestern abend habe ich etwas gehört, was mich beschäftigt hat. Ich hab es bis jetzt für mich behalten, weil ich erst darüber nachdenken wollte. Laß mich erst fertigreden, bevor du sagst, ich sei verrückt.

Als ich nach dem Abendessen in der Lobby auf dich gewartet habe, hörte ich, wie ein Mann einem kleinen Mädchen eine Geschichte erzählte. Er sprach Englisch, deshalb bekam ich es fast zwangsläufig mit. Es war das Märchen von dem Fischer, der einen Butt fängt, der ihm drei Wünsche gewährt, wenn er ihn ins Wasser zurückwirft. Erinnerst du dich an diese Geschichte?«

»Ja, ›Der Fischer und seine Frau‹. Ich hab das mal in der Sendung gehabt. Die Wünsche zerstören ihr Leben.«

»Klar, weil es ein Märchen ist. Die sind immer so furchtbar moralisch. Für alles, was Spaß macht, wird man bestraft, und alle interessanten Leute sind Bösewichte.

Aber jetzt hör mal, das hier ist anders. Mir kam der Gedanke, ob es nicht phantastisch wäre, einen Partner oder Freund zu haben, mit dem man einen Pakt schließt: Jeder bekäme vom anderen einen Wunsch gewährt. Egal, welcher Wunsch es wäre – um ihn zu erfüllen, müßte der Partner oder die Partnerin alles tun, was in seiner oder ihrer Macht steht, außer, ein Verbrechen zu begehen. Ich wünschte, ich hätte das noch mit Dick machen können; er wäre begeistert gewesen. Was meinst du dazu?«

Ich fuhr mit der Zunge innen an meiner Wange entlang und beobachtete einen Amselschwarm, der über den Schnee flog. »Das ist eine typische Sophie-Chapman-Idee. Möchtest du das mit mir machen? Willst du dieses Risiko wirklich eingehen?«

»Du und Dick, ihr seid die einzigen Männer, denen ich so vertraue, daß ich sie liebe – außer meinem Bruder. Aber er ist blutsverwandt, die Familie zählt nicht. Ich glaube, heutzutage würde es keinem mehr im Traum einfallen, ein solches Versprechen zu geben, weil es kein Vertrauen mehr gibt und weil es zugegebenermaßen gefährlich ist. Wer weiß, was der andere will?«

»Stimmt. Und es ist dir wirklich ernst damit? Wir versprechen, alles zu tun, was wir können, um den Wunsch des anderen zu erfüllen, außer Mord?«

»Nein! Wir tun *alles*, um ihn zu erfüllen, nicht nur, was wir können. Das ist der Unterschied. Alles.«

»Hundertprozentig wahr?«

»Hundertprozentig.«

»Ich sag dir ganz ehrlich, der Gedanke gefällt mir, aber er macht mich nervös.«

»Mich auch! Als mir die Idee kam, hab ich an die Leute gedacht, die ich kenne. Aber wem würde ich so vertrauen, daß ich so etwas mit ihm mache? Nur dir.«

Ich blickte wieder auf die Vögel. Daß ich dem Handel zustimmte, lag in jenem Moment mehr an den Vögeln als an sonst etwas. Mehr als an meiner Liebe zu Sophie, als an unserer Freundschaft. Wie die Vögel gleichzeitig aufflogen und herabstießen, in absolutem Vertrauen auf die Bewegungen der anderen. Ohne überlegen zu müssen, ob es jetzt richtig war, nach links zu fliegen, weil links in diesem Augenblick die einzige Richtung in ihrem *einen* großen Bewußtsein war. Absolutes Vertrauen. Die Gewißheit, daß jemand, wenn ich mir einmal etwas innig wünschte, sich große Mühe geben würde, vielleicht sogar mehr als ich, mir diesen Wunsch zu erfüllen. Das völlige Vertrauen, daß man nichts von mir verlangen würde, was meine Kräfte überstieg. Wie Vögel, die zusammen fliegen.

»Abgemacht.«

Als wir uns die Hand gaben, legte sie den Kopf in den Nacken, sah zum zinngrauen Himmel empor und sagte laut: »Dick, du bist Zeuge! Du hast jedes Wort gehört!«

Wir faßten uns an den Händen und wanderten wieder zum Club Schreck hinunter.

In den Jahren, die seither vergangen sind, hat keiner von uns beiden offiziell seinen Wunsch geäußert. Und so verblaßte der Moment auf dem Berg zu einem hübschen Schnappschuß im Fotoalbum meines Bewußtseins. Erinnerst du dich noch an jenen Nachmittag? Die Bank? Dort haben wir damals unsern Pakt geschlossen. Wie Kinder.

Aber heute war es anders als bei Kindern. Sophie forderte die Schuld ein, und ihrer Stimme war anzumerken, daß sie es ernst meinte.

»Schau, Wyatt, jetzt gibt es nur noch drei Menschen auf der Welt, die mir etwas bedeuten. Du, mein Bruder, seine Frau. Wenn ich Jesse verlieren würde, wäre ein Drittel der geliebten Menschen verloren, die mir geblieben sind. Wenn ich nicht rüberfliege und nach ihm suche, werde ich mich immer dafür hassen. Aber ich traue mir in solchen Situationen nicht. Ich flippe aus und bin zu emotional. Ich kann mich nicht an irgendwelche stillen Orte in mir zurückziehen und alles neu überdenken. Aber du kannst das. Du behältst so toll die Nerven und den Überblick. Ich weiß, wie krank du bist. Glaub mir, ich weiß es. Ich habe ja bis zum Ende mit Dick zusammengelebt, vergiß das nicht. Ich werde mich um dich kümmern. Ich schwöre bei Gott, daß ich mich um dich kümmern werde, aber du mußt mich unbedingt begleiten. Wenn du es tust … Ach komm, du verstehst mich schon.«

»Ja, ich verstehe dich, aber ich will nicht mit. Du schaffst hier eine unmögliche Situation – eine Entscheidung zwischen unserer Freundschaft und dem, was von meiner Gesundheit übriggeblieben ist. Ich bin sterbenskrank, und durch eine solche Reise würde sich mein Zustand verschlechtern. So empfinde *ich* das. Wenn du darauf bestehst, komme ich mit. Aber ich will nicht, und ich nehme es dir übel. Mehr ist dazu nicht zu sagen.«

Ihre Stimme klang ebenso hart und kalt wie meine. »Na schön!«

Wie Kleider vor einem Spiegel probierte ich Wörter wie *Österreich* und *pack deinen Koffer* an. Keins paßte. Ich fühlte mich in allen komisch und unbehaglich. Wie sollte ich es schaffen, Freundschaft hin oder her? Du bist sterbenskrank, Mann! Leukämiepatienten stehen nicht einfach auf und fahren zum Flughafen.

Außer mir.

Trotz all meiner Empörung und Sorge war mir klar, daß ich nichts anderes zu tun hatte. Außer sterben. Komfortabel und geborgen in vertrauter Umgebung zu sterben, mit der besten Pflege der Welt. Wenn Sophie nicht angerufen und ihre Forderung gestellt hätte, wie hätten dann meine Pläne für den Rest des Tages ausgesehen? Oder für den Rest der Woche, des Monats? Laut Anweisung meine Pillen und Tropfen einnehmen? Ein paar Seiten in dem Buch lesen, das mich einfach nicht fesseln wollte, essen, ein paar Telefongespräche führen? So furchtbar öde. Wenn die letzten Tage meines Lebens so kostbar waren, warum lebte ich dann so gleichgültig vor mich hin? Ich wollte nicht mit Sophie verreisen, weil ich Angst hatte, in einem anderen Land schwer zu erkranken, aber was machte das für einen Unterschied? Vor kurzem hatte ich im Fernsehen einen Film über den Komponisten Frederick Delius gesehen. Als man ihm sagte, er würde erblinden, ließ sich Delius von Freunden auf einen Berg führen, um einen der letzten Sonnenaufgänge seines Lebens zu sehen.

Dieses Detail gefiel mir sehr gut, und ob es nun stimmte oder nicht, ich glaubte es. Jetzt befand ich mich fast in der gleichen Situation. Nur daß ich bei dem Angebot, zum letzten Mal herrliche und vermutlich wichtige Dinge zu sehen, weinerlich kniff. Ich wollte *mein* Bett, meinen Arzt sowie das blöde Buch auf dem Wohnzimmertisch, das mich vom ersten Moment an gelangweilt hatte.

Um diese Empfindungen zu überwinden, die ich verachtete, tat ich folgendes. Zuerst machte ich eine lange Autofahrt, um gründlich über alles nachzudenken. Auf dem Rückweg zu meiner Wohnung über den Hollywood Boulevard hielt ich vor einem Spielzeuggeschäft, das Gummimasken verkaufte. Leider hingen an den Wänden lauter bekannte Gesichter aus Latex mit Kunsthaar. John Kennedy, Elvis, der Nikolaus. Bis auf gewisse unberühmte Monster mit fünf Augen oder einen aus dem Scheitel ragenden Zwergenarm erkannte ich problemlos, wen die Masken darstellen sollten. Das war es nicht, was ich suchte. Für meinen Plan brauchte ich nämlich ein Gesicht, das ich nicht kannte.

Der Ladenbesitzer war ein kleiner Glatzkopf, der mit einer wunderschönen silberschwarzen Zigarettenspitze à la Franklin D. Roosevelt eine rauchte.

»Kann ich Ihnen helfen?«

»Ja, ich suche eine Maske, aber sie muß von jemandem sein, der nicht so bekannt ist. Verstehen Sie, was ich meine? Es darf nicht Michael Jackson oder Arnold Schwarzenegger sein.«

»Wie wär's mit einer von Finky Linky?« Er zeigte auf ein Gesicht an der Wand, das ich bereits bemerkt hatte. Da hing ich in Gummi, wie ich leibte und lebte. Der einst berühmte Finky Linky. Ich lächelte den Ladenbesitzer an, und wir schüttelten einander die Hand.

»Seinerzeit eine sehr beliebte Maske, die immer noch hin und wieder verlangt wird. Sehr beliebt. Man muß seine Show an mehrere Sender verkaufen, dann lebt man ewig. Das ist allgemein bekannt, stimmt's? Wie geht's Ihnen, Finky Linky? Also, ich kann Ihnen sagen, meine Enkel fanden Ihre Sendung toll, und ich hab sie mir Dutzende von Malen mit ihnen zusammen angeschaut. Wir vermissen Sie! Sie hatten die einzige gute Kindersendung im Fernsehen. Jetzt kommen nur noch japanische Science-fiction-Cartoons und große Tiere, die einem beibringen, wie man buchstabiert. Aber das ist ein anderes Thema, und Sie sind ja als Kunde hier. Wie wär's mit Tschernenko?« Seine Augen leuchteten auf. Er hatte eine Idee.

»Wer?«

»Einen Andropow müßte ich auch noch haben. Warten Sie mal. Ich könnte Ihnen wahrscheinlich von jedem zehn Stück verkaufen, wenn Sie möchten.« Er wollte sich zu den Schubladen hinterm Ladentisch umdrehen, hielt aber inne, um eine letzte Frage zu stellen. »Sie sind nicht in der Partei, oder? Daß ich das Zeug verkaufe, ist nicht irgendwie respektlos, verstehen Sie. Es ist rein geschäftlich.«

Ich war total verwirrt. »Welche Partei?«

»Die Kommunistische Partei, was haben Sie gedacht? Obwohl ja nicht mehr viel davon übrig ist. Hier. Hier ist der Tschernenko, und hiiier, ja, hier ist der Andropow. Hab doch gewußt, daß ich von beiden noch ein paar habe. Leider. Die bleiben mir wohl bis zu meinem Todestag.« Er nahm Masken aus den Schubladen und reichte mir zwei alte, unbekannte Gesichter. Ich kannte die Männer zwar nicht, aber die Masken waren phantastisch.

»Wer ist denn das? Sind die berühmt?«

»Beide waren es etwa fünf Minuten lang, zu meinem bitteren Entsetzen. Jeder von ihnen war mal Generalsekretär des Zentralkomitees der Kommunistischen Partei. Wissen Sie nicht mehr? Jeder etwa eine Woche lang. Dann hatten diese Scheißkerle den Nerv, tot umzufallen, und ich bin auf zwanzig Stück sitzengeblieben.

Von Breschnew hab ich damals Tausende verkauft. Die Leute flogen auf diese Augenbrauen. Diese eine große Braue quer über den Kopf – ein Renner! Als er abgekratzt ist, hab ich allein an diesem Tag fünf Stück verkauft. Sammler. Deshalb hab ich natürlich gedacht, der nächste russische Boß würde genauso gut laufen und genauso lang leben, und hab zwanzig Stück bestellt. Das war Andropow, stimmt's? Oder kam Tschernenko zuerst? Keine Ahnung, ich bring sie immer durcheinander. Egal. Sie kamen dicht nacheinander, waren aber beide nur ein paar Monate im Amt, bevor sie starben. Dann wurde Gorbatschow gewählt. Und da ist meine Rechnung so ziemlich aufgegangen, denn von dem verkaufe ich Unmengen, auch heute noch. *Unmengen* Gorbis.

Aber wenn Sie was Unbekanntes wollen, nehmen Sie doch einen von den beiden alten Trotteln da. Ich hab ja schon gesagt, wenn Sie ein paar davon wollen, kann ich Ihnen ein Superangebot machen. Den Finky-Linky-Sonderpreis für Sie!«

Finky Linky brauchte aber nur einen und entschied sich für Tschernenko, einfach deshalb, weil ich ihn gerade in der Hand hielt. Nachdem ich bezahlt und eine Maske mit meinem Konterfei signiert hatte, damit der Besitzer sie daheim an seine private Ruhmeswand hängen konnte, verließ ich den Laden. Kaum war ich aus der Tür, zog ich mir die Maske über, um zu sehen, wie sie sich anfühlte. Ich hatte folgenden Plan: Wenn ich diese Reise machte, würde ich sicherlich viele ängstliche, schwache Momente erleben. Dafür war die Maske da. Ich würde sie immer griffbereit in meiner Nähe haben, und bei Schwäche oder Furcht würde ich sie aufsetzen und die Angst zulassen oder was immer. Nach einer gewissen Zeit jedoch würde ich der Angst sagen, jetzt reicht's – sie müsse mich jetzt in Ruhe lassen, ich hätte noch mehr zu tun. Das schien mir ein fairer Deal mit der Angst. Sie voll anzuerkennen und zu akzeptieren. Wenn die Angst wollte, daß ich zitterte oder weinte, solange ich die Maske aufhatte, würde ich es tun. Aber wenn ihre Zeit um war, mußte sie gehen und mich in Ruhe lassen. Beim Sterben würde ich mich in zwei Teile spalten. Auf die Reise würde ich beide Ichs mitnehmen und jedes zu seinem Recht kommen lassen. Aber mit etwas Energie und Glück würde für das schwache Ich, Tschernenko, immer weniger Zeit übrig sein. Wie ein Kind, das mitten auf dem Gehweg einen Wutanfall bekommt – schreiend und strampelnd auf dem Boden liegt, um Mitleid und Aufmerksamkeit zu erwecken –, würde es seine eigene Wut verzehren.

»Entschuldigen Sie die Frage, aber was zum Teufel machen Sie da?«

Der Polizist saß am Straßenrand vor dem Laden auf einem Motorrad. Er trug einen weißen Helm und eine verspiegelte Sonnenbrille und lächelte mich alles andere als fröhlich an. Es war das Lächeln eines Menschen, der fast alles gesehen hat und der für das, was er noch nicht kennt, nur sehr wenig Humor oder Geduld übrig hat. »Kommen Sie mal her.«

Ich ging hin, immer noch Tschernenko vorm Gesicht.

»Was ham Sie denn da drin gemacht, Partyboy?«

»Ich hab diese Maske gekauft.«

»Was? Kann nichts verstehen!«

»Ich hab diese Maske gekauft. Deshalb trage ich sie auch.«

»Was Sie nicht sagen. Runter damit!«

Als ich sie abnahm, runzelte er die Stirn, als rege sich irgendwo in seinem Machohirn eine Erinnerung. »Und was haben Sie da drin noch gemacht?« Er war massig, ob durch Fettgewebe oder Muskeln, war nicht zu sagen. Bei jeder Bewegung beschwerte sich leise ächzend seine schwarze Lederjacke.

»Ich hab es doch gerade gesagt, Officer, ich hab mir eine Maske gekauft. Sie können ja reingehen und den Mann fragen.«

»Mach keine Witze, Partyboy. Her damit.«

Im Gegensatz zu vielen Bürgern von Los Angeles mag ich die hiesige Polizei. Die meisten Cops sind mutige Typen, die hart arbeiten und ihren aussichtslosen Job ganz gut bewältigen. Sie haben den Ruf von SA-Männern, ja, aber bei ihrem Job würde ich mich genauso aufführen. Das soll nicht heißen, daß ich nicht schon ein paar unerfreuliche Zusammenstöße mit uniformierten Schlägern wie dem hier gehabt hätte: zähe Burschen, die alle Macht in Händen hielten und genau wußten, daß ihr Gegenüber das auch wußte. Ein Freund, der mal einen von ihnen provoziert hat, wurde mit einem Schädelbruch ins L. A. County Hospital eingeliefert. Nein danke – ich würde ihm meine Maske aushändigen und ihm den Triumph lassen, wenn er so drauf stand. Schließlich gab es jetzt wichtigere Dinge.

»Oh-oh, was haben wir denn da? Blut?« Er war so schnell vom Motorrad gesprungen und hatte seine Waffe gezogen, daß ich keine Chance hatte, den Sinn seiner Worte zu erfassen. Blut? Was? Blut auf meiner Maske? Wovon denn? Hatte ich mich heute morgen rasiert? Ich konnte mich plötzlich nicht mehr erinnern. Sofort verkrampften sich meine Eingeweide vor Angst. Ich konnte mich nicht einmal mehr an etwas so Simples erinnern wie den Umstand, ob ich mich heute rasiert hatte. Noch bevor mir all diese Gedanken durch den Kopf gegangen waren, stand er neben mir und hielt mir die Pistole an die Schläfe.

»Immer schön langsam, Freundchen. Wir gehen jetzt langsam da rein. Keine Dummheiten, sonst bist du tot.« Ich hob die Hände und ließ mich zum Laden zurückschieben. Schock, Panik, Angst und Adrenalin explodierten wie ein Feuerwerk in meinem Körper, und ich zitterte wie Espenlaub.

»Ich weiß nicht – was ...«

»Halt's Maul. Geh gradeaus und kein Wort mehr, bis ich weiß, was hier vorgeht.« Was hier vorgeht? Was *ging* denn vor? Ich hatte eine Maske gekauft, ein bißchen mit dem Ladenbesitzer geplaudert, den Laden verlassen –

»Mach die Tür auf. Ganz langsam und vorsichtig.«

Ich tat, was er sagte. Da lag die Leiche. Beine und Arme ausgebreitet, lag die Leiche des Besitzers auf dem kleinen Fleck Boden neben der Kasse, im Todeskampf verzerrt. Sein Kopf war zerschmettert und blutverschmiert.

Jemand hatte ihn aus nächster Nähe erschossen. Glaube ich. Wie sonst hätte er so aussehen können? Überall waren Blutspritzer, Blutstreifen – auf der Ladentheke, auf der Kasse, an seiner Kleidung. Ich bekam weiche Knie. Mir blieb die Luft weg.

Dreißig Sekunden. Vor dreißig Sekunden hatte ich mit diesem Mann, diesem zerstörten Körper geredet. Was war denn passiert? Was *konnte* denn passiert sein? Wann hätte denn ein Überfall stattfinden können? Kein Schuß, kein Schrei. Ich hatte direkt vor dem Laden gestanden und nichts gehört. Aber da – seine Zigarettenspitze, in der noch ein rauchender Stummel steckte. Die Zigarette hatte ihn überlebt. Ich hatte den Tod zwar schon gesehen, aber noch nie so nah. Noch nie so scheußlich, obszön und frisch. Frisch war genau das richtige Wort. Ich sprach es laut aus. »Frisch.«

Dann kehrte mein lädiertes Bewußtsein zurück, ich merkte, daß mir der Bulle immer noch die Pistole an die Schläfe hielt.

»Tja, du hast ihm 'ne kleine Erfrischung verpaßt, Partyboy. Hast ihm sein verdammtes Hirn rausgepustet und dir eine von seinen Masken aufgesetzt. Dann bist du auf die Straße gerannt. Supercool. Bist'n supercooler Typ, Partyboy. Rüber an die Theke mit dir, Arme und Beine auseinander, und keine Bewegung.

»Officer …«

»Tu, was ich dir sage. Für mich wär's leichter, dich einfach abzuknallen und zu sagen, ich hätte dich auf frischer Tat ertappt. Viel leichter für mich. Aber wenn du jetzt tust, was ich dir sage, kann ich mich vielleicht beherrschen. Setz die Maske auf.«

»Was?«

»Setz die Maske auf! Los!«

Wahnsinn. Der Bulle, der Tote, ich mit gespreizten Armen und Beinen an der Ladentheke, eine Gummimaske vorm Gesicht und kurz davor, wegen Mordes verhaftet zu werden.

Das Hirn arbeitet blitzschnell. Wen konnte ich anrufen? Sophie. Ich würde Sophie anrufen. Wer war mein Anwalt? Ich konnte mich nicht mehr an seinen Namen erinnern. Okay, okay, Sophie würde es wissen. Welche Beweise hatte ich? Keine. Würde ich im Gefängnis sterben? Wann würde man mich abtransportieren …

»Ich kann es einfach nicht glauben.« Mein Mund sprach oder

irgendein Teil von mir. »Ich habe es nicht getan! Ich habe doch nur eine ...«

»Halt's Maul! Und nimm die Maske ab.«

»Was?« Ich drehte mich um. Er kniete neben der Leiche auf dem Boden.

»Nimm die Maske ab und schau zur Wand. Ich bin gleich fertig.«

»Warum mußte ich sie dann *auf*setzen?« Ich nahm sie ab und ließ sie auf den Ladentisch fallen. Was sollte dieser Horror? Er war ein netter Mann gewesen. Wir hatten miteinander geplaudert. Jetzt war er tot, und ich mußte ins Gefängnis. Wie war es dazu gekommen? »Da ist doch was faul! An dieser ganzen Scheiße ist doch irgend etwas faul!«

»Ist es anders ohne die Maske?« Jetzt sprach der Bulle zum erstenmal in ruhigem Ton.

»Was? Was meinen Sie?«

»Dreh dich um. Schau mich an.«

Ich drehte mich um. Auf dem Boden lag jetzt keine Leiche mehr – jemand hatte ein Picknick hergerichtet. Herrliche Speisen, weißes Tischtuch, Rotwein in Kristallkelchen. Zwei Gedecke. Keine Leiche. Der Bulle hatte seine Sonnenbrille abgenommen und stand etwa einen Meter von dem Picknick entfernt. Er hatte ein nichtssagendes Gesicht, weit auseinanderstehende Augen. Ein unscheinbarer, robust wirkender Mann.

»Fühlst du dich ohne Maske besser? Verschwindet die Angst? Setz dich, Wyatt. Trink einen Schluck.«

»Was soll denn das?«

»Dein Plan mit der Maske – sie nur dann aufzusetzen, wenn du Angst hast? Er funktioniert nicht. Was war, als du sie gerade abgenommen hast? Du fühlst dich um kein Haar anders, stimmt's? Machst dir vor Angst immer noch fast in die Hosen. Angst ist nie etwas Freundliches oder Vernünftiges. Das mußte ich dir sagen. Und dann hab ich gedacht, ich zeige es dir lieber. Mit Tod und Angst und Kummer, all diesen großen Worten, kannst du keinen Deal machen und sie verschwinden lassen, indem du einfach eine Maske abnimmst. Sie sind zu stark und bösartig. Sie tun, was sie wollen.

Jetzt möchtest du natürlich wissen, wer ich bin.« Er legte die Hand aufs Herz und verneigte sich. »Der Tod. Ganz einfach der Tod. Manchmal komme ich früher als vereinbart, damit man sich an mich gewöhnt. Aber selbst das ist schwer. Wie wär's mit etwas Wein? Schmeckt alles sehr gut. Ich habe ein großes Spesenkonto!« Er lächelte. »Nur das Beste. Bei mir ist der Kunde König.« Er hob den Zeigefinger.

Aber er war es tatsächlich. Wenn er dir einmal seinen Namen nennt, gibt es keinen Zweifel mehr. Es ist der Tod. Der Tod spricht zu dir. Er ist gekommen. Er bringt dir Ruhe. Du bist ruhig, obwohl der Tod bei dir ist.

Er beugte sich vor, nahm ein Schinkenröllchen, tunkte es in ein Näpfchen mit leuchtend gelbem Senf und steckte es sich in den Mund. »Es tut mir leid, daß ich dir mit deiner Maske eine Enttäuschung bereitet habe, aber ich wollte dir kostbare Zeit ersparen.«

»Ich werde sterben. Es gibt also keine Hoffnung? Gar keine?«

»Keine. Ja, du wirst sterben; wie alle andern auch. Die meisten bringen mich nicht dazu, darüber zu reden. In diesem Punkt kannst du dich glücklich schätzen.«

»Kann ich Ihnen Fragen stellen?« Kaum hatte ich es ausgesprochen, fiel mir der dem Untergang geweihte Mann in Sardinien ein. Er hatte dem Tod Fragen gestellt, war aber jedesmal bestraft worden, wenn er die Antworten nicht begriff. »Vergessen Sie's! Ich will nicht fragen! Vergessen Sie's.«

Der Polizist kniff die Augen zusammen und schwieg einen Moment, als denke er nach. Er leckte sich die Lippen, und dieser gefährliche Augenblick zerbröselte in Schweigen. Dann besänftigte sich seine Miene, und er nickte. »Okay, die einzige Warnung. Aber wenn du noch einmal fragst, sage ich ja, und die Bedingungen kennst du ja.« Er wollte gehen.

»Warten Sie! Kann ich Sie rufen? Falls ich *doch* Fragen stellen will?«

»Ja. Und denk auch daran: Es dauert nicht mehr lange, Wyatt. Noch ist es nicht soweit, soviel kann ich sagen. Aber bald. Es könnte sich durchaus lohnen, die Chance zu nutzen. Vielleicht wirst du meine Antworten verstehen. Das tun erstaunlich viele Leute. Ehrlich. Und wenn du dich erst einmal verpflichtet hast, können wir reden, worüber du willst.« Er wies auf das unberührte Picknick. »Manchmal lernt man besser durch einen Schock als durch Überzeugung. Noch ein letztes, falls es dich interessiert: der Reisebürokaufmann, McGann? Er ist nicht tot. Laß es mich wissen, wenn du mit mir sprechen möchtest.«

»Warten Sie! Eine Frage. Nur eine. Aber ganz unverbindlich, ohne Verpflichtung. Bitte?«

Er nickte. »Frag, und ich sage dir, ob ich antworten kann.«

»Wie ich lebe, *bis* ich sterbe ... kann ich das entscheiden? Gibt es da einen freien Willen?«

»Absolut. Das geht uns nichts an. Es ist deine Reise übers Meer. Wir sind nur der letzte Hafen.« Er öffnete die Ladentür und ging hinaus.

ROSE

Am häufigsten werde ich gefragt, wie sie nackt aussieht. Ist es die Möglichkeit? Diese Chuzpe! Wie deine beste Freundin ohne Kleider aussieht. Eigentlich ist es ja lustig, denn wer Arlen Fords Filme gesehen hat, hat sie so nackt gesehen, wie er sie nie wieder sehen wird. Wie sie im Evaskostüm aussehe und wie sie denn *wirklich* sei sind die beiden Lieblingsfragen. Okay. Welt, bist du bereit? Ihr rechter Busen ist ein bißchen größer als der linke, und sie ist fast immer liebenswürdig. Aber zugegeben, derlei Informationen geben nichts her, vor allem nicht für Journalisten. Die Leute interessiert der Schmutz und Dreck, sie wollen wissen, wo diese berühmte Frau ihre geheimen Muttermale hat und ob sie zu Temperamentsausbrüchen neigt, wenn keiner in der Nähe ist.

Sie *hat* Temperamentsausbrüche. Wer hätte die nicht? Schokolade mag sie nur in Form von Godiva-»Golfbällen« zu vier Dollar das Stück, und sie fährt ein aberwitzig teures Auto. Reicht das? Mehr gibt es auch nicht zu erzählen. Mehr Dreck hat das Maul dieses Gauls den Interessenten nicht zu bieten. Aber ihr

Problem ist, daß niemand diese Frau besser kennt als ich, und so kommen sie immer wieder, in der Hoffnung, daß ich eines Tages doch mehr oder neue Widerwärtigkeiten zu bieten habe.

Ich bin Rose Cazalet, Arlen Fords Sekretärin und älteste Freundin. Sie weigert sich, mich als ihre Sekretärin zu bezeichnen, und nennt mich statt dessen »Beraterin« oder »Gefährtin«. Das hört sich zweifellos besser an, da aber heutzutage beide Worte einen entschieden lesbischen Beigeschmack haben, bevorzuge ich die schlichte alte »Sekretärin«.

Der Reihe nach: Wir haben uns schon als Fünfzehnjährige in einer privaten Mädchenschule in Connecticut kennengelernt, als solche Schulen noch sehr beliebt (und nicht verpönt) waren. Wir traten beide in der zehnten Klasse ein und bekamen ein gemeinsames Zimmer zugeteilt. Sie war schlagfertiger als ich, aber ich war besser in Mathe, was uns beide gerettet hat. Meine Familie hatte Geld, aber meine neue Freundin konnte, als irgendwann das Thema Sex zur Sprache kam, schon mit sexuellen Erfahrungen aufwarten, was mich entzückte. Die Schule mochten wir beide nicht. Arlen war eine Stipendiatin aus New York, die sich während der nächsten drei Schuljahre umgeben vom Geld und Einfluß der Bitsys und Muffys unsicher und verloren fühlte. Arlen mochte mich – ich hatte sie nämlich als erste darauf aufmerksam gemacht, daß Bitsy und Muffy zusammen über die Intelligenz eines Rasensprenklers verfügten.

Damals war sie noch nicht schön. Ziemlich hübsch, ja, aber sie hatte noch nicht DAS GESICHT, das die Leute heute kennen und bei jeder Gelegenheit vergöttern. Das kam alles erst nach dem Tod ihrer Mutter im letzten Schuljahr. Arlen kehrte in die Schule zurück, von dem Verlust erschüttert und überwältigend schön. Fragen Sie mich nicht, wie es dazu kam. Ich glaube, die meisten Leute werden mit der Pubertät erwachsen, während sich andere durch Liebe oder Leid verändern. Arlen Ford wurde durch den Tod ihrer Mutter zu dem Gesicht, das alle vom Hocker riß. Das könnte ich schwören. Ich kann mich noch lebhaft erinnern, wie sie an jenem Sonntagabend nach der Rückkehr vom Begräbnis unser Zimmer betrat. Schwer vom Verlust gezeichnet, von Kummer und Zorn. Doch diese schlimmen Dinge wirkten irgendwie zusammen und formten wie makabre Künstlerfinger das Gesicht, das wir heute so an ihr bewundern.

Einen Monat später verließ sie die Schule. Der Abschluß stand dicht bevor, aber trotzdem: eines Samstags packte sie ihre Tasche, umarmte mich und sagte, sie habe die Nase voll. Sie wolle weg. Sie war schon immer impulsiv, seit ich sie kenne. Sie vertraut ihrem Instinkt, akzeptiert aber auch die Konsequenzen. Das gefällt mir. Das gefällt mir bei jedem Menschen. Es geht nicht darum, wie hoch man springt, sondern wie man wieder landet. Egal, wie diese Frau im Lauf der Jahre gelandet ist, sie hat stets für alles die volle Verantwortung übernommen.

Sie war achtzehn, schön und pleite. Zuerst fuhr sie zu ihrem Vater nach Manhattan, aber als er hörte, daß sie die Schule verlassen hatte, flippte er (verständlicherweise) aus. Es gab einen fürchterlichen Krach. Als sie mich das erstemal anrief, sagte sie, sie hätte jetzt einen Job als Verkäuferin in der Kissenabteilung von Bloomingdale und wohne im Christlichen Verein Junger Frauen. Ich war total beeindruckt, aber auch erschrocken. Sie verkaufte Kissen und wohnte im CVJF? Entweder war sie verrückt, oder sie war eine beneidenswerte Figur aus einer dieser spleenigen 40er-Jahre-Komödien: das von Barbara Stanwyck oder Jean Arthur gespielte »Mädel«, das ein flottes Mundwerk hat und alles toll bewältigt. Aber selbst damals, als ich von dieser einschneidenden Veränderung in ihrem Leben erfuhr, habe ich nie ernsthaft daran gezweifelt, daß sie erreichen würde, was sie wollte. Sie war meine beste Freundin, und ich glaubte aufrichtig daran, daß wir Auserwählten alles schaffen würden. Das ist das wirklich Schöne am Jungsein – dieser hundertprozentige, törichte Glaube. Egal, für welches Leben wir uns entscheiden, es kann nicht schiefgehen.

Als ich den Abschluß machte, war sie bereits mit Nelson Crispi zusammengezogen. Ist das nicht ein toller Name? Er arbeitete im Strand Book Store und wollte Dramatiker werden. Er brachte ihr Bücher nahe. Davor hatte sie nur für die Schule gelesen und in den Ferien ab und zu mal einen Krimi oder Thriller. Nelson erweckte in ihr die unersättliche Liebe zur Literatur, die nie erlöschen sollte und in mehr als einer Hinsicht von unschätzbarem Wert war.

Als ich die beiden in jenem Sommer in der New Yorker Houston Street besuchte (das Haus hatte keinen Fahrstuhl), tranken wir Medaglia-d'Oro-Kaffee, der so stark war, daß der Löffel drin steckenblieb. Sie brauten ihn auf ihrem winzigen Herd in einem komisch geformten Kaffeetopf, den Nelson in Italien gekauft hatte. Er fand, das sei die einzige Art, Kaffee zu kochen.

Ich war so neidisch und beeindruckt! Obwohl wir etwa gleich alt waren und ich noch bis vor wenigen Monaten mit Arlen zusammengewohnt hatte, kamen mir die beiden viel älter vor; sie waren so intellektuell und wußten über alles Bescheid. Sie redeten über das Leben in Manhattan und über Leute, die sie kannten. Schauspieler, Dichter, eine reiche Frau, die einen lebendigen Fuchs in der Wohnung hielt. Neue Filme, tolle preiswerte Restaurants, die sie entdeckt hatten. Fellini, Lermontow, der Feinkostladen in der Seventh Avenue ... All diese Schlüsselwörter für die andere Seite des Lebens, auf der die glitzernden Geheimnisse warteten. Ich wünschte mir damals, mir würden dieses Wissen, diese Titel, diese Namen und Restaurants ebenso leicht von der Zunge gehen wie Nelson und Arlen. Sie prahlten nicht; das hatten sie nicht nötig, sie schilderten einfach nur ihr Leben. Natürlich war ich wahnsinnig neidisch, aber andererseits liebte ich sie für ihr Wissen, ihre unbewußte Coolness.

Es war auch das erstenmal in meinem Leben, daß ich dieses gewisse Knistern in der Luft spürte. Es war Sex, das merkte sogar ich Unschuldslamm. Sie waren verrückt nacheinander, wenn sie sich in meiner Gegenwart auch nicht groß küßten oder berührten. Nein, ich kapierte damals instinktiv, diese beiden feierten ein Fest und genossen es in vollen Zügen.

Was könnte es auf der Welt Schöneres geben? Sie hatte recht gehabt, die Schule abzubrechen. *Ich* war die Idiotin. Die tugendhafte Schülerin mit Scheuklappen, die tat, was man ihr sagte, gute Noten einheimste und schon jetzt nachts aufwachte und fieberhaft über ihr Hauptfach im College nachdachte. Und das Resultat? Im Herbst würde ich erneut in einem Klassenzimmer hocken, diesmal vier Jahre lang. Und wofür? Arlen würde im wundervollen New York faszinierende Dinge erleben, zu allen Tag- und Nachtstunden mit ihrem Dramatikergeliebten schlafen ... während ich Verbformen und Geographie paukte oder an einem Samstagabend im Studententreff herumhockte und um ein Rendezvous betete. Ein *Rendezvous*! Wie konnte ich diesen Quatsch je wieder ernst nehmen, nachdem ich das hier gesehen hatte? Hier lebte meine beste Freundin mit ihrem eigenen Geliebten in ihrer eigenen Wohnung und führte ein Leben, mit dem verglichen Schulferien oder Studentenparties geradezu lächerlich wirkten.

Als ich heimfuhr, war ich begeistert und deprimiert zugleich. Ich würde meinen Eltern zuliebe das College besuchen, aber wenn es mich auch nur eine Sekunde ankotzte, würde ich es wie Arlen machen und einfach *gehen.* Jetzt kannte ich ja Leute in New York. Dieses Wissen trug ich mit mir herum wie einen Glücksbringer, den man alle paar Minuten anfassen muß. Arlen war mein Talisman und mein Vorbild; sie verkörperte das Leben, wie es sein sollte.

Wir blieben in engem Kontakt. Durch diese Telefongespräche und später dann unseren ständigen Briefwechsel erfuhr ich von ihren Abenteuern, diversen Liebhabern, Reisen, Entdeckungen und schließlich davon, daß sie selbst entdeckt worden war.

Über Arlen Fords Entdeckung ist viel geschrieben worden, das meiste davon ist aus Dummheit oder Bosheit erlogen. Es war schlicht und einfach so: Nelson las in *The Village Voice* eine Anzeige, die zu einer offenen Vorsprechprobe für einen Low-Budget-Film einlud. Der Film sollte auf der Lower East Side gedreht werden. Man spricht ja immer vom richtigen Ort und dem richtigen Zeitpunkt! Wie sich herausstellte, handelte es sich um Weber Gregstons ersten Film *The Night is blond*, und obwohl sie mit ihrem Freund mehr zum Spaß und aus Neugier hingegangen war, kriegte Arlen eine kleine Rolle. Einige Jahre später sagte Gregston in einem Interview, sie sei ihm auf den ersten Blick aufgefallen, als sie den Raum durchquerte.

»Weiß Gott, sie war schön, aber darüber hinaus war sie eine dieser charismatischen Erscheinungen, die man einfach anschauen *muß*, wenn sie ein Zimmer betreten. So stark ist ihre Anziehungskraft. Man muß sie einfach anschauen, selbst wenn sie nur müßig herumstehen.«

Wer nur das mindeste über Arlens Leben weiß, weiß auch, daß sich von da an alles im gleichen Tempo zum Besseren und Schlechteren wendete. Sie begann Schauspielunterricht zu nehmen und hatte großen Spaß daran. Dann wurde Nelson plötzlich von einem Turbo-Paranoia-Eifersuchts-Rappel auf ihren plötzlichen Erfolg gepackt. Wenn überhaupt jemand hätte verstehen sollen, was geschah, dann dieser Junge, denn es gab keinen größeren Arlen-Fan als Nelson Crispi. Aber vermutlich war er damals so in sie verliebt, daß er sie mit niemandem teilen wollte. Was ein großer Fehler war, denn darüber war *sie* längst hinweg. Sie benutzte ihn zwar nicht als Sprungbrett, wie er in seinem ekelhaften Buch über ihre Beziehung lamentiert, aber nachdem er zu einem unglaublich lästigen Jammerer und Schuldzuweiser geworden war, hielt die Beziehung nicht mehr lange.

Eines Tages im Winter klopfte jemand energisch an meine Tür, und als ich aufmachte, stand sie da.

»Was machst *du* denn hier?«

»Ich komme wegen des großen Spiels.« Sie riß ihre wundervollen schwarzen Augen noch weiter auf als sonst. »Oder nicht? Gibt's diese Woche keins? Wir sind doch hier am College. Da gibt's doch immer irgendein großes Spiel.«

An diesem Abend blieben wir lange auf, erzählten uns von

unserem Leben und lachten. Sie hatte in New York furchtbar viele Leute kennengelernt und alles Erdenkliche gemacht. Es entbehrte nicht einer gewissen Ironie, daß es ihr trotz des herrlich aufregenden New Yorker Lebens einen Heidenspaß machte, eine Woche lang mit mir zusammen ein ganz normales College-Girl zu sein.

Sie war verblüfft, daß ich alles verstand, was der Russischlehrer sagte. Als in Kunstgeschichte Dias über Renaissancegemälde gezeigt wurden, flüsterte sie mir so viele Fragen zu, daß wir beide einen Kicheranfall kriegten. Der Blick, den mir der Lehrer zuwarf, hätte sogar heiße Lava zum Erstarren gebracht. Trotz meines Protests bestand Arlen darauf, daß wir eine Studentenfete besuchten. Obwohl es uns nicht gefiel und wir nach einer knappen Stunde wieder gingen, gelang es ihr doch in der kurzen Zeit, mit zwei aufgeblasenen Typen nacheinander zwei lautstarke, kränkende Wortwechsel vom Zaun zu brechen. Ich hätte in beiden Fällen einfach »Dummkopf« gesagt und wäre nach fünf Sekunden weitergegangen, sie aber liebte Konfrontationen und stachelte ihre Gegner auf. Außerdem war sie unfairerweise im Vorteil: Die Burschen brachten kein Argument zu Ende, weil sie jedesmal, wenn sie Arlen anschauten, sofort von ihrem herrlichen Anblick geblendet wurden. Es bedurfte nur eines ihrer Du-bist-mir-vielleicht-einer-Blicke, und es war um sie geschehen. Ihre Schönheit konnte den Verstand eines Mannes blitzartig leersaugen.

Das wußte Arlen, und sie nutzte es weidlich aus. Als wir nach Hause kamen und darüber sprachen, handelte sie das Thema eiskalt ab.

»Männer wollen ins Bett und später vielleicht reden. Frauen wollen zuerst reden – viel – und dann vielleicht ins Bett. Soviel habe ich gelernt. Und ich sag mir, okay, wenn das so läuft, nütze ich das aus.«

»Das hört sich so kalt und gemein an, Arlen. Als gäbe es nicht auch nette Männer auf der Welt.«

»Klar gibt es nette Typen. Aber mich beschäftigt in letzter Zeit noch etwas anderes, Rosey. Beantworte mir doch mal folgende Frage: Wie viele tolle Frauen kennst du? Ich spreche von intelligenten, sensiblen Frauen; Frauen, mit denen du gerne zusammen bist, weil sie, unter anderem, sehr unterhaltsam sind. Sie können reden, sind humorvoll, geben und nehmen nicht einfach nur.«

»Schwierige Frage. Da muß ich mal kurz nachdenken …«

»Piep! Zeit abgelaufen! Falsch! Du brauchst etwa eine Minute, weil die Antwort lautet: fast keine. Wir kennen beide nicht viele tolle Frauen. Sie sind nämlich äußerst rar. Und was noch schlimmer ist – wir wissen auch, daß Frauen zehnmal sensibler, nachdenklicher und so weiter sind als die Herren der Schöpfung … und deshalb sehen wir ziemlich alt aus, wenn wir begehrenswerte Männer finden wollen. Was glaubst du, wie viele Haupttreffer da draußen nur drauf warten, uns im Sturm zu erobern?«

Die naive junge Romantikerin in mir war verzweifelt und starrte sie mit gerunzelter Stirn an. »Also weißt du, ich finde diese Unterhaltung nicht gerade erhebend. Warum sagst du so etwas? Du amüsierst dich doch so toll … Das klingt ja, als sei dein einziges Problem, daß *dich* zu viele Männer im Sturm erobern wollen.«

»Ja, fürs Bett. Aber was ist am nächsten Morgen? Willst du sie noch in deinem Leben haben, wenn dein Make-up verschmiert ist und du von dem feudalen Essen am Vorabend vielleicht Blähungen hast? Willst du den Rest des Tages mit diesem Mann verbringen, ohne irgendwas zu unternehmen, außer vielleicht Zeitung zu lesen oder bei schönem Wetter spazierenzugehen? Außer seine Hand zu halten oder ihn sogar in den Hintern zu kneifen, nicht sexuell, sondern einfach nur, weil du ihn magst? Oder kannst du dir vorstellen, daß ihr den Tag zu Hause verbringt, weil Februar ist und es draußen schneit, und daß ihr so in eure Beschäftigungen vertieft seid, daß du oft stundenlang seine Gegenwart vergißt? Aber gleichzeitig *doch* weißt, daß er da ist, weil das zum kleinen Glück dieses Nachmittags beiträgt? So etwas ist selten. Ich weiß nur eines, Rose, man muß vorsichtig sein. Aus dem, was man hat, das Beste machen und aufpassen, daß der Mann nicht die Oberhand gewinnt. Niemals. Selbst wenn du ihn mit allen Fasern liebst, kann es ganz schnell schiefgehen. Selbst wenn du meinst, die Beziehung läuft wie am Schnürchen. Sogar wenn du sicher bist, ihn in- und auswendig zu kennen.«

Ich kriegte einfach nicht heraus, warum sie so verdammt abwehrend und skeptisch war, vor allem im Licht ihrer soeben errungenen Triumphe. Aber mehr verriet sie nicht, und dann war unsere Woche auch schon vorbei.

Ihr Besuch hatte unter anderem zur Folge, daß wir uns eifrig Briefe schrieben. Es war nett und spontan zu telefonieren, und wir taten es auch oft, aber wir fanden es auch beide toll, Post zu kriegen und unsere besten, aufschlußreichsten, geistreichsten Gedanken zu Papier zu bringen, um die Hochachtung und den Beifall der anderen zu erringen. Arlen hatte die Briefe von Frank Sullivan entdeckt und mir ein Exemplar dieses wundervollen Buchs geschickt. Wir lasen uns daraus vor und fanden beide, daß es einem viel bringen würde, mit einem Brieffreund wie Sullivan durchs Leben zu gehen. Machen wir's doch! Legen wir doch einen Schwur ab, daß wir uns ab jetzt mindestens einmal wöchentlich schreiben werden und versuchen, unser Bestes zu geben. An diese Abmachung habe ich mich gehalten.

Arlen arbeitete in verschiedenen Jobs, setzte ihren Schauspielunterricht fort, sprach weiterhin vor und zog, nachdem sie in die Swift Swigger Repertory Company aufgenommen worden war, nach Los Angeles. Ich war deprimiert, daß sie so weit weg zog, hatte aber früher oder später damit gerechnet. Außerdem spielte ich insgeheim mit dem Gedanken, nach dem Abschluß eine Weile bei ihr zu wohnen, falls ich nicht recht weiterwissen sollte, und zu schauen, ob die Stadt auch für mich in Frage kam.

In jenem Frühling rief sie an, um mir zu sagen, daß sie eine sehr gute Rolle in einem Film bekommen habe. Wie sich herausstellte, handelte es sich um *Standing on the Baby's Head.* Bedarf es zu Arlen Fords Karriere weiterer Erläuterungen? Vom Kinostart an war sie ein echter Star.

Ich sah mir den Film mit niemand anderem als Matthew Flaherty an, dem Mann, auf den ich mein ganzes Leben lang gewartet hatte und der später versucht hat, mich umzubringen. Obwohl sich das reichlich dramatisch anhört, ist es wahr, aber für diese Geschichte eigentlich nicht von Bedeutung. Höchstens insofern, als ich durch Matthew schneller nach L. A. zog, als ich es sonst vielleicht getan hätte.

Wir lernten uns in der Universitätsbibliothek kennen. Ich büffelte gerade für ein Examen und mußte auf die Toilette. Als ich zurückkam, stand ein *äußerst* gutaussehender Mann an meinem Platz, hielt mein russisches Geschichtsbuch in der sommersprossigen Hand und schien ganz darin vertieft zu sein. Er war groß und männlich. Er arbeitete bei der Bahn, kam aber in seiner Freizeit so oft wie möglich in die Bibliothek, um zu lesen und nachzudenken. In seiner Gesäßtasche steckte ein Gedichtband, von dessen Autor ich noch nie etwas gehört hatte. Er enthielt Zeilen wie diese:

Ich ließ meinen Atem bei dir
er ist dort, warm und verborgen
an deinem Ohr, an deinem Kragen,
an deinem Hals.

Wow! Echt? Volltreffer! Ich war eine verwöhnte kleine Studentin und glaubte zu wissen, wo's langgeht, weil ich mich mit Psychologie und düsteren russischen Romanen befaßte. Und somit war ich das gefundene Fressen für diesen stattlichen Eisenbahnwilden, der gut sichtbar einen Lyrikband in der Tasche stecken hatte und sich offenbar für mich interessierte. Daß er Arbeiter war und nur die High-School besucht hatte, machte ihn um so verführerischer und rührender. Außerdem war er der erste

Liebhaber, der dafür sorgte, daß ich auch was davon hatte, und mit dem es mir Spaß machte wie mit keinem Mann zuvor.

Eine Weile war das Leben ein einziger Rausch. Bis er dann immer wieder sagte, er möge meine Freunde nicht. Ihm zuliebe lud ich niemanden mehr ein, wenn er da war. Kein großes Opfer. Wir sperrten uns in meinem Zimmer ein, lagen im Bett oder fuhren in seinem Wagen herum, wo immer er hinwollte. Ich fand das ganz in Ordnung – wir liebten und begehrten einander. Und es waren ja bloß die Wochenenden.

Das Ende bahnte sich in einer Bar an, als ein Mann, der ein paar Hocker weiter saß, dauernd zu mir hersah. Matthew schmiß ihm einen Bierkrug an den Kopf. Blut, Scherben, Chaos.

Ich war so schockiert, daß ich einen Monat lang kein Wort mit ihm sprach. Er legte mir Blumen und Geschenke vor die Tür; er schrieb Briefe. Er gab sich solche Mühe, daß ich mich schließlich trotz meiner Angst geschmeichelt fühlte. Wir verabredeten uns zum Kaffee. Er benahm sich unglaublich charmant, sexy und höflich. Und er hatte mir gefehlt. Ich sehnte mich danach, die Hand über den Tisch zu strecken und seine Lippen zu berühren. Wir machten einen neuen Anfang, aber das Ende kam eines Nachts im Bett, eine Woche vor der Abschlußprüfung. Wir hatten miteinander geschlafen, und es war schön gewesen. Da wir beide müde waren, schliefen wir sofort ein. Ich weiß nicht mehr, wieviel später mich sein Schnarchen weckte. Es war so laut, daß ich lächeln mußte. Ich knuffte ihn leicht gegen den Arm, aber es half nichts. Ich flüsterte, sprach dann mit normaler Stimme und knuffte ihn stärker. Nichts half. Immer noch lächelnd, streckte ich die Hand aus und zwickte ihn mit zwei Fingern sanft in die Nase. Er atmete einmal; er rang nach Luft. Dann fuhr er hellwach hoch. Er packte meine Hand und bog sie so weit zurück, daß ich schrie.

»Faß mich nie mehr an, wenn ich schlafe«, sagte er und schlug mir voll ins Gesicht.

Und dann verprügelte er mich.

Wenn du Glück hast, brauchst du dich im eigenen Bett nie zu fürchten. Sex kannst du vergessen. Schlaf und Erschöpfung, das vertraute Kissen, deine Nachttischlampe, die genau so und so stehen muß; hier brauchst du keinen Schutzpanzer mehr. Leg ihn in irgendeine Ecke, zu dem Haufen warmer Kleider, die du heute angehabt hast. Die Holländer sagen, es gebe kein schöneres Geräusch als das Ticken der Uhr im eigenen Heim. Im eigenen Bett zu liegen ist sogar noch schöner. Aber wenn es schiefgeht, wenn du den Kardinalfehler begangen hast, dir den Falschen ins Bett zu holen, um mit ihm zu schlafen oder neben ihm einzuschlummern, dann wird der schlimmste Alptraum wahr: aus der schwarzen Labsal des Schlafs gerissen zu werden und im eigenen Bett im Horror zu erwachen.

Ich will nicht darüber sprechen. Verzeihung, aber ich kann nicht. Er schlug mich, bis ich blutete und Haarbüschel auf dem Leintuch und an seinem T-Shirt klebten. Ich schrie und schrie. Meine verachtenswerten Nachbarn, deren Baby ich manchmal hütete, taten eine halbe Stunde lang gar nichts. Fünfundvierzig Minuten? Ich weiß es nicht. Die Polizei kam erst nach einer fürchterlichen Ewigkeit, da konnte ich nicht einmal mehr hysterisch schreien. Als sie kamen, kniete Matthew weinend vor mir und bat mich um Verzeihung. Bitte bitte bitte. Ich liebe dich so. Ach, mein Liebling.

Zwei Tage später ließen sie ihn frei. Als erstes kam er in meine Wohnung. Ich war zu Hause, um mein zerschundenes Gesicht zu verstecken. Mit dem Schlüssel, den ich ihm zum Jubiläum unseres ersten gemeinsamen Monats geschenkt hatte, öffnete er die Tür.

»Rose, Schätzchen! Ich bin zurück! Bist du da?«

Das waren seine Worte. Kaum hörte ich seine Stimme, begann ich zu schreien. Er kam ins Schlafzimmer gerannt und packte mich am Fuß, als ich aus dem Fenster klettern wollte. Diesmal riefen die Nachbarn zwar schnell die Polizei, aber nicht schnell genug.

In den fünf Minuten bis zu ihrem Eintreffen versetzte mir mein Lover einen Faustschlag gegen die Kehle, riß mir die Trainingshosen herunter, zwang mich auf den Boden und begann mich zu vergewaltigen. Nur war da jetzt der Schuh. Neue schwarze Stöckelschuhe, die ich mir für die Abschlußfeier gekauft hatte. Ich hatte sie gerade anprobieren wollen, als er den Schlüssel herauszog und nach mir rief. Mit diesem Gesicht, das wie verdorbenes Fleisch aussah, wollte ich zwar nicht zur Feier gehen, aber da die Schuhe neu waren, wollte ich sie im Schutz meines kleinen Schlafzimmers anprobieren.

Der Schuh stand auf dem Boden. Ich lag auf dem Rücken, hustete wegen eines Faustschlags und spürte, wie er trocken in mir hin und her stieß. Er hatte die Augen geschlossen, sein Gesicht war friedlich. Ich drehte mich weg. Ich kriegte kaum noch Luft, da sah ich den Schuh. Meine Hand war schon nah dran. Ich packte ihn und schlug zu, so fest es ging – eins zwei drei. Beim dritten Schlag spürte ich keinen Widerstand mehr – weder harten Knochen noch elastische Haut. Weich, so weich. Er erstarrte, stieß einen seltsamen, gräßlichen Laut aus und schnellte brüllend von mir weg. Der mit einer Eisenspitze versehene Absatz war direkt in Matthews rechtes Auge gedrungen, in das zarte Gallert, das seine hervorragende Sehkraft ausmachte, und hatte es zerstört.

Gott segne das Vergewaltigungsopfer. Verletzte Seele, die ein Gesicht von zu nah gesehen hat, die das Gefummel spürte, den heißen Atem, machtlos, verzweifelt. Die nicht mehr ins Bad gehen oder einen Liebhaber empfangen kann, ohne daran zu denken. Einmal hat mein Körper nicht mir gehört. Etwas hat unrechtmäßig von ihm Besitz ergriffen und ihn nie mehr losgelassen. Gott segne dich. Ich weiß, was du weißt.

Ich rief Arlen an, die als wahre Freundin sofort zu mir in den Osten flog. Sie bestand darauf, daß ich mit ihr zurückkehrte. Ich könne so lange ich wolle müßig in der Sonne sitzen. Sie würde sich um alles kümmern. Sie schilderte das Leben in Los Angeles als eine Mischung aus *The Dating Game* und dem Tollsten, was man je gegessen hat. Ich verstand zwar nicht, was sie damit meinte, aber welche Alternative hatte ich schon? Sollte ich den Abschluß machen und dann, wenn die blauen Augen verheilt und keine Erklärungen mehr nötig waren, nach Hause gehen und dort leben? Mit allem, was ich kannte, war Schluß; alles, wofür ich gelebt und worauf ich vertraut hatte, war entweder vorbei oder tot.

Arlen spielte gerade in verschiedenen Filmen mit und opferte viel zuviel Zeit, um mir im Wagen die Gegend zu zeigen und mich aufzumuntern. Es entbehrte nicht einer gewissen Ironie, daß ich nach zwei Wochen Kalifornien gar keine Aufheiterung mehr brauchte. Ich fand Los Angeles wundervoll und wollte soviel wie möglich über die Stadt wissen.

Durch eine Freundin von Arlen bekam ich einen Job als Werbeagentin in einem Filmstudio. Die Arbeit war interessant, hektisch und füllte mich auf seltsame Weise aus. Ich schloß Freundschaften, arbeitete hart und traf mich wieder mit Männern. Weil Arlen darauf bestand, blieb ich bei ihr wohnen. Wir kamen sehr gut miteinander aus, und ihr gefiel es – wie das bei Leuten mit glänzender Karriere oft der Fall ist –, mit einem Menschen zusammenzusein, der sie schon vorher gekannt hatte und sie immer noch liebte.

Sie drehte *Lazy Face* und *Mother of Pearl* kurz hintereinander. Die Kritiker taten sie als eindimensional ab und meinten, nächstes Jahr werde kein Hahn mehr nach ihr krähen. Sie schrieben, man könne ihr gefühlsbetontes Spiel leicht irrigerweise für innere Überzeugung halten. Sie habe einfach Glück gehabt; bis jetzt habe sie nur mit großen Regisseuren gearbeitet, die sie unter ihre Fittiche nahmen und ihr zeigen konnten, wie es ging. Ach ja? Zum Entsetzen ihres Agenten, Roland Jacobs, erklärte sie sich bereit, mit einem unbekannten englischen Regisseur *The Kingdom of Jones* zu drehen. Er verpfuschte den Film zwar total, aber ihre Darstellung blieb davon unberührt. Als sie von Außenaufnahmen in Österreich zurückkehrte, erzählte sie mir, sie habe sich in die Stadt Wien verliebt und wolle sich dort, wenn sie genug Geld beisammen hätte, ein Haus kaufen.

Zu den wenigen Dingen, die ich an meiner besten Freundin nicht verstand, gehörte ihr Männergeschmack. In der Zeit, als wir zusammenwohnten, erörterten wir in endlosen Gesprächen, wie unser Traumprinz beschaffen sein müßte. Wir waren uns so gut wie einig, aber dann ließ sie sich entweder mit total komischen oder absolut langweiligen Typen ein. Rockstars mit mehr Tattoos als Verstand, Schauspieler oder Topmanager, die zuviel in den Spiegel guckten und Krämpfe kriegten, wenn mal kein Telefon in der Nähe war. Wir trafen uns oft zu viert, und es ging beim Essen immer um neue Schlankheitsdiäten oder Steuerparadiese, neue Wunder(volle)-Drogen oder persönliche Gurus. Wenn ich ihr sagte, das sei doch weit unter ihrem Niveau, gab sie mir recht, aber bald fuhr unten schon wieder ein alter Cobra vor, in dem ein Typ mit aschblondem Kurzhaarschnitt saß.

Während sie in Österreich drehte, begann ich mit Roland auszugehen, ihrem Agenten. Er war um einiges älter als ich, und deshalb zögerte ich anfangs, als aus unserem amüsanten Verhältnis eine sehr schöne und schließlich eine wichtige Beziehung wurde.

Als ich Arlen bei ihrer Rückkehr davon erzählte, umarmte sie mich und sagte, sie sei eifersüchtig. Ich fragte sie, ob sie mal etwas mit Roland gehabt habe, aber sie winkte lächelnd ab. »Schön wär's! Nein, ich hab mich vor langer Zeit mal an ihn rangemacht, aber er hat mir so nett wie möglich gesagt, daß ich nicht sein Typ bin. Du hast echt Glück!«

Die einzige Geschichte, die ich über den Mann, den ich geheiratet habe, erzählen möchte, trug sich zu, als wir zum ersten Mal miteinander geschlafen haben. Ich hatte schon immer eine sehr unregelmäßige Periode, so unregelmäßig, daß ich immer Tampons dabeihabe. Weiß Gott, wenn ich gewußt hätte, daß sie kommen würde, hätte ich mich in jener Nacht nicht neben Roland gelegt. Aber sie kam und brachte mich in eine furchtbar peinliche Situation. Normalerweise stört mich so etwas nicht, nicht einmal bei einem neuen Liebhaber. Liebe mich, liebe meinen Körper *und* was in ihm vorgeht. Aber mal ehrlich: das erste Mal mit jemandem im Bett ist immer ein heikler Moment. Und noch hundertmal heikler, wenn es das erste Mal ist, seitdem man dich vergewaltigt hat.

Es war gerade alles ganz wunderschön, als wir uns plötzlich so merkwürdig feucht fühlten. Es war dunkel. Ich machte Licht und kreischte. Mein Bett sah aus wie ein Schlachtfeld. Alles voller Blut. Ich rannte ins Bad, um ein Handtuch oder einen nassen Schwamm zu holen oder mich einfach zu verstecken. Während ich mit hängendem Kopf auf den kalten, weißen, sauberen Fliesen stand, lamentierte ich in einem fort: »Es ist nicht zu fassen! Es ist nicht zu fassen, daß das ausgerechnet *jetzt* passieren mußte!« Als ich mich wieder ins Schlafzimmer traute, hatte Roland schon das Bett abgezogen und knüllte gerade pfeifend die Leintücher zusammen. Als er mich sah, ließ er das weiße Bündel auf den Boden fallen und breitete die Arme wie ein Opernsänger aus. »Ich liebe dramatische Frauen!«

Am nächsten Morgen mußte er sehr früh zu einer Sitzung. Als ich einige Stunden später die Wohnungstür öffnete, um die Zeitung zu holen, lag auf der Treppe eine große Waschmittelschachtel, prallgefüllt mit hundert Rosen. Auf dem Zettel, der daran klebte, stand in Rolands schauderhafter Handschrift ein Zitat aus *Anna Karenina*, meinem Lieblingsroman: »Sein inniges Glück ließ ihm das Herz stillstehen.«

Einige Monate später fragte mich Arlen, was ich davon hielte, ihre Managerin, ihre Beraterin zu werden, wie immer ich es nennen wollte. Ich würde dreimal soviel verdienen wie bisher, und ihrer Beschreibung nach handelte es sich um eine Tätigkeit, die mich zwar forderte, aber doch nicht allzu schwierig war. Ganz ähnlich wie mein jetziger Job im Studio. Trotzdem zögerte ich erst. Aber da ich mit ihr zusammenwohnte, wußte ich, daß Arlen nicht nur immer berühmter wurde, sondern auch immer verwirrter und verstörter angesichts einer sich unaufhörlich drehenden Welt, von der ihr schwindlig wurde. Es war klar, daß sie von mir oder einem anderen Menschen Hilfe brauchte.

Im Lauf des Abendessens, bei dem mir Roland eigentlich bei der Entscheidung helfen sollte, machte er mir statt dessen einen Heiratsantrag. Er sagte, in diesem Moment sei ihm Arlen Fords Schicksal gerade nicht wichtig; wichtig sei ihm unsere Beziehung, und er wolle einzig und allein darüber reden. Ich sagte, ich wisse schon lange, daß ich ihn heiraten wolle. Darauf erwiderte er nichts mehr. Aber später, nachdem wir uns umarmt und viele Male mit gutem Champagner angestoßen hatten, griff ich das Thema wieder auf. Ich zitierte die Redensart, man solle sich seinen Job noch gründlicher auswählen als seinen Ehemann, weil man mehr Zeit mit ihm verbringt.

Natürlich gab es gewisse Risiken, vor allem jetzt, wo Roland und ich heirateten und das Verhältnis zwischen uns dreien noch enger (oder klaustrophobischer) werden würde. Aber schließlich sagte ich ja, aus all den naheliegenden Gründen und in erster Linie, weil Arlen mir glaubhaft versicherte, daß sie mich brauche. Ich hatte keinen Augenblick vergessen, was sie für mich getan hatte, als ich sie am meisten brauchte. Ich würde es mit dem Job versuchen. Falls es nicht klappte, konnten wir nach sechs Monaten beide den Knopf für den Schleudersitz betätigen. Aber sie bestand auf sechs vollen Monaten. Sie glaubte, wir würden mindestens die Hälfte davon brauchen, um uns an die Zusammenarbeit zu gewöhnen, und noch einmal drei Monate, um uns daran zu gewöhnen, gegen den Rest der Welt zusammenzuarbeiten. Sechs Monate.

Es wurden sieben Jahre daraus. In dieser Zeit habe ich neben anderen häßlichen und erfreulichen Dingen zweierlei gelernt. Erstens, jedem zu mißtrauen, der in einer beruflichen Funktion seinen Zweitnamen benutzt: Mark Gary Cohen, Susanne Britanny Marlow, Blah Blah Smith. Allzu lange hatte es den Anschein, als führe jeder Kontakt mit einer dieser Trilogien nur zu Katastrophen. Der Arzt, der mich von meinem Sohn entband, hatte drei Namen, und seine Inkompetenz hätte mich fast das Leben gekostet. Die arme Arlen hatte mit einigen dreinamigen Produzenten zu tun, und die Filme, die dabei herauskamen, waren entweder eine Katastrophe, oder sie gerieten nach einer Woche in Vergessenheit.

Und dann habe ich gelernt, daß man nie versuchen soll, etwas aufzufangen, das herunterfällt. Laß es einfach fallen. Sonst erwischst du es an der falschen Seite oder Ecke und tust dir weh. Dies trifft natürlich sowohl auf Gegenstände als auch auf Menschen zu, mich eingeschlossen. In diesen sieben Jahren hatte ich eine Affaire und wollte nicht auf meinen guten Ehemann hören, der mich immer wieder aufzufangen versuchte, als ich mich in Lügen und häßliche Dummheiten stürzte und die Menschen quälte, die mich liebten. Das hörte erst auf, als ich merkte, daß ich bald auf dem Boden meiner fatalen Selbstsucht und Begierde zerschellen würde. Ich überlebte, unverdientermaßen.

Und so entbehrte es nicht einer gewissen Ironie, daß ausgerechnet ich es war, die Arlen bei ihren vielen Abstürzen immer wieder Halt zu geben versuchte. Die Filmwelt besteht aus ungeheuer erfolgreichen Leuten, die nie so recht an ihre Siege glauben. Und wenn man bedenkt, wie radikal und oft von einer Sekunde zur anderen sich da oben das Schicksal wenden kann, ist ihre Unsicherheit auch durchaus berechtigt.

Ich erinnere mich besonders an eine Party in der Malibu Colony, die ich mit Arlen besuchte. Es wimmelte nur so von berühmten, einflußreichen Leuten. Die ganz großen Tiere zog es in den Wohnraum. Auf den ersten Blick schien es sich um ein zwangloses Beisammensein der Götter in Jeans zu handeln, die amüsante Geschichten über ihr Metier austauschten. Aber alle wirkten doch irgendwie verkrampft und aggressiv. Ihre Geschichten waren toll, aber jede mußte noch toller und amüsanter sein als die letzte. Diese Leute hörten gar nicht zu; sie überlegten schon im voraus, was sie sagen würden, wenn sie wieder an die Reihe kamen. Es war anstrengend, mitanzusehen, wie sie da alle um Liebe und Aufmerksamkeit kämpften. Es war, als versuchten sie den letzten Rest Luft im Raum aufzusaugen. Ich stand auf und ging hinaus.

Leider gehörte auch Arlen zu diesen anstrengenden Leuten. Am Anfang ihrer Schauspielerkarriere hatten Talent und Schönheit gestanden. Dann jedoch sagte das Kinopublikum und später die ganze Welt: Na schön, aber was hast du sonst noch zu bieten? Sie war empört. Ich habe euch alles gegeben. Was fällt euch ein, noch mehr zu verlangen? Sie sagten nichts mehr, aber dann lief ihr neuer Film nicht ganz so gut, und man ging rasch dazu über, in der Vergangenheitsform von ihr zu reden.

Sie geriet in Panik, ihr Privatleben begann hektisch zu rotieren, wie eine Kugel in einem Flippergerät. Es gab schlimme, destruktive Liebesaffairen. Eine davon endete damit, daß sie wegen Kokainmißbrauchs drei Wochen lang in eine Reha-Klinik mußte. Und es gab noch andere unsäglich falsche Entscheidungen, die zu abstoßenden Promi-Auftritten führten; sie erschien auf dem Cover von Schmuddelillustrierten, die die Bedürfnisse der Gescheiterten, Wütenden, Unglücklichen befriedigen. Das Foto, wie sie in Rom beim Verlassen des Flugzeugs häßlich die Zähne fletscht und den Arm hebt, um den Fotografen wegzustoßen … War das wirklich Arlen Ford, der Filmstar? So alt und hysterisch? Die Frau, die wir früher alle gern sein oder besitzen wollten? Sie fiel, ohne dagegen anzukämpfen, und gab ihnen so, was sie wollten. Es reichte, um die Leute erneut zu empören und zu faszinieren, aber diesmal unter falschen Vorzeichen. Sie zeigte, daß sie ein Mensch war, und beim Umgang mit Menschen ist uns immer wohler als beim Umgang mit Göttern.

Das große Finale kam nicht durch Tod oder Drogen, sondern durch ein Thunfischbrötchen. Als Arlen eines Nachts von einer

Party nach Hause kam und im Wohnzimmer Licht machte, saß eine Frau mittleren Alters auf dem Sofa. In der einen Hand hielt sie ein eingewickeltes Thunfischbrötchen und in der anderen die Brechstange, mit der sie eingebrochen war. »Sie sind in Ihren Filmen immer so mager, Arlen. Ich wußte, daß Sie das hier wollen. Essen Sie es.«

Sie konnte sich nirgends mehr verstecken, nicht einmal mehr in ihrer eigenen Wohnung. Und so traf sie glücklicherweise eine sehr kluge Entscheidung: Sie pausierte ein Jahr, zog in ihr geliebtes Wien (allein) und machte sich auf die Suche nach einem Haus. Sie kaufte ein entzückendes Jugendstiljuwel am Rand von Weidling, einem verschlafenen Dorf etwa sechs Kilometer von Wien entfernt. Das Haus stand auf einem Hügel inmitten eines Weinbergs, mit Panoramablick auf die Donau. Es war sehr schön, aber in so verheerendem Zustand, daß Arlen die Renovierung fast noch einmal soviel kostete wie das Haus selbst.

Ihre Briefe aus jener Zeit (anfangs durfte man sie nicht anrufen, nur im Notfall) handelten ausschließlich davon, daß sie in einem fremden Land, dessen Sprache sie kaum verstand, ein Haus renovierte. Sie färbte sich das Haar hennarot, trug kein Make-up und meldete sich für einen Deutsch-Anfängerkurs bei Berlitz an, viermal die Woche. Wenn sie sich nicht um die Renovierung kümmerte oder Verbzeiten büffelte, fuhr sie mit ihrem neuen Wagen durch Österreich. Ihre Schilderungen, wie sie in irgendwelchen Städtchen an der ungarischen Grenze, die Rust oder Oggau hießen, Weine kaufte, waren phantastisch. Sie aß Wildschwein – an einem verschneiten Dezemberabend in einem Tiroler Restaurant, das es schon seit dem fünfzehnten Jahrhundert gab. Sie fuhr in einem Kajak die Donau hinunter, vorbei an Schlössern und einer Ruine, in der Richard Löwenherz gefangen gesessen hatte. Sie wurde auf engen Bergsträßchen von heubeladenen Pferdefuhrwerken aufgehalten oder von Bauernkindern, die unter Glockengeläut ihre fetten Viehherden über die Straße trieben. Ihre Freunde waren Leute aus dem Dorf, das Paar, dem die Tabaktrafik gehörte, ein alter Mann, der im Wienerwald Falken aufzog.

Ein paar Leute dort wußten, wer sie war, die meisten nicht, aber nach allem, was sie schrieb, interessierte es auch keinen. Hier in Österreich zu leben hatte unter anderem den Vorteil, daß sich die Leute hier meist kaum um Prominente scherten, es sei denn, es handelte sich um berühmte Dirigenten oder Opernsängerinnen. Leonard Bernstein und Jessye Norman wurden auf der Straße mit Autogrammwünschen bedrängt; Arlen Ford nicht. Das fand sie toll. In einem ihrer Briefe schreibt sie: »Hier zu leben kommt mir manchmal vor, als versteckte ich mich unter der Bettdecke vor meinen Eltern. Ich weiß, daß sie böse sein werden, wenn sie mich finden, aber bis dahin ist es behaglich und sicher. Allmählich habe ich das Gefühl, ich muß mich nur still verhalten, dann findet man mich vielleicht nie.«

Wunschdenken. Ihr Verschwinden wurde schnell bemerkt, und es kamen Gerüchte auf. Als es hieß, sie habe Selbstmord begangen (die Leiche sei noch nicht gefunden worden), gab Roland eine Presseerklärung ab, die nur besagte, daß es ihr gut gehe und sie gerade quicklebendig durch Europa reise. Aber die Leute glaubten, was ihnen paßte. Ein Gerücht behauptete, sie mache im Krankenhaus eine Entziehungskur, ein anderes, sie habe Krebs und liege in der Mayo-Klinik im Sterben. Dann hieß es sogar, sie habe geheiratet und lebe mit ihrem Mann in Oslo. Diesen Zeitungsausschnitt schickte ich ihr. Ihre Antwort lautete: »Wenigstens der richtige Kontinent. Bitte frag Deinen Mann, ob er glaubt, ein Leben als verheiratete Frau in Oslo wäre eine gute Fortsetzung meiner Karriere.« Einerseits machten wir uns Sorgen um sie, andererseits glaubten wir auch, daß sie sich dort in der Ferne in ihrem neuen anonymen Leben glücklich fühlte.

An Filmangeboten mangelte es während ihrer Abwesenheit ganz sicher nicht. Roland schickte ihr zahllose Eilbriefe nach Wien, in denen er ihr die vielen Rollen schilderte, die ihr angetragen wurden, ganz zu schweigen von den fürstlichen Honoraren. Ihre Antwort lautete stets nein. Sie sei viel zu zufrieden, zu sehr in die Arbeit am Haus vertieft, noch nicht zur Rückkehr bereit. Bei einem ihrer wenigen Telefonanrufe fragte ich sie rundheraus, ob sie denn glaube, daß sie jemals bereit sein würde.

»Wirf mir nicht vor, daß ich glücklich bin, Rose. Wenn du das tust, bist du nicht meine Freundin.«

Sie hatte recht, und ich war zerknirscht, bis mir klarwurde, daß ich die Frage ja gar nicht in vorwurfsvollem Ton gestellt hatte. Ich hatte einfach nur wissen wollen, ob sie jemals zurückkehren und wieder als Schauspielerin arbeiten würde. Da Roland in der Nähe gewesen war, fragte ich ihn nach seinem Eindruck, um sicherzugehen, daß meine Frage nicht etwa hart oder anklagend geklungen hatte. Er war der gleichen Ansicht wie ich und führte ihre Bemerkung darauf zurück, daß sie Schuldgefühle empfand, weil sie ein Leben aufgegeben hatte, um das sie Millionen von Menschen beneideten.

»Ja, aber dieses Leben war dabei, sie zu zerstören. Ihr blieb ja nichts anderes übrig.«

Er zuckte die Achseln. »Vielleicht, vielleicht auch nicht. Vergiß nicht, daß man sein schlechtes Gewissen nicht ewig unterdrücken kann. Einerseits ist sie jetzt glücklicher, aber wir beide wissen, welches Talent und welche Fähigkeiten diese Frau besitzt; egal, wie sehr es sie ausfüllt, eine Tür zu reparieren oder Rosen zu pflanzen, irgend etwas in ihr schreit vermutlich danach, wieder spielen zu dürfen. Je begabter jemand ist, desto zerrissener ist er innerlich, was er tun soll.«

»Das ist doch pervers! Warum sollte jemand Schuldgefühle haben, weil er glücklich ist?«

Er kam zu mir und umarmte mich. Plötzlich war da sein vertrauter, geliebter Geruch und sein schweres Kinn auf meiner Schulter. »Echtes Glück währt nicht lang. Wenn es länger hält als eine Woche oder einen Monat, fängt das Negative in uns an zu schreien, hier sei doch was faul. Feuer! Mann über Bord! Polizei!«

Unsere Nasen berührten sich. »Glaubst du das wirklich?«

Er küßte mich. »Ja. Wir sehnen uns nach Glück, und wir kämpfen dafür. Aber wenn es dann da ist, schauen wir über seine Schulter, was denn der Preis dafür ist, oder …«

Ich fand diesen Gedanken schrecklich. Roland hatte absolut recht, aber ich fand das schrecklich. Um zu verhindern, daß er noch mehr wahre und fürchterliche Dinge sagte, legte ich ihm die Hand auf den Mund und drückte meinen Mund auf die Hand. Wir standen da und schauten uns an, bis er die Augen schloß.

Als das Haus renoviert war, lud uns Arlen für ein paar Wochen nach Österreich ein. Wie üblich arbeitete Roland zuviel und sagte, er könne unmöglich weg. Ich wurde wütend und zählte so viele gute Gründe auf, warum wir fliegen sollten, daß er sich schließlich schämte und einen Kompromiß vorschlug – eine zehntägige Europareise. Wir flogen direkt nach Wien, wo wir am Flughafen von einer merkwürdig gedämpften Ms. Ford empfangen wurden. Wir hatten eigentlich erwartet, sie in sprudelnder Laune anzutreffen, wieder erfüllt von jener Lebenslust und Energie, die sie in Kalifornien verloren hatte. Wenn man an ihre sprühenden Briefe dachte, war es nur logisch, das zu erwarten. Aber als wir in die Stadt zurückfuhren, war sie still und antwortete fast einsilbig auf unsere Fragen. Ich war hin- und hergerissen zwischen dem Wunsch, aus dem Fenster zu blicken, und dem Wunsch, aus der neuen Arlen Ford schnell alle Neuigkeiten herauszupressen. Ich sah ihr immer wieder forschend ins Gesicht. Ihre Frisur war ein Schock für mich und mußte irgend etwas bedeuten. Mir fiel nur nicht ein, was. Sie trug einen kurzen Männerhaarschnitt, und wenn man ihr neues Profil betrachtete, fiel es einem ein paar Sekunden lang wirklich schwer, die berühmte Arlen Ford wiederzuerkennen. Die Falten in ihrem Gesicht waren nicht verschwunden, aber sie waren flacher geworden, obwohl sie kaum Make-up trug. Falten entstehen, wenn man Tausende von Malen die gleiche Miene aufsetzt. Was immer sie hier in Europa erlebt hatte, ihre Mimik war anders als damals in Hollywood. Ich fand sie schöner denn je.

Als wir wenige Kilometer von ihrem Haus entfernt an der Donau entlangfuhren, rutschte Roland auf die Rücksitzkante, bis er direkt hinter mir war, und sagte: »Du klingst zwar nicht anders, Arlen, aber du siehst etwas heiliger aus. Das kommt wahrscheinlich von dem spartanischen Leben, das du hier führst.«

Sie warf ihm im Rückspiegel einen Blick zu und schürzte die Lippen. »Hier passiert so vieles, was ich euch erzählen muß. Ihr wißt ja, wie sehr ich euch beide mag, aber es ist ein komisches Gefühl, euch hier zu haben. Ihr kommt aus Amerika und L. A.; das hier ist Wien. Ich komme mir vor, als hätte ich all die Monate in einem Kloster gelebt und dürfte jetzt zum ersten Mal Besuch empfangen.«

»Ja, für uns aus Hollywood bist du die Ford, der Filmstar. Aber für Wien bist du die Schwester Marie Thérèse im Kloster.«

»Genau! Na ja, nicht ganz, weil Weber Gregston bei mir wohnt. Seit ein paar Tagen. Er ist ins Kloster eingebrochen und hat mich nach draußen gezerrt, bevor ihr gekommen seid.«

»*Weber* ist da? Wieso denn das?«

»Er will, daß ich in seinem neuen Film mitspiele.«

»Und du hast nein gesagt.«

»Roland, die Rolle könnte zu gut sein, um sie auszuschlagen, verdammt noch mal.«

Roland schloß die Hand um meinen Nacken und drückte leicht zu. »Sollen wir jetzt gleich darüber reden oder lieber warten, bis sich mein Anfall gelegt hat?«

»Wir werden warten und alles gemeinsam besprechen. Ich möchte, daß Weber dabei ist. Er gehört ebenfalls zur Familie. Aber nicht jetzt. Wollt ihr das Hospital sehen, in dem Franz Kafka gestorben ist? Es ist ganz in der Nähe.«

Sie war in Wien wirklich ganz anders, als ich sie gekannt hatte. Das merkte man als erstes an ihrem Haus. Es stand so leer, daß es mir kalt über den Rücken lief. Ihre Wohnung in Los Angeles war voller Krimskrams von überall – von Flohmärkten, aus Antiquitätengeschäften, aus den verschiedenen Ländern, in denen sie gedreht hatte. Mir gefiel das Lebendige und liebenswert Exzentrische daran.

Im Vergleich dazu war das Wiener Haus kahl. Eine schwarze Ledercouch und ein kostbarer schwarzweißer Chinateppich – das war das Wohnzimmer. Man hätte drin kegeln können, so leer war es. Verglichen mit den restlichen Zimmern aber wirkte das Wohnzimmer vollgestopft wie der Ausstellungsraum eines Möbelgeschäfts. Überall sonst herrlich glänzende Parkettböden, wolkenweiße Wände. Im Schlafzimmer stand ein Futon, und in einer Ecke stand sogar einsam und verloren ein Fernseher am Boden. Arlen sah sich gern die deutschsprachigen Nachrichten an, um zu testen, wieviel sie verstand. Aber wo waren ihre Kleider? Die hohen Bücherstapel, die bisher zu jeder Ford-Wohnung gehört hatten? Das Radio? Schreibstifte? Töpfe und Pfannen in der Küche? Es gab *einen* Topf, *eine* Pfanne. Wo waren die anderen Dinge? Die Sachen, die den Tagesablauf jedes Menschen begleiten? Ich wagte nicht zu fragen, aus Angst, sie würde sagen, es gebe sie nicht.

Nachdem die Führung beendet war, sagte ich ihr, das Haus wirke wie der Drehort für einen Dokumentarfilm über Zen-Buddhismus. Sie nickte, und ich sah ihr an, daß meine Bemerkung sie mit Befriedigung erfüllte. Ich konnte mir die Frage nicht verkneifen, ob sie denn vorhabe, weitere Möbel oder vielleicht sogar ein Bild zu kaufen. Sie sagte nein, so sehe sie das Haus. Und was noch wichtiger war: so sah sie auch ihr Leben in diesem Haus und war es zufrieden. Ganz kahl, auf das Wesentliche beschränkt.

Zum Glück kam in diesem Augenblick Weber herein. Sonst wäre allzu früh nach unserer Ankunft eine Gesprächspause eingetreten. Er kämpfte mit einer langen Leine – sie war an einem rötlichgelben jungen Hund befestigt, der nur aus langen Beinen zu bestehen schien und laut auf dem glatten Holzboden schlitterte. Bevor wir irgend etwas sagen konnten, hatte Weber das Tier von der Leine gelassen, und nun sauste und schlitterte es mit einem Affenzahn durchs Zimmer auf uns zu. Erst warf es sich zur Begrüßung gegen Arlen, sprang an ihr hoch, dann kam ich an die Reihe, dann Roland, Arlen, dann wieder Weber … die tolle, ausgelassene Freude, wie sie nur ein junger Hund in einem Zimmer voll neuer Gesichter empfinden kann. Es war die Vizsla-Hündin Minnie, die sich Arlen bei einem Tagesausflug über die Grenze spontan im ungarischen Sopron gekauft hatte. Das Wiedersehen schien Arlen genauso zu freuen wie den Hund. Ich mag Tiere zwar nicht besonders, aber weil ich damit ziemlich allein dastehe, halte ich den Mund. Ich gebe zu, wenn ich miterlebe, wie jemand um eine Katze, einen Hund oder sonstige Vierbeiner ein Riesentamtam veranstaltet, läßt mich das entweder kalt, oder es stößt mich ab, oder macht mich sogar mißtrauisch.

Wir hatten Weber ewig nicht gesehen. Außer daß er ein wahres Genie ist (ich sage das ohne Zögern), ist er wirklich ein lieber Kerl. Roland und ich waren ja *so* froh, daß er da war. Denn in den nächsten Tagen gab es allzu oft Schweigepausen, die unsere Gespräche mit Arlen wie schwerer, dämpfender Schnee unter sich begruben. Und jedesmal war es Weber, der uns heraushalf – mit einer lustigen Geschichte oder irgendeiner Erkenntnis, die das Schweigen brach und das Atmen erleichterte. Arlen war geradezu beängstigend introvertiert geworden. Ich konnte mir gut vorstellen, daß sie eine ganze Woche lang schwieg, wenn niemand da war.

Sie und Weber hatten vor einigen Jahren Schlagzeilen gemacht. Überraschenderweise nicht während ihrer Zusammenarbeit, sondern danach. Sie sagte, er habe sie eines Tages beim Drehen besucht, und an jenem Abend hatten sie beschlossen zusammenzuziehen. Ich hatte immer gehofft, die Beziehung würde funktionieren, weil er so eine gute Seele war, aber Hollywood ist nun mal nicht der geeignete Ort, um an einer Beziehung zu arbeiten, geschweige denn, ihr den letzten Schliff zu verpassen.

Jedenfalls nicht, wenn beide Partner nervös und kreativ sind, miteinander konkurrieren und zu Stimmungsumschwüngen neigen, so gewaltig und furchterregend wie Tarzans Schwünge von einer Liane zur anderen. Nachdem sie fast ein Jahr zusammengeblieben waren (für Arlen ein Rekord), gingen sie mehr oder weniger im Guten auseinander. Durch die Trennung wuchs ihre Zuneigung. In den Jahren danach entwickelte sich ein inniger Telefonkontakt. Sie trafen ein Abkommen: Jeder konnte den anderen zu jeder Zeit, an jedem Ort anrufen, wenn er Hilfe oder einen Gesprächspartner brauchte. Mit *mir* hatte sie so etwas noch nie ausgemacht, und das gab ich ihr auch empört zu verstehen. Sie antwortete sehr vernünftig, daß Liebende eben Dinge vereinbaren, die sie sonst mit niemandem vereinbaren würden.

Als ihr Stern zu sinken begann, war jener Webers immer noch im Steigen, aber sie hielten weiterhin engen Kontakt. Er bat sie immer wieder, in seinen Filmen mitzuspielen. Anfangs hatte sie zuviel zu tun. Später dachte sie, er frage aus Mitleid, und lehnte ab. Weber ging soweit, Roland um seine Vermittlung zu bitten, aber wir wußten, daß es bei Arlen nichts nutzen würde. Sie hatte ihren eigenen Kopf.

Jetzt waren wir beide ganz aufgeregt, als wir hörten, daß sie sogar daran dachte, zurückzufliegen, um in seinem neuen Film mitzuspielen. Aber Tag um Tag verging, ohne daß sie darüber sprach. Als Roland genug hatte, schleppte er Weber und den Hund auf einen Spaziergang und quetschte Weber aus. Als sie aus Gottes freier Natur zurückkehrten, lag auf dem Gesicht meines Mannes ein Lächeln, das ich sonst nur im Bett an ihm kenne, nach gutem Sex. »Wenn sie diese Rolle nicht nimmt, dann hilf mir Gott …«

»Wobei soll er dir denn helfen? Was willst du machen – sie zwingen? Einen von Don Corleones Männern anheuern, damit er sie in die Kniescheiben schießt?«

»Rose, was ist denn los? Warum denn plötzlich so gereizt? Warte doch, bis ich dir von diesem Film erzähle!«

»Als du weg warst, hab ich auf ihrer Sonnenterrasse gesessen und all das hier betrachtet – den Fluß, alles. Da unten fließt die Donau; verstehst du, was ich meine? Die Donau, und wir sind hier in Europa … es ist wirklich ein herrliches Haus, bis auf die Klosteratmosphäre. Sie hat hier ein schönes Leben. Es ist nicht unser Leben, nicht was wir uns wünschen würden, aber sie ist glücklich. Das merkt man an ihrem Aussehen und ihrer Art zu reden. Was hätte sie davon, wenn sie zurückfliegen würde und der ganze Mist von vorn losginge? Sie hat Geld und hat vom Berühmtsein die Nase voll. Sie hat sich bei Männern angesteckt; sie hat zu viele Drogen konsumiert; ihre letzten Filme waren miserabel, und das weiß sie auch. Sie ist noch nicht mal fünfunddreißig und hat schon ein ganzes Leben hinter sich. Sollten wir, als ihre Freunde, ihr nicht eher zum Hierbleiben raten, wenn es ihr hier gefällt?«

Er schüttelte den Kopf. »Wir haben diese Frau beide sehr gern und haben noch nie gegen ihre Interessen gehandelt. Wenn sie sich irgendwann hierher zurückziehen will, um an der Donau zu leben, Deutsch zu lernen und Torten zu backen, gut. Es ist kein schlechtes Leben; das habe ich nie behauptet. Aber an ihren Äußerungen merkt man genau, daß sie mit der Schauspielerei noch *nicht* abgeschlossen hat. Ehrlich gesagt glaube ich nicht, daß es ihr reicht. Erinnerst du dich, wie sie neulich abends meinte, sie wünsche sich immer noch, einmal mit Scorsese zusammenzuarbeiten? Vielleicht hat sie endgültig genug, wenn sie diesen Film mit Weber gedreht hat. Aber wenn sie den ausschlägt, ist sie verrückt. Es ist garantiert die beste Rolle, die ihr seit Jahren angeboten wurde. Oscarverdächtig. Hör dir's erst mal an. Dir werden die Haare zu Berge stehen.«

An unserem letzten Tag in Österreich wanderten wir zu viert mit Minnie von Weidling durch den Wienerwald nach Grinzing, wo wir den größten Teil des sonnigen Nachmittags in einem Heurigenlokal verbrachten. Es gab neuen, sehr starken Weißwein und köstliches Herzinfarktessen – Schweinebraten, Schmalzbrot, gebackenen Camembert mit Preiselbeeren. Minnie saß reglos und wachsam neben Arlens Bein und schob nur manchmal ihre schwarze, glänzende Schnauze wie ein Periskop über den Tischrand, um zu erkunden, woher die guten Gerüche kamen. Sie muß an diesem Tag drei Pfund zugenommen haben, so viele Leckerbissen wurden ihr zugesteckt. Nachdem wir gegessen und wie Katzen in der Sonne gesessen hatten, fuhren wir mit dem Taxi zurück. Dort, in Arlens Wohnzimmer, war es dann endlich soweit, daß sie Weber bat, uns den Plot seines neuen Films *Wonderful* zu erzählen. Obwohl wir durch das Geheimgespräch zwischen Agent und Regisseur schon alles wußten, klang das Projekt auch bei der zweiten Beschreibung noch unwiderstehlich.

Eine Zeitlang.

Das Problem war Weber. Er war ein hervorragender Regisseur und ein echter Künstler, aber ein lausiger Erzähler. Seine Stärke lag eindeutig auf dem Gebiet der Beobachtung und der Phantasie – Erzähltalent hatte er nicht. So langweilig, wie er die Geschichte wiedergab, hätte ich am liebsten gesagt, steh auf, lauf herum, spiel uns das Ganze vor! Die Geschichte ist toll, aber dann erzähl sie auch so! Laß ihr Gerechtigkeit widerfahren! Als ich Roland ansah, zeigte mir der unglückliche Zug um seinen Mund, daß es ihm ebenso ging. Die arglose Arlen glaubte, wir machten mit dem Film zum erstenmal Bekanntschaft. Aber durch die Schilderung, die der Erfinder-Autor-Regisseur hier abließ, hörte sich diese einmalige Chance eher wie ein Schulungsfilm für Schuhverkäufer in Idaho an.

Natürlich hatte ich inzwischen schon viel über die Geschichte nachgedacht, und mir waren, wie Roland prophezeit hatte, wirklich die Haare zu Berge gestanden, wenn ich an all die Möglichkeiten dachte. Jetzt wäre ich so gern mit Ideen, Vorschlägen, Klarstellungen, Adrenalin in Webers Schilderung hineingeplatzt, daß ich fast explodierte. Aber ich wollte mich wenigstens so lange beherrschen, bis er fertig war. Sonst hätte das Objekt unserer Zuneigung gemerkt, daß wir drei unter einer Decke steckten.

Ich Idiotin. Ich Dummkopf. Was wir nicht verstehen, verurteilen wir einfach. Mitten in Webers monotonem Vortrag unterbrach nämlich plötzlich *Arlen*. Mit den Worten »Nein, nein, Weber! Es ist viel besser als das!« übernahm sie die Schilderung, als wären wir gar nicht im Zimmer. Ihre Stimme bebte vor Aufregung. Sie belebte diese zauberhafte Geschichte mit der Energie und Begabung eines Menschen, der jederzeit einen ganzen Raum in seinen Bann schlagen kann. Hier erzählte eine große Filmschauspielerin eine Geschichte, die sie liebte, eine Geschichte, die so phantastisch war wie Arlens Erzähltalent. Da es sie nicht auf ihrem Platz hielt, stand sie auf und begann herumzulaufen, in einem sich steigernden Rausch von Sprache und Handlung, Dialogen und Kameraeinstellungen, Ausblendungen und Nebenhandlungen, die das Ganze zu prallem Leben erweckten. Durch sie wurde *Wonderful* wundervoll.

Ich war so von ihrer zauberhaften Schilderung gefesselt, daß es einige Zeit dauerte, bis ich den Blick von ihrer phantastischen Darbietung lösen konnte, um zu sehen, wie Weber reagierte. Er saß zurückgelehnt auf der Couch, ein Knie mit den Händen umschlungen, ein triumphierendes Lächeln im Gesicht. Er hatte sie überlistet! Sie auf Touren gebracht! Er hatte uns absichtlich gelangweilt, damit Arlen die Geschichte so erzählte, wie sie es verdiente; mit dem Enthusiasmus einer fanatischen Bekehrten, eines Menschen, der erschauernd das Licht erblickt und sich geschworen hat, ein Teil des Plans zu werden.

Sein Plan funktionierte hervorragend. Als Arlen geendet hatte, war sie aufgeregter als wir alle. Sie sah die Zukunft, und die Zukunft gehörte ihr. Am Schluß schilderte sie noch ihre Rolle. Hätte es sich bei dem Film um ein Haus gehandelt, dann hätte sie es, ihrem Ton nach zu urteilen, bereits gekauft und bezogen und würde jetzt im Arbeitszimmer sitzen und eine Zeitschrift lesen.

Wir saßen in knisterndem Schweigen da, alle drei noch ganz im Bann ihres Auftritts. Roland sprach als erster. Arlen war immer noch so in ihre Darbietung versunken, daß sie beim Klang seiner Stimme leicht zusammenzuckte.

»Ich glaube, das ist dir auf den Leib geschrieben, Schätzchen.«

Sie wandte sich um, und man sah an ihrem Blick, daß sie allmählich den Sinn seiner Worte erfaßte. »Stimmt. Ich glaube, ich muß es machen, Roland. Falls nicht ...« Sie trat an das große Fenster, das auf die Weinberge hinausging. »Da drüben wollte ich Sonnenblumen pflanzen. Und dort Sonnenblumen und Kürbisse. Ich liebe Kürbisse, wenn sie noch ganz winzig sind. Sie erinnern mich an kleine japanische Laternen.« Sie stand lange abgewandt am Fenster. Es war ihr großer Moment, und er gehörte ihr in unser aller Leben. Als sie sich umdrehte, sah sie direkt Weber an.

»Du Mistkerl. Ich weiß nicht, ob ich dir danken oder dich umbringen soll.«

»Komm schon! Das ist wie bei einer Grapefruit – nach dem ersten Bissen schmeckt sie nicht mehr sauer.«

Sie verzog das Gesicht zu einem übertriebenen Lächeln, das gleich wieder von ihrem Gesicht verschwunden war. »Gut, dann beiß doch *du* als erster rein.«

Nach unserer Rückkehr aus Europa begann ich mich komisch zu fühlen. Als mir immer komischer wurde, ging ich zum Arzt und erfuhr, daß ich schwanger sei. Leider gehöre ich zu den Frauen, die während der ganzen Schwangerschaft mit ihrem Körper zu kämpfen haben. Eine Komplikation löste die andere ab. Als Arlen nach Amerika zurückgekehrt war und zu drehen begann, lag ich flach auf dem Rücken im Bett und konnte deshalb nicht mit ihr zusammenarbeiten.

Aber vielleicht war es das Beste, denn plötzlich wurde *Wonderful* von einem Tag zum anderen von solchen Problemen heimgesucht, daß sich die Beteiligten entweder die Haare rauften oder vor den zürnenden Studiochefs flohen, die angesichts des ins Astronomische wachsenden Budgets und eines total veränderten Drehplans allmählich ausflippten.

Mich wollte niemand aufregen, weil ich selbst genug Probleme hatte, und deshalb waren die wenigen Informationen, die ich bekam, auch noch total verwässert. Es gebe »Probleme«; einer der Schauspieler sei krank geworden (in Wirklichkeit handelte es sich um einen schweren Schlaganfall), und deshalb gerieten die Dreharbeiten aus dem Lot ..., das erzählte man mir. Aber dann erschien im Kulturkalender der *L. A. Times* ein Artikel mit dem Titel »*Wonderful* Chaos«, das sich in blutrünstigen Details über die wirklichen Ereignisse auf dem Set ausließ und mir ziemliche Angst einjagte. Als ich Roland sagte, ich hätte den Artikel gelesen und wolle wissen, was zum Teufel wirklich los sei, setzte er sich aufs Bett, seufzte wie ein kranker alter Mann und *begann* mit der Mitteilung, es sei eine Katastrophe und es würde ihn wundern, wenn der Film je fertig würde. Weber war doch bekannt dafür, daß er seine Filme immer rechtzeitig fertig bekam und ohne das Budget voll auszuschöpfen – was also ging diesmal schief? Mein Mann, der in Filmdingen nun wirklich kein Idiot ist, schüttelte den Kopf und sagte: »Ich weiß es wirklich nicht. So etwas habe ich noch nie erlebt. Langsam glaube ich, der Film macht einen Hiob aus ihm. Was schiefgehen kann, geht schief. Neulich habe ich ihm zum Spaß etwas geschenkt – einen Motorradhelm. Weißt du, wie er reagiert hat? Er hat nicht einmal gelächelt. Er hat nur gesagt: ›Gute Idee‹, ihn aufgesetzt und sich wieder an die Arbeit gemacht. Er hat den ganzen Tag geschuftet, ohne diesen verdammten Helm abzusetzen! Und weißt du, was noch schlimmer ist? Ich glaube, niemand auf dem Set hat gelacht, als er ihn sah.«

Zu denen, die das Projekt schließlich doch noch retteten, gehörte Arlen. Alle Beteiligten sagten, sie sei unschätzbar gewesen. Wenn sie nicht vor der Kamera stand, war sie hinter den Kulissen damit beschäftigt, Leute anzuspornen oder einen tobenden Studiochef zu beruhigen, der zum fünfzehnten Mal drohte, alles hinzuschmeißen. Weber schwört, daß Arlen unbedingt dabeisein wollte, als ihn der Studiochef zur unvermeidlichen, alles entscheidenden Sitzung bestellte. Sie fand so plausible, zwingende Argumente für den Film, daß der Zyniker, der ihnen im Zweitausend-Dollar-Anzug am Tisch gegenübersaß, sagte: Okay, dreht fertig. Weber erhielt für *Wonderful* zahlreiche Preise, aber es ist ihm hoch anzurechnen, daß er in jeder Dankesrede betonte, ohne Arlen Ford wäre der Film nie zustande gekommen.

Offen gesagt mag ich den Film nicht. Mir gefallen manche *Szenen*, vor allem die Eingangsszene. Dieses neblige Schneegestöber, Stille; und als das Bild langsam schärfer wird, sieht man, daß alles auf dem Kopf steht. Dann kommt das Dröhnen, und man sieht, daß es sich nicht um Schnee, sondern um Konfetti handelt. Die Welt kopfunter in einem Konfettischneesturm. Dann schwenkt die Kamera in die richtige Position, wechselt die Perspektive, fährt zurück, und man sieht das kleine Mädchen, das während einer Konfettiparade an den Füßen aus dem Fenster gehalten wird. Das gefällt mir sehr. Viele Teile des Films gefallen mir sehr, aber die Story, die uns Weber und Arlen damals in Wien erzählten, hatte viel mehr Wärme und Glück ausgestrahlt als das, was schließlich daraus geworden ist. Wahre Kunst führt uns in großartigen Details vor Augen, daß die Welt entweder gut oder böse ist. Natürlich ist beides richtig, und wir müssen selbst entscheiden, wie wir diese unbestreitbaren Wahrheiten in unsere eigene Erfahrung einfügen wollen. Als ich *Wonderful* zum erstenmal sah, hatte ich mich gerade gegen meinen eigenen Körper und einen unfähigen Arzt durchgesetzt und ein gesundes Kind zur Welt gebracht. Ich wollte nicht hören, daß das Leben eine Serie von Zufällen und überraschenden Schicksalswendungen sei, real und lebendig, aber letztlich verwirrend. Ich glaubte, daß wichtige Kämpfe auf jeden Fall gewonnen werden konnten; und zwar, weil wir einige großartige Waffen besitzen – Pflichtgefühl, Zähigkeit, Liebe –, die unsere Handikaps ausgleichen.

Ich muß zugeben, daß ich altmodisch bin und starr an vielen meiner Ansichten festhalte. Wo immer *Wonderful* gezeigt wurde, löste der Streifen emotionalen Sirenenalarm und heftige Debatten aus, weil es zumindest ein Film war, den man gesehen haben mußte, um als up to date zu gelten. Er war ein gefundenes Fressen für Kritiker und Großmäuler. Der Film war ein Meisterstück, eine Beleidigung, eine inhaltslose Provokation, eine warnende Exegese (wirklich, dieses Wort wurde gebraucht), die hervorragend erkläre ... es war ein Erfolg. Ein anspruchsvoller Film, der ein breites Publikum ansprach und den sich die Leute gern auch ein zweites Mal ansahen, falls ihnen beim ersten Mal etwas entgangen sein sollte.

Und um die allgemeine Aufregung noch mehr anzuheizen, verkündete Arlen – nachdem der Film schon eine Weile lief und allmählich Nominierungen und Preise gewann – beim Berliner Filmfest, daß sie sich aus dem Filmgeschäft zurückziehen werde. Warum? Sie habe genug. Sie behandelte das Thema charmant, fröhlich und mit großer Offenheit. Sie gab zu, daß sie in den letzten Jahren bis auf diesen Film nicht sehr erfolgreich gewesen war. Jetzt, nach der besten Leistung ihres Lebens, wolle sie sich lieber zurückziehen, statt in ein paar Jahren froh sein zu müssen, wenigstens noch Charakterrollen zu kriegen. »Ich bilde mir zwar gern ein, Charakter zu besitzen, aber in der Rolle der Charakter*darstellerin* sehe ich mich noch lange nicht. Das kommt noch früh genug. Es ist einfach besser, auf dem Höhepunkt des Ruhms abzutreten. Punktum.«

Sie rührte zwar für den Film weiter die Werbetrommel, doch selbst als sie für einen Oscar nominiert wurde und schließlich so viele Angebote erhielt, daß sie jede gewünschte Rolle hätte haben können, blieb sie bei ihrem Nein. Einmal fragte ich sie unter vier Augen, warum sie hart bleiben wolle, wo es doch wieder den Anschein hätte, als seien ihrer Karriere keine Grenzen gesetzt. »Früher habe ich gedacht, die Schauspielerei umfasse alles. Wenn man seine Sache gut mache, würden an der Ziellinie alle Antworten und Belohnungen, die man sich in zehn Leben wünschen kann, auf einen warten. Man könne seinen Platz finden, ein friedvolles Zuhause ... Nach ein paar falschen Entscheidungen erkannte ich jedoch allmählich, daß es nicht so war. Aber damals brach auch mein Leben zusammen, und ich dachte, vielleicht gehört das zur Desillusionierung. Einer der Hauptgründe, warum ich *Wonderful* gemacht habe, war, daß ich sehen wollte, ob das wirklich stimmte. Diese letzten Filme, die ich gemacht habe, bevor ich das erste Mal aufhörte, waren Flops. Jobs, um Geld reinzukriegen. Ich habe mich geschämt, als ich sie sah. Ich habe gedacht, Scheiße, so was kann ich nicht mehr machen. Ich muß etwas von meiner Seele bewahren. Also hab ich aufgehört. Als mich Weber bat, hier mitzumachen, wußte ich, daß es auf jeden Fall ein toller Film werden würde. Die beste Arbeitsumgebung, die man sich vorstellen kann. Aber selbst dieser Film hat mich kaltgelassen, wenn ich ehrlich bin, Rose. Als würdest du mit jemandem schlafen, den du früher mal geliebt hast, für den du aber nichts mehr empfindest. Kein Fünkchen mehr. Das wird auf jeden Fall definitiv mein letzter Film sein.«

Wir gingen zu viert zur Oscarverleihung. Bevor es losging, sagte ich meiner besten Freundin, ich würde die Akademie persönlich in die Luft sprengen, wenn sie den Preis nicht bekäme. Ich wußte, daß es ihr ernst war mit dem Aufhören. In einer amerikanischen Zeitschrift war ein unverdient harscher Artikel über sie erschienen, der widerwärtige Lügen enthielt.

Er schloß mit dem höhnischen Hinweis, wie »rechtzeitig« Ms. Ford doch ihren Rückzug lang vor der Preisverleihung bekanntgegeben habe, was auf die Unterstellung hinauslief, sie habe es getan, um sich die Auszeichnung als beliebteste Schauspielerin zu sichern. Arlen selbst gab mir den Artikel zu lesen und sagte nur: »Das ist noch ein guter Grund, nach Wien zu gehen.«

Als Webers Name als Gewinner des Preises für die beste Regie genannt wurde, pfiff Arlen wie ein Portier auf zwei Fingern. Bevor Weber nach vorn ging, um den Preis entgegenzunehmen, zog er Arlen von ihrem Platz hoch und umarmte sie lange. Als er sie losließ, weinte sie. Sie applaudierte wild und setzte sich erst hin, als er seine Rede begann und sich bei allen bedankte, am meisten bei ihr.

Alles wäre perfekt gewesen, wenn sie den Preis für die beste Darstellerin bekommen hätte, aber es kam anders. Statt Arlen erhob sich schwankend eine alte Frau, die den Preis schon vor Jahren für viel bessere Leistungen verdient gehabt hätte, und dankte der Akademie augenzwinkernd und mit einem berechnenden Lächeln, das sagte: Wir alle wissen, daß nicht ich hier oben stehen sollte, sondern ...

Weinend drehte ich mich zu Arlen um und sagte: »Es ist nicht gerecht. Du hast ihn verdient, und alle hier wissen das. Die ganze Welt weiß es, Arlen.«

Sie drückte meine Hand und sagte: »Was immer man im Leben will, es zeigt einem erstmal die Zähne.«

Eine Woche später zog sie nach Österreich.

ZWEITER TEIL

WYATT

»Heiliger Strohsack, das ist ja Finky Linky! Kann ich ein Autogramm haben?«

Ich finde es toll, Autogramme zu geben, ich finde es toll, daß jemand meine Unterschrift für so wichtig hält, daß er sie aufbewahren möchte. Mich überraschte nur, daß ich immer noch darum gebeten wurde, nachdem ich doch schon seit Jahren vom allmächtigen Auge des Bildschirms verschwunden war. Meine Zeit als Prominenter lag so lange zurück, daß sie mir wie ein Leben auf einem anderen Planeten erschien. Und wenn mich jetzt jemand ansprach und den in mir erkannte, der ich einmal gewesen war, kam mir das vor wie ein Telefonanruf vom Saturn oder Pluto. Aber auf jeden Fall ein erfreulicher Anruf, den ich gern entgegennahm.

Das Problem war nur, daß Sophie und ich gerade einen gräßlichen Flug von Los Angeles hinter uns hatten, einen dieser Horrorflüge, die der moderne Reisende immer öfter über sich ergehen lassen muß. Die Tortur begann damit, daß sich der Abflug um eine Stunde verzögerte und wir in dem stickigen, vollen Flugzeug festsaßen. Unsere frisch gebügelten Kleider zerknitterten zusehends, und unsere Laune sank gegen Null. Dann brüllten uns auch noch zwei unglückliche Babys fast während des gesamten Flugs in gräßlichem Stereo die Ohren voll. Und gekrönt wurde das Ganze von einer Schar Stewardessen, die Freundlichkeit und professionelle Fürsorge so sehr vermissen ließen, daß man aus Angst, sie zu verärgern, kaum um ein Glas Wasser zu bitten wagte.

Zwölf Stunden nach Europa, dann eine dreistündige Zwischenstation, während der wir völlig fertig und jetlaggeschädigt mit brennenden Augen die wuselnde Hektik eines riesigen Flughafens verfolgten. Dann wieder ins Flugzeug, diesmal nach Wien. Dort hätte uns eigentlich Sophies Schwägerin Caitlin abholen sollen. Da sie nicht kam, mußten wir überlegen, wie wir es in einer Sprache, die (abgesehen von meinem High-School-Deutsch) keiner von uns verstand, vom Flughafen in die Stadt schaffen sollten.

Willkommen in Europa. Wir nahmen einen Bus zum Hilton, und dann hörte ich, während ich unsere Koffer schleppte, diese sonst immer willkommene Bitte. Die Hetzerei hatte mich so erschöpft und verwirrt, daß ich mich gar nicht wunderte, in Wien, Österreich, um ein Autogramm gebeten zu werden, obwohl es hier nicht viele Menschen geben konnte, die die *Finky Linky Show* gesehen hatten, geschweige denn mich nach so langer Zeit wiedererkannten.

Als ich mich umdrehte, lachte ich seit zwanzig Stunden wieder zum ersten Mal. Eine der schönsten und bis vor wenigen Jahren berühmtesten Frauen der Welt hielt mir einen billigen Kugelschreiber und einen Zettel hin.

»Ich bin Ihr größter Fan, Mr. Linky.«

»Arlen! Mein Gott, wie lang ist es her?«

Wir umarmten uns. »Viel zu lange, Wyatt, viel zu lange, verdammt noch mal.«

»Ich hatte ganz vergessen, daß du hier wohnst! Wie toll! Arlen, das ist meine Freundin Sophie.« Die beiden Frauen schüttelten einander die Hand. Sophies Stimme sagte hallo, aber ihr Gesicht blieb stumm – merkwürdigerweise, denn sonst ist sie immer sehr offen und lernt gerne neue Leute kennen. Aber jetzt merkte man deutlich, daß ihr Arlen, die trotz ihres Ruhms zu meinen sympathischeren Bekannten zählt, nicht gefiel. Auch nicht *die* Arlen Ford, die den großen Mut und die ungeheure Energie besessen hatte, ihre Filmkarriere auf dem Höhepunkt abzubrechen. Nachdem uns vor einigen Jahren Weber Gregston miteinander bekannt gemacht hatte, hatten wir uns eine Zeitlang recht häufig gesehen. Sie war intelligent, sensibel und sehr amüsant. Großzügigerweise war sie auch ein paarmal in meiner Sendung aufgetreten und hatte mit uns herumgealbert. Der eingegangenen Post nach zu urteilen, waren die Kids begeistert von ihr.

Wir standen eine Weile herum und plauderten, bis hinter ihr ein Mann auftauchte und ihre Schulter berührte. Arlen fuhr herum und floß über vor Liebe und Freude, als sie ihn sah. Wer immer dieser Mann war, *ihr* Herz gehörte zum größten Teil ihm; das sah man deutlich. Sie nahm seine Hand und wies auf uns. »Wyatt und Sophie, das ist Leland Zivić.«

»Hallo, Leland. Sagen Sie mir noch mal, wie man Ihren Nachnamen ausspricht?«

Ein warmes, freundliches Lächeln ging über sein Gesicht und enthüllte große weiße Zähne. Zwischen den beiden Vorderzähnen hatte er eine interessante Lücke. »Ziv-itsch. Ich weiß, das klingt komisch. Ich bin zur Hälfte Jugoslawe.«

Sie waren auf dem Weg nach Italien. Damals in Kalifornien war Arlen eine kühle, kultivierte Erscheinung gewesen. Jetzt erinnerte mich dieselbe Frau an einen frischverliebten Backfisch. Sie konnte den Blick nicht von Leland wenden. In Hollywood hatte sie den Ruf gehabt, sich mit Männern zu umgeben, die entweder zuviel trainierten oder zuviel boxten und auch noch nach Einbruch der Dunkelheit Sonnenbrillen trugen. Zivić gehörte eindeutig nicht zu dieser Sorte. Er war recht groß, hatte ziemlich langes braunes Haar und ein sympathisches rundes Gesicht, das offen und freundlich wirkte. Ich glaube, seine Augen waren etwas klein, aber das war schwer zu erkennen, weil seine Nickelbrille graugetönte Gläser hatte. Er trug eine braune Lederjacke, Cordhosen fast im gleichen Braun und schmuddelige weiße Turnschuhe. Bequeme Kleidung. Das war alles. Alles an ihm wirkte bequem, sogar sein Gesicht. Als sei er ein lebendiger, atmender Sessel, in den man sich gerne hineinsinken ließ. Obwohl sich all dies in höchstens fünf bis sechs Minuten abspielte, gewann ich den Eindruck, daß Arlen bis über beide Ohren in einen sympathischen, natürlichen Mann verliebt war. Schwer zu sagen, was bei mir überwog – Freude oder Überraschung.

Sie gab mir ihre Telefonnummer und sagte, ich solle sie unbedingt in ein paar Tagen anrufen, damit wir uns zum Essen verabreden konnten. Sie schloß Sophie ausdrücklich ein, aber wieder bedankte sich meine Freundin nur höflich für die Einladung. Das glückliche Paar bestieg einen Flughafenbus, und wir machten uns auf die Suche nach einem Taxi.

Als wir eins gefunden hatten, kramte Sophie in ihrer Handtasche nach der Adresse ihres Bruders und versuchte dem Fahrer langsam den endlosen deutschen Namen vorzulesen. Er schüttelte den Kopf, drehte sich um und streckte die Hand nach dem Zettel aus.

»Laimgrubengasse. Okay!«

Sie lehnte sich zurück und drehte sich zu mir. »Wie kommt es, daß im Deutschen jedes Wort wie ein Befehl klingt?«

»Die haben eben viel Übung darin. Wieso hast du Arlen die kalte Schulter gezeigt? Das sieht dir gar nicht ähnlich.«

»Habe ich das? Wahrscheinlich bin ich einfach müde. Nein, das ist nicht der Grund. Ich konnte sie noch nie leiden. Ich hatte bei ihren Filmen immer den Eindruck, daß sie mit ihrer Leistung so unglaublich *zufrieden* war. Wie Meryl Streep, auch eine der Schauspielerinnen, die ich absolut nicht mag. Platz da, hier kommt Ihre Majestät, Queen Drama! Fangt schon mal an, die Oscars zu polieren.«

»Ach, komm! Hast du sie in *Wonderful* gesehen? Du mußt zugeben, das war ein toller Film!«

»Ein toller Film, ja, aber *sie* war nicht toll darin. Ich hab damals Beifall geklatscht, als sie den Oscar nicht gekriegt hat.«

Ich hatte keine Lust zu streiten. Sophie hielt wie jeder eigensinnige, selbstbewußte Mensch an ihren Ansichten fest. Der Versuch, sie ihr auszureden, konnte manchmal ganz amüsant sein, war aber meistens zwecklos, und ich hatte es längst aufgegeben. Im Moment bestand mein einziger Wunsch darin, in einem Sessel zu sitzen, der größer war als der Flugzeugsitz, einen Drink in der Hand zu halten und es zu genießen, daß ich eine Weile ausruhen durfte.

Durchs Fenster betrachtet, wirkte Wien fast so, wie ich es mir vorgestellt hatte. Die meisten europäischen Großstädte, die ich besucht habe, sind von einer gediegenen Würde und Alterslosigkeit; die Gebäude stehen schon so lang, daß sie eine ganze Menge Geschichte erlebt haben. Ich weiß, hier ist alles genauso fortschrittlich und vergänglich wie überall, aber man hat doch ständig das Gefühl, daß diese Städte das bleiben, was sie schon seit Jahrhunderten sind. Die imposanten, rollbahnbreiten Straßen werden noch genauso aussehen, wenn man sie irgendwann in schwebenden Autos oder Raumschiffen durchfliegt oder was immer die Zukunft an Erfindungen bereithält. Während in Amerika alles neu ist und sich in Fluß befindet, kann man Europa mit altem Reichtum vergleichen: Egal, was passiert, er bleibt bestehen.

Als wir an dem Gebäude vorbeifuhren, das sich später als die Staatsoper entpuppte, wies der Fahrer träge in die entsprechende Richtung und sagte »Opern«. Und als uns diese Information kaltließ, schüttelte er den Kopf über soviel Beschränktheit und drehte das Stereoradio auf volle Lautstärke. Es ertönte wilde arabische Musik.

»Wo sind wir denn hier, in Kairo oder Wien?«

»Sollen wir ihm ein dickes Trinkgeld versprechen, wenn er es leiser stellt?«

Da die sich schlängelnde, kreischende Musik nur eine schreiende Verständigung ermöglicht hätte, schwiegen wir den Rest der Fahrt. Außerdem hatte ich jedesmal, wenn ich zufällig in den Rückspiegel blickte, das Gefühl, der Fahrer sehe mich prüfend an.

Bei der Laimgrubengasse handelt es sich um ein sehr enges, kurzes Sträßchen, das steil ansteigt und dann im rechten Winkel in eine andere kleine Straße mündet. Ein paar Häuser vom Haus der Chapmans entfernt befand sich ein Restaurant namens Ludwig van. Auf einer Fassadentafel stand, Beethoven habe hier während seiner Wiener Zeit gewohnt.

Wir stiegen aus, und das Taxi, in dem immer noch aggressive Musik dröhnte, fuhr davon. Ich schleppte unsere Koffer zur Tür, wo Sophie bereits auf die Klingel drückte. Keine Antwort. Wir sahen uns an, während uns offenbar der gleiche Gedanke durch den Kopf schoß: Und was jetzt? Was machen wir, wenn niemand da ist?

»Ist Caitlin zuverlässig?«

»Sehr. Es muß irgend etwas Wichtiges oder Schlimmes dazwischengekommen sein, daß sie uns nicht vom Flughafen abgeholt hat. Ich mache mir Sorgen.« Sophie runzelte die Stirn und drückte erneut sekundenlang auf die Klingel. »Ich muß mit ihr reden und herausfinden …«

»Hallo?« Aus dem Lautsprecher kam eine leise Frauenstimme, wie von sehr weit her.

»Hallo, Caitlin? Ich bin's, Sophie. Wyatt und ich sind da!«

»Hallo, Sophie, – äh …«

»Was ist denn los? Mach bitte auf, ja? Wir haben eine Menge Gepäck.«

»Ich … Sophie. Ich *kann* nicht. Es gibt da ein großes Problem. Paß mal auf – äh, ihr geht jetzt die Laimgrubengasse runter, bis zur Gum-pen-dor-fer Straße. Wenn ihr die Gumpendorfer links reingeht, seht ihr ein Café; es heißt Sperl. Da drin wartet ihr auf mich. Ich bin in zehn Minuten da.«

Sophie brüllte in den Lautsprecher: »Bist du verrückt? Wir gehen doch jetzt nicht in irgendein Café! Wir haben Tausende von Kilometern zurückgelegt, und du läßt uns nicht *rein*?«

Caitlin schrie genauso wütend zurück: »Bitte, tu was ich dir sage! Ich bin in zehn Minuten im Sperl! Ja, ich weiß, daß ihr so weit hergeflogen seid, Sophie, aber nachher werdet ihr meine Bitte verstehen! Glaub mir, es ist wichtig!« Die Verbindung brach mit einem Klicken ab. Wir standen da und starrten zuerst das öde Wohnhaus an, dann den Haufen schwarzer Koffer, die wir jetzt weiterschleppen mußten.

Langsam begann ich mir den Trageriemen des ersten Koffers auf die Schulter zu hieven. »Das ist die seltsamste Begrüßung, die ich je in einer fremden Stadt erlebt habe. Versteh mich nicht falsch: Ich beschwere mich nicht. Ich wünschte nur, ich wäre erst zwanzig und hätte mehr Sinn dafür.«

Trotz ihrer Stinklaune kam Sophie zu mir und schlang die Arme um meinen müden Nacken. »Willst du mich umbringen? Ich würde am liebsten meine Schwägerin umbringen, also hättest du jedes Recht dazu.«

»Nein, aber ich sollte mich bald irgendwo hinsetzen. Ich bin sehr müde und muß eine Pille schlucken, sonst gibt es Probleme.«

»Oh, Wyatt, ich hab ganz vergessen ... Komm, laß mich die Sachen tragen.«

»Nein, ich schaff das schon. Wir suchen jetzt dieses Café und trinken ein Bier. Schmeckt das österreichische Bier so gut wie das deutsche?«

»Ich weiß nicht. Bin noch nie hier gewesen. Was hat sie gesagt, Gumperstorstrada? Laimgrubengasse. Warum klingt hier jede Straße wie ein ungarisches Rezept?«

Das Sperl war leicht zu finden. Man stelle sich ein europäisches Café vor und bestäube es mit Alter und Romantik. In einer Ecke standen ein paar Männer ruhig und ernst beim Billard versammelt; Kellner im Smoking, weiße Servietten über dem Arm, eilten elegant von der Küche ins Café, wo sie mit dramatischen, weit ausholenden Gesten und murmelnden Kommentaren weiße Tassen oder Kuchenteller auf die Marmortische stellten. Alte Männer und Frauen lasen Zeitungen in einem halben Dutzend Sprachen, in den Ecken schmiegten sich Liebespärchen aneinander und schmusten. Um diese Zeit, mitten am Nachmittag, war das Café halb leer. Wir fanden einen Platz für uns und unsere Koffer und gaben uns der angenehm schläfrigen Atmosphäre hin. Im Nu hatten wir unser Bier getrunken, und da die Würstchen, die am Nebentisch mit goldenen Semmeln und hellgelbem Senf serviert wurden, so köstlich aussahen, bestellten wir auch welche und dazu noch ein Bier. Dann warteten wir auf Teil zwei der *Wiener Affaire*. Wir sprachen nicht viel, selbst dann nicht, als aus den ursprünglichen zehn Minuten zwanzig wurden und schließlich eine halbe Stunde. Als ich aufstand, um zur Toilette zu gehen, erhob sich Sophie ebenfalls. »Vielleicht sollte ich sie anrufen. Was meinst du?«

»Ich glaube, du solltest noch etwas warten. Wenn sie so zuverlässig ist, wie du sagst, dann hat es einen Grund, daß sie noch nicht hier ist. Laß sie nur machen.«

»Du hast recht. Ach, Mist.« Sie setzte sich wieder. »Ich will kein Bier und keine Würstchen mehr, und ich hab keine Lust mehr auf dieses Café. Und warum halt ich im übrigen nicht den Mund? Geh nur auf die Toilette, Wyatt. Mit mir ist alles okay.«

Als ich fertig war, blieb ich eine Weile am Waschbecken stehen, wusch mir Gesicht und Hände mit kaltem Wasser und versuchte meine Lebensgeister zu wecken.

Auf dem Rückweg ins Café stieß ich mit einer Frau zusammen, die schnell auf die Damentoilette wollte. Die rasche, entnervende Folge von *bums, oh, Verzeihung* brachte mich um so mehr durcheinander, als ich so müde war. Als ich verwirrt um die

Ecke bog, sah ich zwar jemanden an Sophies Tisch, kam aber nicht auf Caitlin Chapman. Vielleicht lag es daran, daß sie für eine Frau, die sich in der chaotischen Lage befand, ihren Mann zu vermissen, blendend aussah. Sogar besser als bei unserer letzten Begegnung in Los Angeles. Während sie lebhaft redete, streckte sie einen Arm über den Tisch und hielt Sophies Handgelenk fest. Sie trug ein schwarzes Sweatshirt, Jeans, am linken Arm einen weit hochgeschobenen Silberreif und war ordentlich frisiert. Ich beobachtete die beiden ein paar Sekunden lang. Beide beugten sich vor; beide schienen gleichzeitig zu reden. Zwei hübsche Frauen Anfang dreißig, die in einem Wiener Café miteinander plauderten.

Warum kam ich mir wie ein Störenfried vor, wenn ich sie unterbrechen würde? Sophie hatte mich doch gezwungen, sie hierher zu begleiten. Ging mich das seltsame Abenteuer dadurch nicht ebensoviel an wie diese beiden? Nein. Denn es hatte nichts mit meinem Fleisch und Blut und meiner Liebe zu tun. Ich tat Sophie nur einen Gefallen, und dazu noch widerwillig. Ich war meiner besten Freundin zuliebe in Wien. In Erfüllung einer längst vergessenen Abmachung, die wir irgendwann auf einem Schweizer Berg getroffen hatten. Ich war nicht hier, weil ich mir Sorgen machte oder weil es mich unwiderstehlich hergezogen hatte. Und deshalb zögerte ich, mich bemerkbar zu machen. Worüber sie sich wohl so lebhaft unterhielten? Was war seit unserem Abflug in L. A. passiert, daß wir uns hier mit ihr treffen mußten statt in ihrer Wohnung?

Störenfried hin oder her, ich hielt es vor Neugierde nicht mehr aus und ging auf den Tisch zu. Caitlin drehte sich um und sah mich. Sie sprang auf, rannte mir entgegen und umarmte mich. Ich wußte genau, daß dies nicht Caitlin Chapmans Art war. Ich kannte sie als eine liebenswürdige, ruhige Frau, die den größten Teil ihres Lebens im Schatten ihres extrovertierten, aggressiven Ehemanns verbracht hatte. Was mich zudem überraschte, war die Art, *wie* sie mich umarmte. Die Umarmung dauerte so lange, daß ich über Caitlins Schulter zu Sophie hinsah, die mir mit Gesten zu verstehen gab, ich solle es über mich ergehen und die arme Frau mich umarmen lassen, solange sie wollte.

»Wyatt, wie lieb von Ihnen, daß Sie gekommen sind! Wie großmütig!«

»Caitlin, was ist denn los? Wo liegt das Problem? Gibt es etwas Neues in bezug auf Jesse? Haben Sie irgend etwas gehört?«

»Ja, ich war gerade dabei, es Sophie zu erzählen. Können wir an den Tisch zurück, damit sie es auch hört? Jesse ist wieder da! Er ist heute morgen heimgekommen!«

Nachdem sie mich mit diesem linken Haken überrumpelt hatte, führte sie mich an der Hand zum Tisch zurück. Ich sah Sophie an und formte mit den Lippen die Worte: »Er ist zurück?« Sie nickte.

»Setz dich, Wyatt. Du mußt das alles hören, weil du jetzt wichtig bist.«

Ich *wollte* mich gerade hinsetzen, hielt jedoch angesichts dieses ominösen Satzes inne. »Wichtiger als vorher?« Die Frauen sahen einander an. Ich kapierte. »Offenbar. Also los, fangen Sie ganz von vorne an.« Caitlin saß Sophie und mir gegenüber. Ich kam immer noch nicht darüber hinweg, wie ordentlich und gepflegt sie wirkte. Kein bißchen erschöpft, schlampig oder zerzaust. Ich weiß, es gibt verschiedene Arten, mit Problemen fertigzuwerden, aber wie war es möglich, daß eine Frau tagelang ihren Partner vermißte, immer in Angst, er könnte schwer verletzt oder gar tot sein, und doch so aussah, als sei sie gerade vom Friseur gekommen?

»Wyatt, Sie kennen meinen Mann ja ziemlich gut ...«

»Nein«, unterbrach Sophie. »Sie haben sich erst wenige Male gesehen. Du warst ja dabei, als sie diesen blöden Streit hatten. Jesse kann Wyatt nicht leiden, weil er schwul ist.«

Caitlin riß die Augen auf und warf mir einen verlegenen Blick zu, um zu sehen, wie ich reagierte. Sophie machte eine ungeduldige Handbewegung. »Jetzt ist keine Zeit für Etikette. Mein

Bruder Jesse ist ein anständiger Mensch. Leider auch viel zu oft ein blöder Spießer, der nicht einsehen will, daß er sich irrt, aber das ist seine Schwäche. Jeder von uns hat seine Schwächen. Was du jetzt gleich hören wirst, mußt du in diesem Zusammenhang sehen. Was ich sagen will, Wyatt, ist folgendes: Wir haben hier den geborenen Skeptiker vor uns. Er glaubt, daß eine Abmachung nur dann gilt, wenn man ihm den Vertrag zur Unterschrift vorlegt. Er mag keine französischen Restaurants, weil er die Speisekarte nicht versteht. Kapierst du, was ich meine? Ich glaube nur, was ich sehe. Erzähl weiter, Cait.«

Ihre Freundin sah mich an und begann zögernd: »Vor etwa einer Woche ist Jesse morgens aufgestanden und ins Bad gegangen – zum Waschen und Zähneputzen, dachte ich. Er ist fast immer vor mir auf und bereitet schon das Frühstück vor. Diesmal – ich weiß nicht mehr, wieviel später es war, aber ich würde sagen, eine halbe Stunde – stand ich auf und ging ins Bad. Er saß auf dem Klo, reglos, den Kopf in die Hände gestützt. Erst hab ich gedacht, ihm sei schlecht und er habe sich übergeben müssen, aber dann sah ich, daß der Klodeckel heruntergeklappt war. Ich wollte ihn fragen, ob alles in Ordnung sei, aber als ich ihn berührte, fuhr er zurück, als hätte man auf ihn eingestochen. Und seine Augen waren so wild wie die eines Pferds bei einem Feuer. Diesen Blick hatte ich während unserer Ehe nur einmal an ihm gesehen, bei einem schweren Autounfall. Jesse ist der verläßlichste Mensch der Welt, ihn bringt normalerweise nichts aus dem Konzept. Aber an diesem Morgen war er völlig durcheinander.

Als ich ihn fragte, was denn los sei, wollte er es mir nicht sagen. Ich hab ihm all die typischen Fragen einer Ehefrau gestellt, aber es war zwecklos; er wollte mir nichts sagen. Ich dachte, vielleicht ist es ihm irgendwie peinlich. Gut, laß ich ihn eben in Ruhe; soll er schauen, wie er damit fertigwird. Ich ging in die Küche.

Jesse ist ein Gewohnheitsmensch und frühstückt jeden

Morgen. Eine seiner Regeln: Geh nie mit leerem Magen aus dem Haus. Ich hatte eigentlich damit gerechnet, daß er wenigstens eine Kleinigkeit zu sich nehmen würde, eine Banane oder ein Glas Milch, um seinen Magen zu beruhigen. Aber er aß und trank nichts, und das machte mir komischerweise am meisten Sorgen. Ich hörte nicht einmal, wie er das Haus verließ. Ein paar Stunden später rief ich ihn im Büro an, und er klang okay. Als er am Abend nach Hause kam, schien es ihm wieder gut zu gehen, aber er wollte mir immer noch nicht sagen, was morgens losgewesen war. Du kennst das ja – das Leben steckt voller Merkwürdigkeiten, und man versucht, so unauffällig wie möglich darüber hinwegzugehen. Denn wenn man Notiz davon nimmt oder sich gar beschwert, nisten sie sich ein. Also wischte ich das Ganze beiseite und schob es auf den Vollmond oder was auch immer. So weit, so gut.

In der nächsten Nacht bin ich aufgewacht, weil er im Bad schrie: ›Ich will das nicht! Ich will es nicht!‹ Immer wieder. Es war mitten in der Nacht, zwei oder drei Uhr, die Zeit, wo man am meisten Angst hat, und nicht nur, wenn man aus dem Schlaf gerissen worden ist. Als ich ins Bad kam, starrte er sein Spiegelbild an. Wieder bekam ich auf meine Frage, was denn los sei, keine Antwort. Es hat ihn erschreckt, daß ich hereingekommen bin, während er weiß Gott was tat, und er sagte, er habe einen Alptraum gehabt. Ich wußte zwar, daß das nicht die ganze Wahrheit war, aber was sollte ich tun? Er schickte mich wieder ins Bett; er würde gleich nachkommen. Ich wäre gern bei ihm geblieben, aber er ließ es nicht zu. Mein Gott, es war furchtbar, ich fühlte mich so hilflos …

Ich hab also im Bett auf ihn gewartet, und er kam auch bald. Das Komische war, als er wieder neben mir lag, packte er mich grob und schlief mit mir, als seien wir zwei High-School-Kids auf einem Autorücksitz. Er fummmelte an mir herum, versuchte sämtliche Stellungen, und das alles so grob, viel zu heftig. Als er … als er kam, rief er wieder ›Ich will das nicht!‹, aber bevor ich den Mut aufbrachte, ihn zu fragen, was er meinte, schlief er ein. Völlig erschöpft. Jesse schnarcht nur dann, wenn er total am Ende ist, und in jener Nacht hörte er sich an wie ein Lastwagen ohne Auspufftopf.

Am nächsten Morgen war er so wie immer, obwohl ich dauernd darauf wartete, daß er mir sagte, was zum Teufel eigentlich los war. Daß er mir wenigstens *irgend etwas* sagte! Aber nein. Er ging zur Arbeit, und das war der Tag, an dem er verschwand. Er verließ das Haus, fuhr geradewegs zum Flughafen und flog weg.«

»Aber jetzt ist er wieder da?«

»Ja, seit heute morgen. Ich war einkaufen gewesen, und als ich zurückkam, saß er in seinem gelben Bademantel im Wohnzimmer und trank Kaffee.«

»Was hat er gesagt?«

»Gar nichts. Und ich war so erleichtert, daß ich ihn anfangs nicht drängte. Er war sehr ruhig und sagte nicht viel, außer, daß er okay sei und froh, wieder zu Hause zu sein.«

»Aber du hast noch einmal gefragt?«

»Ja, irgendwann doch. Und dann sagte er, er sei in London und Venedig gewesen.«

»Hat er gesagt warum?«

Sophie unterbrach erneut. »Erzähl ihm zuerst das mit dem Verband.«

»Okay. Na ja, sein Bademantel hat lange Ärmel, aber einmal, als er gestikulierte, sah ich den ganzen linken Arm. Ich sah irgend etwas Großes, Weißes. Als ich fragte, ob es ein Verband sei, sagte er, es sei etwas mit seinem Arm passiert, während er weg war. Ich hab dann nicht gefragt was, weil so viele andere Fragen anstanden.«

Ich sah Sophie an. »Was hat es mit diesem Verband auf sich?«

»Das wirst du gleich hören.«

Der Kellner kam und fragte Caitlin, ob sie etwas bestellen wolle. Sie sagte schnell etwas auf deutsch, und er ging weg.

»Wo war ich stehengeblieben?«

»Bei dem Verband.«

»Richtig. Die ganze Szene war zwar verrückt, aber man sieht die Dinge bald wieder im richtigen Verhältnis. Okay, lieber Mann, du bist also zurück. Es ist Zeit, meine Fragen zu beantworten, und zwar auf der Stelle. Was hast du gemacht? Warum bist du in London gewesen? Und in Venedig?

Dann bin ich wirklich wütend geworden und hab zu toben begonnen ... auf einmal ist die ganze Erleichterung und Wut und Angst hervorgebrochen. Er ließ meinen Tobsuchtsanfall wortlos über sich ergehen. Warum er nicht angerufen habe, um mir wenigstens zu sagen, wo er war? Ob er kein einziges Mal überlegt hätte, was für Sorgen ich mir machte? O ja, ich hatte einiges auf Lager.

Nach einer Weile ging mir die Munition aus, und wir saßen schweigend da und schauten uns an. Dann fragte er mich, ob ich je einen richtigen Feind gehabt hätte, jemanden, den ich entweder töten oder vernichten wollte. Wie? Was? Mir verschlug es die Sprache. Wovon redete er überhaupt? Ich wollte etwas über sein Verschwinden wissen; was hatten irgendwelche Feinde damit zu tun? Als ich ihn fragte, was er damit meinte, sagte er: »Erinnerst du dich an Ian McGann in Sardinien?« Caitlin wandte sich an Sophie und fragte, ob ich den Brief gelesen hätte. Sophie nickte.

»Welchen Brief?« Mir war wirklich schleierhaft, wovon sie redeten.

»Der Brief, den mir Jesse über ihre Reise nach Sardinien geschrieben hat. Erinnerst du dich? Über den Mann dort, der geträumt hat, er würde mit dem Tod sprechen und ihm Fragen stellen.«

Die beiden Frauen sahen mich gespannt an, in der Hoffnung, ich würde den entscheidenden Zusammenhang begreifen, ohne daß man es mir erklären mußte. Schweigen senkte sich über uns, während ich in den Gesichtern der beiden nach weiteren Anhaltspunkten suchte. Es war, als spielten wir Scharade und sie hätten mir einen phantastischen letzten Tip gegeben.

»London. Venedig. Ein Verband. Die Verletzung hat damit zu tun?«

Sie nickten.

»McGann. Seine Freundin hatte so einen komischen Namen. Sie war Holländerin.«

»Miep.«

Meine Augen begriffen es noch vor dem Hirn. Ich merkte, daß sie sich weiteten, und ich wußte ein paar Sekunden lang nicht warum. Dann kapierte es auch meine Zunge vor dem Hirn und sagte: »Mc*Gann*!«, und einen Moment später klinkten alle Stücke ineinander wie Zugwaggons. Klick-klack! McGann!

»Jesse ist nach London geflogen, um McGann zu finden?«

Die beiden rührten sich nicht. Warteten ab.

»Der Verband. Eine Wunde. Wie bei McGann! O mein Gott, dein Bruder hat diese Träume also auch?«

»Ja.«

Und dann fiel mir mit einem weiteren Klick-Klack der Polizist, der Tod, in dem Maskengeschäft in Hollywood ein, der gesagt hatte, er komme manchmal früher, damit sich die Leute an ihn gewöhnen oder ihm Fragen stellen konnten. Er hatte mir gesagt, McGann sei nicht tot. Ich hatte nichts von dem vergessen, was an jenem Tag passiert war; ich hatte mir nur alle Mühe gegeben, es zu verdrängen. Im College kannte ich jemanden, der sich eine Schlange als Haustier hielt. Er fütterte sie mit Mäusen und fragte mich einmal, ob ich zusehen wolle. Am meisten interessierte mich die Reaktion der Maus. Nachdem man sie ins Terrarium geworfen hatte, rannte sie in eine Ecke, um sich wild zu putzen. Als sie damit fertig war, blieb sie reglos stehen und schien durch die Scheibe zu starren. Wußte sie nicht, was da *noch* im Terrarium war? Tiere haben doch diese hochempfindlichen Sinne; gab es denn keinen, der sie vor dem nahen Tod warnte? Paß auf! Lauf um dein Leben! Nein. Die Schlange glitt hinüber, öffnete das Maul und biß zu. Einmal kam die Maus davon, aber das zweite Mal nicht. Ich konnte es nicht fassen. Diese Ruhe, und dabei mußte das Tierchen doch irgendwie spüren, daß sein Feind nur wenige Zentimeter entfernt war. Warum war es nicht davongerannt oder durchgedreht? Und warum war mir das nicht passiert, als mich der Tod zum Picknick einlud?

»Was hat er damit gemeint, als er dich fragte, ob du jemals einen richtigen Feind gehabt hättest?«

»Weil er in dem Moment, als er den ersten Traum hatte, sofort wußte, daß die Person, die mit ihm sprach, sein Feind war.«

»Wer war es?«

»Norman Ivers. Jesses bester Freund aus seiner Kinderzeit. Norman ist im ersten Jahr der High-School ertrunken.«

»Ein Junge? Aber es ergibt einen Sinn. Es könnte jeder Verstorbene sein, stimmt's? Warum nicht auch ein Junge. Hat Jesse dir erzählt, was er gesagt hat?«

»Das konnte er nicht. Aber *Ihnen* kann er es erzählen, Wyatt. Er hat gesagt, Ihnen könne er es erzählen.«

»Warum mir?«

»Du weißt schon warum.«

»Nein, weiß ich nicht.«

»Weil du unheilbar krank bist.«

Sophie sprach es aus. Caitlin konnte mir nicht mal mehr in die Augen sehen. Beim Weitersprechen starrte sie auf den Tisch. »Deshalb konnte ich euch nicht in unsere Wohnung lassen. Jesse und ich haben uns gerade darüber gestritten, wie man es anpacken sollte. Ich habe gesagt, wir sollten Sie da nicht hineinziehen, aber er besteht darauf. Er sagt, Sie seien wegen Ihres Zustands der einzige Mensch, dem er diese Dinge erzählen kann. Wenn er irgend etwas zu Sophie oder mir sagen würde, würden wir uns anstecken wie er. Wir würden von den gleichen Träumen heimgesucht werden und Narben bekommen, wenn wir die Antworten des Todes nicht verstehen.«

»Aber was kann ich tun? Das einzige, was ich tun kann, ist zuhören.«

»Das hält er für schrecklich wichtig. Er hat gesagt …« Das

letzte Wort ging unter, weil Caitlin zu weinen begann. Sie weinte still vor sich hin. Tränen rollten ihr übers Gesicht, und ihre sinnlichen Lippen schrumpften zum Mund einer alten Frau. Verhärmt und verrunzelt spiegelte er nur noch jahrelangen Kummer und Schmerz wider.

Sophie ging um den Tisch herum und setzte sich neben sie. Wieder trat Schweigen ein. Auch der Kellner kam wieder an den Tisch und stellte Caitlin eine Tasse Kaffee hin. Als er ihr Gesicht sah, sah er Sophie und mich mißbilligend an und eilte davon.

»Sie müssen es nicht tun, Wyatt. Sie haben selbst schon genug Probleme. Ich hab ihm gesagt, ich würde es Ihnen sagen, hielte es aber nicht für richtig. Er würde es verstehen, wenn Sie ihn nicht sehen wollten. Ich weiß, daß er ...« Wieder kamen ihr die Tränen, und sie versuchte, mir den Rest des Satzes mit einer Handbewegung zu vermitteln.

»Sophie?«

»Ja?«

»Was meinst du dazu?«

»Er ist mein Bruder. Es ist schwer, objektiv zu sein. Mein Kopf denkt anders als mein Herz. Du weißt, was ich meine.«

»Ich würde gern mit ihm telefonieren, bevor ich mich entscheide. Geht das?«

»Natürlich.«

»Dann rufen wir ihn doch gleich an.«

Caitlin und ich gingen zum öffentlichen Fernsprecher, und sie wählte ihre eigene Nummer. Jesse mußte gleich beim ersten Läuten abgehoben haben, da sie unmittelbar nach dem Wählen zu sprechen begann.

»Schatz? Ja. Ja, ich hab's ihm gesagt. Er steht hier neben mir. Wir sind noch im Café. Wyatt sagt, er möchte mit dir am Telefon darüber sprechen.« Sie schwieg und lächelte mich verkrampft an, während er sprach. Es war kein beruhigendes Lächeln. »Nein! Aber er ...« Sie wollte weiterreden, wurde aber von ihm unterbrochen, und zwar so laut, daß ich seinen hektischen Wortschwall mitbekam. »Nein, aber Wyatt hat gesagt …« Wieder wurde sie unterbrochen. Sie nickte, schloß die Augen, versuchte etwas zu sagen, aber es gelang ihr nicht. Nach langen weiteren Sekunden schaffte sie es, ein paar Worte einzuwerfen. »Ja. Ich sag's ihm. Wie? Ich hab gesagt, ich *sag's* ihm!« Sie legte die Hand auf die Sprechmuschel, und es schien, als müsse sie erst Kraft für das sammeln, was sie mir mitteilen sollte. »Jesse sagt, er kann nicht am Telefon mit Ihnen reden. Es muß unter vier Augen sein. Anders geht es nicht. Wenn Sie ihn sehen, werden Sie es verstehen.«

Was sollte dieser Unsinn? Ich wollte nach dem Hörer greifen. Sie zog ihn weg, hinter ihren Kopf, die andere Hand immer noch über der Sprechmuschel. »Nein! Er hat nein gesagt. Er könne so nicht mit Ihnen reden. Er dreht völlig durch, Wyatt. Er schreit und beschimpft mich. Er schimpft sonst nie auf mich, niemals. Und jetzt schreit er und … er ist völlig durchgedreht. Egal, was Sie tun, aber so können Sie nicht mit ihm reden. Das kann ich nicht zulassen. Das treibt ihn noch mehr in den Wahnsinn.«

Aber wenn im Moment jemand dem Wahnsinn nahe war, dann Caitlin. Ihr Gesicht war tränenverschmiert. Sie hielt den Hörer so fest umklammert, daß ihre Knöchel weiß und rot hervortraten. Wahnsinn, Wahnsinn. Um mich herum waren alle übergeschnappt, jeder auf seine Weise. »Okay, okay! Sagen Sie ihm, daß ich gleich rüberkomme. Sagen Sie ihm, er soll sich beruhigen, bis wir kommen.«

Sie nickte wie ein kleines Mädchen, das aus einem Alptraum erwacht ist und vom Vater beruhigt wird. Langsam senkte sie den Kopf, die Augen weit aufgerissen, hungrig nach Vertrauen.

»Er kommt, Jesse. Was? Nein, ich sag ihr, sie soll hierbleiben. Ich bringe ihn bis zur Tür, dann kehre ich um und bleibe hier bei ihr, bis ihr fertig seid.«

Sophie hatte keine Einwände. Sie nahm meine Hand, dankte mir und schaute uns nach. In der Gumpendorfer Straße herrschte reger Verkehr. Wir mußten eine Weile vor dem Café stehenbleiben, bevor wir weitergehen konnten. Ich wäre am liebsten über die Straße gerannt, zur Wohnung, zu Jesse, um alles in zwei Sekunden zu erfahren – blitzschnell. Ob es nun gut oder schlecht ausgehen würde, dies war einer der Momente, wo ich das Lebenstempo gern verdoppelt hätte, um schneller zu wissen, was als nächstes kam. *Rums-bums,* da wären wir; jetzt weißt du Bescheid.

»Seit seiner Rückkehr spricht er über Vögel.«

»Wie bitte?« Ein langer champagnergelber Mercedes mit deutschem Kennzeichen raste vorbei. Ich war in Europa. Mein Gott, ich war zum letzten Mal in meinem Leben in Europa. Lauter letzte Male. Die Tage bestanden nur aus letzten Malen.

»Jesse hat über Vögel gesprochen, aber ich verstehe nicht, worauf er hinaus will.«

Ich sah Caitlin an, doch bevor einer von uns etwas sagen konnte, brach der Verkehr ab, und wir hasteten über die Straße. Drüben angekommen, liefen wir rasch in die Laimgrubengasse zurück.

»Was war mit den Vögeln?«

»Er trägt ständig so ein Buch mit sich herum, das er mitgebracht hat. Er liest mir immer daraus vor.«

»Sind Vögel sein Hobby?«

»Überhaupt nicht. Das ist ja das Merkwürdige. Soweit ich weiß, hat er sich nie im geringsten dafür interessiert.«

»Worüber hat er noch gesprochen?«

»Hier ist es – rechts rein. Über Venedig; wie teuer es ist und wie mürrisch die Leute dort sind.«

»Wie lang war er dort? Warum ist er überhaupt hingeflogen?«

»Er hat sich in Sardinien nach McGanns Londoner Adresse erkundigt. Er rief immer wieder an, aber niemand nahm ab. Da ist er selber hingeflogen, um nach ihm zu suchen. Das war ziemlich schwierig, weil die Leute in seinem Reisebüro nicht sehr hilfsbereit waren. Aber schließlich erwischte er McGanns Bruder, der ihm sagte, Ian halte sich mit Miep in Venedig auf; dort wohnten sie seit dem Ende ihres Sardinien-Aufenthalts. Er flog direkt von London aus hin, was für meinen Mann, wenn man ihn kennt, dermaßen atypisch ist, daß man nur staunen kann. Der steigt nicht einfach in ein Flugzeug und jettet nach England oder Italien oder sonstwohin. Das liegt ihm nicht.«

»Warum ist McGann in Venedig?«

»Er wollte dort mit Miep hin, bevor er stirbt.«

Wir kamen vor dem Haus an. Caitlin machte sich daran, die Tür aufzuschließen.

»Wie ist McGanns Zustand?«

Sie hielt in der Bewegung des Schlüssels inne und sah mich an. Sie wollte etwas sagen, verkniff es sich aber. »Das soll Ihnen Jesse erzählen. Ich will nichts falsch machen.«

Es war eine dieser wuchtigen Holztüren, wie man sie in Europa häufig sieht und die einer Zeit entstammen, in der einen Türen nicht nur von der Außenwelt abschirmen sollten, sondern auch vor Höllenhunden und Dämonen. Caitlin brauchte beide Hände, um sie aufzustemmen.

Und dann kam etwas Wunderschönes – ein dämmriger, stiller Hof mit gepflegten Blumenbeeten und einem marmornen Springbrunnen in der Mitte. Das Zentrum des Brunnens bildete ein Putto, der spitzbübisch lächelnd gen Himmel blickte. Obwohl wir es eilig hatten, mußte ich stehenbleiben und ihn betrachten. Heilig, frech und sogar ein bißchen sexy, hatte die Figur etwas Verwirrendes. Ein andächtiger, frecher, erotischer Engel.

»Ist sie nicht herrlich? Das war einer der Gründe dafür, daß wir die Wohnung genommen haben. Wir müssen sie jeden Tag ansehen. Als wir das erste Mal hierherkamen, ging es uns beiden wie Ihnen – wir sind stehengeblieben und haben sie angestarrt. Aber jetzt schauen Sie mal nach oben, dann haben Sie erst die ganze Wirkung. Sehen Sie, wie braun und eng die Wände des Gebäudes sind? Es ist, als säße das Engelmädchen hier draußen im Hof und nehme ein Sonnenbad und als würde sie deshalb lächeln, weil ihr ein bißchen Sonne ins Gesicht scheint.«

»Sie denken also, es ist ein Mädchen?«

Caitlin lächelte und sah mich forschend an, ob das mein Ernst war. »Sie etwa *nicht*? Komisch, wir beide haben ihn nämlich auf Anhieb für ein Mädchen gehalten.«

»Da bin ich anderer Meinung. Ich müßte eine Weile darüber nachdenken. Aber nein, spontan würde ich das nicht sagen.«

»Oh, schauen Sie, da ist Jesse! Sehen Sie ihn? Er winkt.« Sie zeigte vage nach oben, aber ich sah nur Fenster, in denen sich größtenteils auch noch die helle Nachmittagssonne spiegelte. »Kommen Sie.«

Ich ging um den Brunnen herum und behielt den lächelnden Engel solange wie möglich im Auge. Dann betraten wir einen kühlen dunklen Hausflur, an dessen weit entferntem Ende man eine geschwungene Treppe mit einer massigen hölzernen Geländersäule sah. Als wir die Treppe erreicht hatten, schaute ich mich besorgt nach einem Aufzug um. Es gab keinen.

»Wo ist denn der Aufzug?«

Caitlin schüttelte den Kopf.

»Wie viele Stockwerke?«

»Drei.«

Ich holte tief Luft und schaffte es, sie anzulächeln. »Na, dann mal los.«

Es waren ausgetretene, sehr breite Steinstufen. Ich beobachtete Caitlins Füße und versuchte mit ihr Schritt zu halten, denn da sie hier wohnte, besaß sie im Treppensteigen offensichtlich viel Erfahrung. Soll man sich bei der Besteigung des Mount Everest nicht auch nach den Sherpas richten? Trotzdem war ich schnell außer Atem und mußte zweimal stehenbleiben, um Luft zu holen, während sie leichtfüßig immer weiter vorauseilte. »Hab ich nicht irgendwo mal gelesen, daß man für jede Treppe, die man hinaufsteigt, drei Sekunden länger lebt?«

»Ja, so ähnlich. Wenn es einen nicht vorher umbringt.« Sie lächelte fröhlich über die Schulter und stieg weiter.

Die Wohnung hatte eine hohe, breite, imposante Holztür.

Alte Holztüren und Steintreppen. Wie viele Menschen hatten hier schon gewohnt und waren auf den Klang dieser Glocke hin zur Tür gelaufen? Hatten hier gewohnt, auf dem Steinboden, hinter dem Holz, hatten Pläne und Ränke geschmiedet, voller Hoffnungen gesteckt oder über Dinge geweint, an die sich heute kein Mensch mehr erinnert?

Caitlin läutete. Wenige Sekunden später öffnete Jesse, als habe er hinter der Tür gewartet.

»Ich geh jetzt wieder zu Sophie zurück, mein Schatz.« Sie gab ihm einen Kuß auf die Wange und drehte sich um. An der Treppe blickte sie noch einmal über die Schulter zurück, lächelte, zuckte die Achseln und ging schnell hinunter.

Er war ganz in Grau: Pullover, Hosen, Socken. Keine Schuhe. Als er sah, daß ich auf seine Füße starrte, grinste er. »Hallo, Wyatt. Ich hab mich gerade umgezogen und war noch nicht bei den Füßen angelangt. Kommen Sie rein.«

Die Wohnung begann mit einem langen düsteren Flur, der in ein dunkles Wohnzimmer führte, das zu meiner Überraschung mit gewaltigen Möbeln vollgepfercht war. An den Wänden hingen kitschige Ölgemälde, deren Anblick fast weh tat: Gebirgslandschaften oder Porträts fettleibiger Männer mit wuchernden Bärten und dümmlicher, selbstzufriedener Miene. Ich hatte ja gewußt, daß Jesse Chapman spießig war, aber *so* spießig?

Er merkte, daß ich mich umsah. »Herrliche Bilder, nicht wahr? Gott sei Dank gehören sie *nicht* uns. Als wir in diese Stadt gezogen sind, wurden wir mit einer seltsamen Wiener Regel konfrontiert. Wenn man eine ›möblierte‹ Wohnung mietet, dann heißt das, daß alle Einrichtungsgegenstände, egal was, *dableiben – für immer* –, ob sie einem gefallen oder nicht. Wir hassen diesen Kitsch. Man könnte meinen, hier wohne ein hundertfünfzigjähriger Greis. Als wir den Vermieter fragten, ob wir statt dessen unsere Sachen hineinstellen könnten, war er ernstlich gekränkt. Einerseits ist es unser Zuhause, und wir zahlen auch wahrlich genug dafür, andererseits ist es das auch wieder *nicht.*«

»Als würde man in der Haut eines fremden Menschen leben.«

»Richtig.«

»Also, was ist los, Jesse? Klingt so, als erlebten Sie zur Zeit ein Abenteuer.«

»Ein gutes Wort dafür. Nehmen Sie doch bitte auf Frau Spustas Couch Platz.« Er zeigte auf ein plumpes, zeppelinförmiges Ding. Wir setzten uns jeder in eine Sofaecke und sahen uns an.

»Was wissen Sie über Vögel, Wyatt?«

»Manche klingen schön, andere schmecken gut.«

»Stimmt. Aber hören Sie sich das an.« Er beugte sich zum Couchtisch vor und griff nach einem kleinen blauen Buch, in dem lauter weiße Lesezeichen steckten. Er zählte einige ab und schlug das Buch an einer bestimmten Stelle auf. »Haben Sie schon mal was von der Gartenammer gehört? Sie heißt *Emberiza hortulana.*«

»Nein.«

»Ich glaube, sie schmeckt köstlich. Hören Sie sich das an: ›Beim Verzehr besonders saftiger Gartenammern hängen sich europäische Gourmets große Servietten über den Kopf, um zu verhindern, daß der Fettsaft ihre Tischgenossen vollspritzt.‹ Was meinen Sie dazu?«

»Ich meine, daß mir Gartenammern egal sind, Jesse. Ich bin müde und krank und einfach nicht in der Stimmung für kulinarische Genüsse. Ich meine, wir sollten lieber über andere Dinge reden – da unten sitzen nämlich zwei Frauen, die sich verdammte Sorgen um Sie machen.«

»Aber Sie nicht?«

»Ich bin nicht mit Ihnen befreundet. Aber mit Ihrer Schwester, und um *die* mache ich mir Sorgen.«

»Absolut korrekt. Aber jetzt hören Sie mal genau zu.« Zu meinem Ärger las er den Abschnitt über die Gartenammern noch einmal. »Ian McGann hat mir dieses Buch gegeben. Er hat bestimmte Stellen angestrichen, die ich lesen soll. Das war die erste. Ich hab auch nicht verstanden, was das bedeuten sollte. Er hat dagesessen und mich beobachtet, aber ich wußte nicht, was ich sagen soll. Ich hatte ihn aufgesucht, weil ich ihn wegen der Träume fragen wollte und dem, was mit meinem Leben passierte. Er war der einzige, der es wissen konnte. Aber statt einer Antwort hat er mir dieses Buch gegeben.

Er und seine Freundin – sie heißt Miep – wohnen in Venedig in diesem kleinen Hotel neben dem Danieli. Es hat den gleichen Blick aufs Wasser wie das Danieli, kostet aber nur ein Drittel davon. Sehr nett. Gemütlich und geradezu ideal für die beiden. Er kennt es, weil sein Reisebüro bei Pauschalreisen Kunden hierherschickt. Da Ian nicht mehr gut zu Fuß ist, sitzt er oft am Fenster und sieht auf die Boote und aufs Wasser hinaus. Oder wenn ihm wirklich danach ist, gehen sie für ein paar Stunden ins nahegelegene Café Florian. Das ist amüsant, weil Miep einem der Kellner erzählt hat, Ian sei ein berühmter englischer Schriftsteller, der sich von einer schweren Krankheit erholt. Jetzt wird er dort wie ein Fürst behandelt. Wenn er kommt, machen sie gleich einen Tisch für ihn frei und sorgen dafür, daß er bevorzugt bedient wird. Miep ist wundervoll; es ist ein Glück, daß er sie hat. Komisch, daß manche Leute die schönsten Dinge erst kurz vor ihrem Tod erleben.«

Er sprach leise, aber mit warmer Stimme, als erzähle er eine besonders schöne Anekdote, die zwar schon lange zurückliegt, aber so erfreulich ist, daß er sie immer noch taufrisch im Gedächtnis hat. Ich hätte ihn am liebsten unterbrochen und die Fragen gestellt, die mir unter den Nägeln brannten, aber ich wußte, daß das nicht okay war. Jesse mußte es auf seine Weise erzählen. Außerdem war ich sicher, daß er zu gegebener Zeit alles erzählen würde. Alles, was ich wissen mußte.

»Wir saßen sogar im Florian, als es passierte – als er mir das Buch gab und sagte, ich solle die Passagen über die Gartenammern lesen. Als ich fertig war, fragte er mich nach meiner Meinung. Was hätte ich sagen sollen? Es klingt komisch. Das habe ich gesagt. Die Vorstellung, daß an einem Tisch Leute sitzen, die Servietten überm Kopf haben, um ihre Nachbarn nicht mit Vogelsaft vollzuspritzen? Das ist doch zum Kringeln.« Er rieb sich die Hände, streckte sie aus und drehte sie hin und her. »Finden Sie nicht? Jedenfalls hab ich Miep angeschaut, aber sie war ganz ernst, und Ian ebenfalls. Er legte mir die Hand aufs Knie. ›Das bin *ich*, Jesse. Das habe ich Ihnen angetan; ich hab Sie mit meinen Träumen vollgespritzt, als ich sie Ihnen in Sardinien erzählt habe. Und jetzt sehen Sie, welche Folgen das für Sie hat. Es tut mir leid. Es tut mir entsetzlich leid, was ich getan habe.‹ Trotz all des Schreckens, der mich erfüllte, empfand ich in jenem Moment nur tiefes Mitleid mit dem Mann.«

»Wie sieht er jetzt aus?«

»Oh, das ist interessant! Er sieht aus, als sei er sehr krank gewesen – keine Frage –, aber nicht viel schlechter als damals in Sardinien. Ich hätte viel Schlimmeres erwartet; ich war von seinem Tod überzeugt. Aber in Venedig dachte ich anfangs eine Weile, es gehe ihm vielleicht wirklich besser.«

»Hat er immer noch diese Träume?«

»Ja, aber in letzter Zeit ist es ihm gelungen, einige der Antworten zu verstehen. Deshalb hat sich sein Zustand nicht verschlimmert. Unglaublich, aber es ist ihm gelungen. Er hat auch gesagt, er habe alles gelesen, was er an Literatur über Tod und Sterben auftreiben konnte. Unter anderem hat er entdeckt, daß unheilbar Kranke manchmal zu einer Art Frieden finden, wenn sie akzeptieren, daß sie sterben müssen. Das war eine der wichtigsten Veränderungen für Ian: Jetzt ist er in seinen Träumen nicht mehr wütend, daß der Tod ihm das antut. Er sagt, Wut koste nur wichtige Lebensenergie. Jetzt versucht er einfach, die richtigen Fragen zu stellen, damit er ihm nicht noch mehr wegnimmt.«

Ich sagte kein Wort, weil ich das noch nie erlebt hatte. Für mich war der Tod so bösartig sadistisch wie der schlimmste Verbrecher, und ich haßte ihn mehr denn je. Als das Ende nahte, war mein Leben schlimmer *und* zugleich quälend schön geworden.

Neben der nie endenden Angst vor dem kommenden Unbekannten war nun die Welt, die ich bald verlassen würde, in all ihren Einzelheiten wundervoller denn je. Mit jedem Tag, den ich lebte, wuchs in mir die Liebe zu dem, was ich bald verlieren würde. Das war nicht fair. Das war nicht richtig. Entweder oder, Tod. Such dir eins davon aus, aber nicht beides. Laß mir am Ende wenigstens etwas.

»Ian hat sogar im Schlaf gelernt, nur ganz bestimmte Fragen zu stellen, kleine Fragen, auf die er Antworten bekommt, die er versteht.«

»Zum Beispiel?«

»Das konnte er mir nicht sagen. Oder wollte es nicht. Er ist davon überzeugt, daß alles immer schlimmer wird, je mehr er erzählt. Sardinien hat ihn davon überzeugt.«

»Warum ist Miep nicht angesteckt worden? Warum Sie und nicht Miep?«

»Er weiß es nicht, glaubt aber, es habe mit Liebe zu tun. Es besteht eindeutig ein Zusammenhang zwischen der Tatsache, daß man jemanden wirklich liebt, und einem der Tod fernbleibt.«

»Sie machen sich also keine Sorgen um Caitlin?«

»Sie ist das einzige, was ich in meinem Leben je geliebt habe, Wyatt. Nein, ich habe schreckliche Angst um sie, aber ich muß mit irgend jemandem darüber reden, sonst bin ich verloren. Ich muß einfach glauben, was Ian über die Liebe gesagt hat.«

»Warum wollen Sie mit mir reden?«

»Weil McGann gesagt hat, daß Sie kommen würden und daß wir wichtig füreinander sind.«

Ich spitzte die Ohren. »Er hat es gewußt? Woher denn?«

»In einem Traum hat er gesehen, daß Sie hier bei mir in Wien sein würden. Er hat auch gewußt, daß ich nach ihm suchen würde. Neben dem Schlimmen sind seine Träume jetzt auch prophetischer geworden. So wie er aussieht und spricht, erinnert er an einen griechischen Propheten. Wie Theresias in *Ödipus*. In diesen alten Geschichten sind Seher fast immer blind oder sonst irgendwie behindert. So wird es ihnen möglich, Dinge zu sehen und zu begreifen, die unsereins nicht sehen und begreifen kann.«

»Was hat er über mich gesagt?«

»Er hat Sie bis ins Detail beschrieben und gesagt, Sie würden zur Zeit meiner Rückkehr in Wien sein. Ich schwöre Ihnen, ich hatte keine Ahnung, daß ihr beide kommt, Sie und Sophie.«

»Warum? Warum träumt er jetzt von mir?«

»Weil Sie der einzige Mensch sind, der mich retten kann, Wyatt. Sie sind der einzige Mensch, der verhindern kann, daß die Träume mich töten.«

»Wie denn?«

»Indem Sie den Tod finden. Das wollen Sie doch sowieso, nicht wahr? Deshalb sind Sie doch mit Sophie hergekommen?«

»Ich weiß nicht, was Sie meinen.«

»Natürlich wissen Sie es.« Ich wartete, daß er weitersprach, aber er starrte nur auf sein Vogelbuch und strich mehrmals mit der Hand über den Einband.

»Was reden Sie da, Jesse?«

Er kniff die Lippen zusammen, und als er mich ansah, war sein Gesicht voller Wut. »Sie haben gesagt, Sie wollten keine Zeit verschwenden! Na gut, Wyatt, okay, dann reden wir über das, was Ihnen passiert ist, bevor Sie hergekommen sind. Reden wir über den Cop, dem Sie in dem Laden begegnet sind, und was er zu Ihnen gesagt hat. Okay? Reden wir darüber.«

»Woher wissen Sie ...«

»Nicht ich. Ian hat es gewußt. Er weiß jetzt alles. Er ist dieser wundervolle Kranke, der einen aussichtslosen Kampf führt und immer noch Zeit hat, sich um mich Sorgen zu machen. Und um Sie macht er sich ebenfalls Sorgen. Er hat von Ihnen gewußt. Das versuche ich die ganze Zeit zu sagen – er sieht jetzt alles.«

»Wegen ihm ist aber auch alles passiert! Wie finden Sie das, Jesse? Er sieht es, na und? Er hat Sie angesteckt.«

»Vielleicht müssen wir unsere Einstellung läutern.«

»Unsere Einstellung erläutern ...«

»Ich sagte *läutern*, nicht *erläutern*. Vielleicht hat Ian mich gerettet. Vielleicht ist es das Beste, was mir je widerfahren ist.«

»Das müssen Sie mir erklären. Ich finde nicht, daß Sterben zum Besten gehört.«

»Haben Sie Mut, Wyatt? Sind Sie ein mutiger Mensch?«

»Ich weiß nicht. Ich hatte nie Gelegenheit, das herauszufinden.«

»Ich auch nicht. Aber warten Sie mal. Darf ich Ihnen noch etwas anderes vorlesen? Es ist wichtig.«

»Na gut.«

Er saß einen Moment reglos da, als fasse er einen Entschluß, dann stand er auf und holte von einem Tisch in der Nähe ein anderes Buch. »Wie steht's mit Ihren Bibelkenntnissen?«

Ich schüttelte den Kopf.

»Hören Sie sich das an.«

»›Und Jakob blieb allein. Da rang ein Mann mit ihm, bis die Morgenröte anbrach.

Und da er sah, daß er ihn nicht zu überwältigen vermochte, rührte er das Gelenk seiner Hüfte an; und das Gelenk der Hüfte Jakobs ward über dem Ringen mit ihm verrenkt.

Und er sprach: Laß mich gehen, denn die Morgenröte bricht an. Aber er antwortete: Ich lasse dich nicht, du segnest mich denn.

Er sprach: Wie heißest du? Er antwortete: Jakob.

Und der Mann sprach: Du sollst nicht mehr Jakob heißen, sondern Israel; denn du hast mit Gott und mit Menschen gekämpft und bist obgelegen.

Und Jakob fragte ihn und sprach: Sage doch, wie heißest du? Er aber sprach: Warum fragst du, wie ich heiße? Und er segnete ihn daselbst.

Und Jakob hieß die Stätte, Penuël; denn ich habe Gott von Angesicht gesehen, und meine Seele ist genesen.‹«

Jesse schloß das Buch. »Das ist eine dieser berühmten Geschichten, die wir als Kinder hören und dann im späteren Leben vergessen. Aber ich glaube, da steht alles drin. Diese Träume sind Ian und mir aufgezwungen worden. Sie werden ›gezwungen‹, an Krebs zu sterben. Das ist das gleiche. Keiner von uns ist auf diese Herausforderung vorbereitet. Im einen Moment sind wir allein, im nächsten ringen wir mit einem Fremden, der uns schaden will. Egal, was für ein Leben wir bisher geführt haben, bis jetzt sind wir noch nie gezwungen worden, mit irgend etwas zu ›ringen‹. Schaffen wir es? Haben wir überhaupt Kraft? Kennen wir auch nur einen einzigen Griff? Wer weiß? Jetzt sehen Sie sich Jakob an. Er hat es auch nicht gewußt, aber er hat alles stehen- und liegengelassen und sich hineingestürzt. Im einen Moment befindet er sich noch auf einer Reise mit seiner Familie, im nächsten ringt er mit einem völlig Fremden. Dann stellt sich heraus, daß er ein guter Ringer ist und der Kampf mit diesem Engel oder was immer es ist, unentschieden bleibt. *Kämpfen.* Ich habe den Sinn dieser Geschichte nie begriffen, obwohl ich die Bibel lese, seit ich erwachsen bin. Mut. Mut bedeutet, dem ins Auge zu schauen, was man tun muß, und es ohne Hoffnung auf Erfolg zu tun. ›Denn ich habe Gott von Angesicht gesehen, und meine Seele ist genesen.‹ Das muß etwas bedeuten.«

»Aber es ist ja nicht Gott, mit dem wir ringen«, warf ich ein. »Es ist der Tod! Er wird uns nicht segnen oder laufen lassen. Er wird uns alle drei töten. Es gibt keine Möglichkeit, den Tod zu Boden zu ringen oder ihn zu begreifen. Es gibt nur Leiden und Angst. Wir sind schon besiegt, bevor wir angefangen haben.«

»Das ist nicht wahr! Nicht, wenn man die Herausforderung annimmt; nicht, wenn man sich auf den Ringkampf einläßt. Es ist egal, ob der Fremde Gott oder ein Engel oder der Tod ist. Wenn wir uns hinlegen und sagen: ›Du siegst. Ich gebe auf!‹, dann sind wir wirklich verloren. Schauen Sie mich an.« Er zog sich den Pullover über den Kopf und zeigte auf einen Schulterverband. »Ich bekomme die gleichen Narben wie Ian. Ich habe schreckliche Angst vor dem Einschlafen. Ihre Wunden sind innerlich. Da gibt es keinen Unterschied; beide sind tödlich.

Aber was ist, wenn wir versuchen, keine Angst mehr zu haben, sondern zu verstehen? Nur indem er die Herausforderung annahm, hat Jakob schließlich begriffen, wer sein Gegner wirklich war. Und er hat gewonnen! Sein Kampf mit dem Engel endete unentschieden.«

»Der Tod ist kein Engel!«

»Vielleicht doch, nur nicht von der Art, von der wir als Kinder geträumt haben. Ich hab gesehen, wie Sie drunten die Statue betrachtet haben. Darauf hoffen wir: lächelnde Kinder mit Heiligenschein, die uns alle segnen. Und wenn Engel nun genauso komplex wären wie Menschen? Gut und böse, gefährlich und gütig?«

»Hört sich schlau an, ist aber nicht so.«

»Was wissen denn *Sie*? Und wenn nun die ganze Welt Penuël wäre? Der Engel hat Jakobs Namen zu Israel gemacht. Und Israel wurde ein Volk. Das Leben ringt ständig mit irgendwelchen unbegreiflichen Mächten. Vielleicht müssen uns diese Mächte segnen, wenn wir siegen.«

Ich murmelte fast vor mich hin: »Der Polizist in dem Geschäft hat gesagt, es gebe einen freien Willen. Wir dürfen leben, wie wir wollen, bis wir sterben.«

Jesse nickte. »Ian hat gesagt, Sie seien jetzt in Wien, weil Sie den Tod im Leben finden wollten. Nicht im Schlaf wie wir, denn dort kennen wir uns nicht aus, dort kennen wir die Regeln nicht und haben keine Kontrolle. Hier in der realen Welt, wie Jakob. Denn der Tod ist hier, und nur Sie können ihm siegreich gegenübertreten.«

»Und was soll ich tun, wenn ich ihn finde? Schach mit ihm spielen?«

»Nein. Stellen Sie ihm all die gefährlichen Fragen, die Ihnen einfallen. Nehmen Sie Ihren ganzen Mut zusammen. Sie sind der einzige Mensch, der McGann und mich retten kann. Er hat gesagt, das gehöre zu den Dingen, die er in seinen Träumen ganz verstanden hat: daß Sie derjenige sind.«

»Warum gerade ich?«

»Warum gerade Jakob? Warum haben wir Träume, die uns wie hungrige Mäuler anfressen? Warum haben Sie Zellen in Ihrem Körper, die Sie so sehr hassen, daß sie Sie töten wollen? Weil jeder Mensch mit etwas ringen muß und manche es für uns alle tun. Kommen Sie ans Fenster. Schauen wir doch noch einmal zu unserem Engel hinunter.« Er stand lächelnd auf. »Vielleicht teilt sie uns diesmal etwas mit. Ich hoffe immer noch darauf.«

Ich stellte mich zu ihm ans Fenster, und wir sahen in den hübschen Hof hinab. Zu meiner Überraschung standen neben dem Engel Sophie und Caitlin. Wahrscheinlich konnten sie uns gar nicht sehen, denn keine reagierte, obwohl beide mit fast demselben Gesichtsausdruck zu uns emporstarrten – Sorge, Verwirrung, Hoffnung. Als könne jeden Moment etwas passieren. Als sei es schon passiert.

ARLEN

20. April

Liebste Rose,

es hat so gutgetan, letzte Woche mit Dir und Roland zu reden, obwohl ich noch einmal sagen muß, daß ich mich genauso gern in diesen Briefen mit Dir unterhalte. Am Telefon stehe ich immer unter dem Druck, alles so schnell und vollständig und genau zu sagen und so – gekünstelt. Das ist das richtige Wort dafür. Am Telefon ist alles immer so gekünstelt, ganz egal, wie eng man befreundet ist oder wie lange man redet. Findest Du nicht auch? Man hört die wunderbare, echte Stimme, und das ist frustrierend, weil es fast so ist, als sei die Freundin da; man würde sie am liebsten aus dem Hörer ziehen, damit man auch noch den Rest von ihr hat. Und egal wie lang das Gespräch dauert, bei jeder Pause beginnt mein Hirn auf Hochtouren zu arbeiten, um dieses Loch zu füllen, wie ein Diskjockey im Radio. Sogar bei jemandem wie Dir, meiner Alter-ego-Busenfreundin, habe ich das Bedürfnis, amüsant oder zumindest interessant zu sein, damit sich diese teuren Übersee-Telefonate auch lohnen. Du hältst das wahrscheinlich für dumm, ich weiß – Du denkst wahrscheinlich, hier spricht die paranoide Schauspielerin aus mir, denn gerade bei Dir bräuchte ich dieses Gefühl doch nicht zu haben. Aber es ist nun mal so, und deshalb ziehe ich es manchmal vor – obwohl ich via Telefon fast bei Dir bin –, Dir einen unserer endlosen Briefe zu schreiben. Wie lang war mein letzter? Zwanzig Seiten? Toll. Ich finde das herrlich. Auf einem Blatt Papier kann ich mir Zeit lassen, ich kann für Tage oder Stunden unterbrechen, um in aller Ruhe darüber nachzudenken, was ich Dir sagen möchte. Ich kann meine Zigaretten rauchen (was Du so absolut widerlich findest), und wenn keine Streichhölzer da sind, kann ich aufstehen und welche suchen gehen und muß keine Angst haben, daß ich Dir zu Deinem Ärger Rauch ins Gesicht blase oder Dich (via Telefon) zu lange warten lasse.

Da ich so weit draußen wohne, kommt der Postbote meistens erst nach vierzehn Uhr, und wenn er etwas Interessantes bringt, quäle ich mich selbst damit, daß ich es nicht gleich aufmache. Wie ein stoisches Kind, das sein Geburtstagsgeschenk erst aufreißt, nachdem es das Päckchen ein paar Minuten auf dem Schoß gehalten hat, lege ich die betreffende Sendung (ein Brief von Dir, ein aus Amerika bestelltes Buch, das ich schrecklich gern lesen will) auf die Couch. Ich gehe in die Küche, mahle mir eine Portion Kaffee und richte meine große graue Lieblingstasse und die übrigen Sachen her. Dann warten, bis die Küche von dem herrlichen bitteren Geruch des frisch gebrühten Kaffees erfüllt ist, und die ganze Zeit überlegen, was wohl in dem Brief stehen mag, der drüben im anderen Zimmer auf mich wartet. Warten, warten. Den Kaffee, einen sauberen Aschenbecher und ein Kipferl oder zwei Scheiben frisches Brot aufs Tablett und das fürstliche Mahl ins Wohnzimmer tragen. Keine Eile, schön langsam. So wird das Warten noch quälender und köstlicher. Absichtlich an der Couch vorbeigehen und einen lüsternen Blick auf die weiße Post werfen, die auf dem fetten schwarzen Ledermonster liegt. Dann raus auf die Terrasse und auch dort aufräumen. Erst wenn draußen alles perfekt aufgeräumt ist, darf ich zurück und den Brief endlich öffnen.

Die Ironie bei unserem Telefonat letzte Woche bestand darin, daß ich Deinen Brief einen Tag danach bekam, aber beim Anblick Deiner Handschrift genauso aufgeregt war wie in dem Moment, als ich Deine Stimme am Telefon hörte. Irgendwann wird es noch heißen, wir seien verliebt.

Heute möchte ich Deine Frage beantworten, die das Leben hier in Europa betrifft. Du hast gefragt, wie es sei, so lange in einem Land zu leben, wo niemand deine Sprache spricht. Wie ich schon sagte, ist es ein einsames und in gewisser Hinsicht zweifellos isoliertes Leben. Ich führe öfter denn je Selbstgespräche, aber das könnte auch davon kommen, daß man älter und – schluck – exzentrischer wird. Was mich in Kalifornien fast um den Verstand gebracht hat, war das endlose unerträgliche Geschwätz, das zu nichts führte. Dort wird dauernd geredet, vor allem im Filmgeschäft. Jeder hat Unmengen zu sagen, aber allzuoft konnte ich mich am Ende einer Unterhaltung nicht mehr erinnern, worum es eigentlich gegangen war, selbst wenn ich angestrengt nachdachte! Und wenn man nicht aufpaßt, wird man genauso – Zunge und Hirn unterwerfen sich dieser furchtbaren, für L. A. typischen mentalen Temporegelung. Weißt Du, was ich meine? Wenn du wach bist und völlig klar im Kopf und nicht bekifft und deine Lippen sich ganz normal bewegen – aber aus deinem Kopf und deinem Mund nur Brei kommt? Nein, im Augenblick sind mir die Unbilden dieser verdammten deutschen Sprache lieber. Es ist eine nette Herausforderung für mich, durch meine kurzen, debilen Sätze zu taumeln und stolz zu sein, wenn ich sie richtig sage.

Ich lebe jetzt seit sechs Monaten hier und habe meinen Körper und meinen Geist, glaube ich, davon überzeugt, daß ich hier *bleiben* werde; das hier ist nicht irgendein Boxenstopp in einem Wettrennen auf irgendeine weit entfernte Ziellinie zu. Ich habe keine Ahnung, ob ich den Rest meines Lebens in Österreich verbringen will, aber ein paar Jahre möchte ich hierbleiben, soviel steht fest. Anfangs hat mich die Einsamkeit gestört, die durch mein schlechtes Deutsch bedingt ist. Klar, ich könnte in den hiesigen Feinkostladen gehen und mich mit Mr. Patzak, der hinter der Theke steht, in langsamen Sätzen darüber unterhalten, daß diese oder jene Buttersorte billiger ist, aber das zählt nicht als Konversation – das ist eher Kindergarten- oder Grundkurs-Deutsch. Aber gleichzeitig ist es doch so, daß die Worte, die du *wirklich* kennst und verstehst, hundertmal mehr Bedeutung kriegen.

Anders gesagt, in einem fremden Land zu leben ist so, als schwebe man mit einem Heißluftballon circa zwölf Meter über dem Boden. Neun – ein bißchen tiefer. Es ist eine ganz andere Perspektive, obwohl man die meisten Dinge dort unten noch erkennen kann. Du schwebst über Leute hinweg, die sich unterhalten, und schnappst hie und da einen Gesprächsfetzen auf, manchmal sogar ganze Sätze, aber nie alles. Und die Welt verändert sich, wenn du sie aus einer völlig neuen Perspektive erlebst. In diesem Fall zwölf Meter von der Existenz entfernt, die du gekannt hast. In Amerika, unter lauter Leuten, die Englisch sprachen, *gehörte ich dazu*, und deshalb habe ich nicht so genau hingeschaut. Hier muß ich eher hinschauen als hinhören, und ich kann, wie eine Blinde, besser »sehen«, aber auf eine ganz neue Art. Das gilt auch fürs Hören, nur höre ich jetzt andere Dinge – andere Dinge als Sprache.

Auf der anderen Seite habe ich immer wieder diese Depressionen, über die wir schon einmal gesprochen haben. Es hat etwas Beängstigendes, seine Zelte abzubrechen und in eine neue Umgebung zu ziehen. An manchen Tagen bewunderst du dich selbst für deinen Mut und Elan; dann wieder wachst du morgens auf und denkst: Mein Gott, was hab ich hier eigentlich verloren? Und dann fragst du dich ständig, was du mit dem Rest deines Lebens anfängst. Wenn du die langen Korridore der Monate und Jahre entlangblickst, die dir hoffentlich noch beschieden sind, fragst du dich manchmal unwillkürlich: Wie werde ich diesen Weg hinter mich bringen? Diese Frage stellt man sich zwar überall, aber sie geht tiefer, wenn man weit von zu Hause weg ist und sich nicht in einer vertrauten Kultur und jahrelanger Alltagsroutine fallenlassen kann. Oder vielleicht bin ich nur zu nachgiebig gegen mich selbst.

Der liebe Weber hat mir eine Menge Bücher geschickt, von denen er glaubt, sie könnten mir gefallen. Viele Romane und Lyrikanthologien. Ich bin erstaunt, daß ihm sein voller Terminkalender noch Zeit zum Lesen läßt. Ein Dichter, den er sehr mag und nach dem er mich süchtig gemacht hat, ist Charles Simic. Hör dir das an, aus einem Gedicht mit dem Titel »Abendgespräch«:

Alles, was du nicht verstanden hast,
Hat dich zu dem gemacht, was du bist. Fremde,
deren Aufmerksamkeit du auf der Straße
erweckt hast. Vielleicht waren es Erleuchtete,
die alles sehen? Sie wußten, was du nicht wußtest,
Und beunruhigten dich wie ein seltsamer Traum ...

So fühle ich mich meistens, vor allem, wenn ich deprimiert bin. Es muß doch Leute geben, die die großen Antworten kennen. Wenn ich sie nur finden würde, würden sie mir auf tausend Arten helfen, das weiß ich. Ist das albern? Ist der Gedanke albern, daß es da draußen irgend jemanden gibt, der genau weiß, was ich tun muß, um Liebe und ein wenig Frieden zu finden? Das klingt optimistisch, obwohl ich mich nicht als Optimistin sehe.

In einem seiner frühen Gedichte (die ich auch noch einmal gelesen habe) schreibt Weber: »Wenn wir alt sind und uns nur noch die Hängematte unserer Erinnerungen über der Erde hält.« Aber was für Erinnerungen werden wir haben, wenn wir jetzt nicht absolut richtig leben? Wie kommt es, daß die Runzeln so vieler alter Menschen nicht nur vom Alter herrühren, sondern auch von Haß, Fehlschlägen und Enttäuschung? Und warum hast Du, meine beste Freundin, einen guten Mann, der Dich liebt, und ein gesundes Kind? War es nur Glück oder der Umstand, daß Du richtig gelebt hast, oder lag es noch an etwas anderem?

Neulich war ich bei den Easterlings zum Essen und hatte einen tollen Abend. Ich mag sie. Beide strahlen eine große Gelassenheit aus, und das ist sehr beruhigend. Und lustig sind sie! Ich hab mich bei ihren Geschichten gekrümmt vor Lachen und hab mir geschworen, sie aufzuschreiben, damit Du auch was davon hast.

Erst die von Maris. Ihr Vater war offenbar ein richtiger Mistkerl, und die Familie lebte in ständiger Angst vor ihm. Dauernd Ohrfeigen, fiese Strafen, halt den Mund, bis du gefragt wirst – die Art von Tyrann. Unser Dad, das Arschloch. Die Mahlzeiten verliefen stumm, wenn Dad nichts zu sagen hatte oder dich etwas fragte. Sogar beim Essen hielten die Kinder die Augen gesenkt, denn aufzuschauen und ihn anzublicken war für ihn schon ein Akt des Widerstands. Eines Abends setzte sich die Familie zur gewohnten Zeit an den Abendbrottisch, aber Dad war noch nicht zu Hause, was ihm gar nicht ähnlich sah. Etwa zehn Minuten später kam er herein und sah aus, als hätte ihn eine Schlange gebissen oder als hätte er eine religiöse Offenbarung gehabt. Augen groß wie Untertassen, gesträubte Haare. Seine Lippen waren naß, und seine Hände zitterten. Er bot einen so ungewöhnlichen Anblick, daß Maris sich die Frage nicht verkneifen konnte, was denn passiert sei. »Ich bin gerade vom Blitz getroffen worden!« Der Kerl war die Straße entlanggelaufen, als es zu regnen begann, plötzlich fuhr ein Blitz herunter und versengte ihn. Aber der Bursche war so ein Monstrum, daß ihn nicht einmal der Blitz umbrachte! Eigentlich eine furchtbare Geschichte, aber Maris' Schilderung nach war er eine so fiese Ratte und er führte ein solches Schreckensregiment, daß ich lachen mußte, als ich hörte, wie er da neben dem Abendbrottisch gestanden hatte.

Später ging es dann um die High-School, und Walker erzählte von einer Bekannten, die zu einer großen Galaparty für Liza Minnelli ins Palladium in New York gegangen sei. Es wimmelte von aufgemotzten Schickimickis, und es war wirklich der Bär los. Szene, Szene – wir sehen uns an der Bar. Die Art von Party.

Nach einer Weile mußte diese Frau auf die Toilette. Nachdem sie fertig war, stand sie vor dem Waschbecken und frischte ihr Make-up auf. Eine sehr schöne Frau, die ein knallenges Kleid trug und absolut bezaubernd aussah, stellte sich neben sie und starrte sie an.

»Birgit Thiel! Mein Gott, du *bist* es!« Birgit sah die Göttin am benachbarten Waschbecken an, erkannte sie aber nicht. Keinen blassen Schimmer. Um ihr auf die Sprünge zu helfen, kreischte die andere: »Ich bin's, Richard Randall! *Erinnerst* du dich nicht? Mill Valley High School, 1986? Wir waren doch zusammen im Schauspielunterricht!«

Die gute Birgit überlief es glühend heiß, während sie die andere eine volle Minute lang ungläubig anstarrte, bis ihr klarwurde, wer da zu ihr gesprochen hatte. Als dann der Groschen fiel, war sie schon fast dahingeschmolzen. Richard Randall war ein vertrottelter Mitschüler gewesen, den niemand beachtet hatte. Jetzt war Richard zu Rochelle geworden und sah aus wie eine Sexgöttin aus Las Vegas. In einer Welt, die plötzlich schwerelos geworden war, versuchte unser Mädchen, Gleichgewicht und Erdenschwere wiederzugewinnen, während Rochelle weiterquasselte und in Erinnerungen an ihren gemeinsamen Auftritt in *Oklahoma* schwelgte. Wärst Du da nicht gern dabeigewesen? Manche Leute müssen erst vom Blitz getroffen werden; andere müssen sich operieren lassen, damit die Veränderung stattfinden kann. Ich hatte viel mehr Glück. Ich brauchte mein Leben nur *anzuschauen*, um zu erkennen, daß ich niemanden liebte, daß ich für nichts und niemanden Leidenschaft empfand, daß es mir egal war, was heute oder morgen oder nächste Woche passierte. Du hast gefragt, warum ich all das zurückgelassen habe und hierhergekommen bin. Jetzt, wo ich darüber nachgedacht habe, glaube ich, daß die Antwort eigentlich ganz einfach ist. Das Leben muß eine geographische Beschaffenheit haben. Farbe, Berge, Vielfalt ... Andernfalls lebt man auf dem Mond oder in der Wüste. Weißt Du, was einem diese Naturfilme zeigen? Daß dort, wo es nur heiß oder kalt ist und sonst nichts, nur die seltsamsten, widerstandsfähigsten Eidechsen und Käfer überleben. Das bin ich nicht. Was mir am klarsten zu Bewußtsein kam, war vielleicht, daß mir allmählich meine Landschaft abhanden kam, egal, wieviel inneren Reichtum ich besitzen mochte. Nein, halt: Vielleicht erkannte ich, daß ich mich *wirklich* allmählich in einen dieser ekligen kleinen Wüstenkäfer verwandelte, die ganze Tage damit verbringen, endlose Tunnel in den Sand zu graben.

Genug davon.

Ciao, Herzensfreundin,
Arlen

Liebe Rose,

jetzt ist es Ende Mai, und ich habe Dir viel zu lange nicht geschrieben. Bitte verzeih. Der Grund: ich bin seit Wochen völlig down und scheine trotz Sachertorten und neuem Wein nicht über meine selbstverschuldeten Schrammen hinwegzukommen. Teilweise kommt das von einem Riesenfehler, den ich nach meinem letzten Brief begangen habe.

Als ich mich hierher zurückzogen habe, hab ich mir geschworen, nicht mehr Arlen Ford zu »sein«, nicht die Arlen, als die man mich kannte. Klar, ab und zu bittet mich jemand auf der Straße um ein Autogramm, und das ist nett, aber ansonsten will ich es nicht. Ich hab mir vor kurzem einen alten Tony-Curtis-Film geliehen, *The Great Imposter*, und ihn mir sehnsüchtig angeschaut. Der Hauptdarsteller mogelt sich durch die verschiedensten Lebensformen und Berufe und schafft es fast immer, weil er seine Sache so gut macht. Die Leute zweifeln seine Autorität nicht an. Ich weiß, es ist eine naive Frage, aber warum können wir nicht einfach mit einer bestimmten Lebensweise aufhören und die Richtung ändern, ohne daß man uns Vorhaltungen macht und ins Gewissen redet? Ich weiß, es klingt kindisch, aber ich will keine Schauspielerin mehr sein; ich war innerlich leer und sehr unglücklich, und irgendwann kam der Zeitpunkt, wo ich merkte, daß ich mehr eine Persönlichkeit als eine Person war. Schauspielerin zu sein ist ein wunderbarer Beruf, vor allem, wenn man erfolgreich ist, aber ist es undankbar, wenn ich sage, mir reicht es jetzt und ich will etwas anderes machen? Was? Was ich machen will? Das weiß ich leider noch nicht, aber ich habe mein halbes Leben gebraucht, um herauszufinden, daß ich Schauspielerin werden möchte. Vielleicht brauche ich jetzt die andere Hälfte, um herauszufinden, was als nächstes kommt. In der Zwischenzeit klebt die Vergangenheit wie irgend etwas Ekliges an meiner Schuhsohle.

Was rede ich da eigentlich? Kürzlich stand ein italienischer Journalist vor meiner Tür und bat um ein Interview. Einerseits hat mich diese Dreistigkeit überrascht, einfach ohne Einladung hier aufzukreuzen, andererseits mag ich mutige Leute, solange sie nicht widerwärtig sind. Also hab ich ihn zu einer Tasse Tee eingeladen.

Zuerst fand ich ihn einfach nur interessant. Er kannte sich toll mit Filmen aus und konnte gut reden. Ein angenehmes Gespräch an einem Mittwochvormittag. Außerdem war er ein magerer, attraktiver Typ, und ich habe, wie schon gesagt, lange zölibatär gelebt. Ich hatte zwar nicht vor, mit ihm ins Bett zu gehen, aber es ist angenehm, mit einem hübschen Jungen im selben Zimmer zu sein. Wir unterhielten uns, kicherten ein paarmal, und ich dachte schon: Ach, was soll's, machen wir dieses Interview. Vielleicht wird es ganz interessant.

Es fing so harmlos an. Stereotype Fragen: Warum haben Sie aufgehört? Warum ist Ihre Wahl gerade auf Österreich gefallen? Was war Ihre Lieblingsrolle? Ich bemühte mich um intelligente, amüsante Antworten. Aber nach einer Weile trat ein widerwärtiger Ausdruck in seine Augen, und ich merkte, daß ihn das alles gar nicht interessierte. Also hörte ich auf, die liebe Arlen zu spielen, und fragte ihn, worum es ihm eigentlich gehe. Er lächelte wie ein tausendzähniger Barrakuda und sagte, für das Interview habe er jetzt genug Material; ob wir mal offen reden könnten? Was soll das heißen, Mr. Interviewer? Na ja, es gehe das Gerücht um, der wahre Grund, warum Arlen Ford so würdevoll von der Leinwand herabgestiegen sei, sei Aids: sie sterbe an der Lieblingskrankheit der Medien, wolle es aber natürlich geheimhalten. Als hätte ich vor, einen auf Freddy Mercury zu machen und einen Tag vor meinem Tod damit herauszurücken.

Statt ärgerlich zu werden, sagte ich, ich würde ihm mit Vergnügen das Resultat eines drei Wochen alten Bluttests zeigen, der im Rahmen eines Gesundheitschecks für meine österreichische Krankenversicherung gemacht worden war. Er sagte, ja, das würde er gern sehen. Immer noch ruhig, ging ich in mein Arbeitszimmer und holte die Unterlagen. Da, sehen Sie, kein Aids. Nächste Frage? Der Mistkerl hatte noch mehr auf Lager!

Am meisten beunruhigte mich, daß ich noch nie einem Journalisten begegnet war, der seine Hausaufgaben besser gemacht hatte. Er schien mehr über mich zu wissen, als eigentlich möglich war. Als ich ihn fragte, woher er all diese Informationen habe, sagte er, er habe anderthalb Monate mit dem Spezialauftrag verbracht, meinen persönlichen Background zu recherchieren. Plötzlich wußte ich, wie es gewesen sein mußte, in den fünfziger Jahren vor Joseph McCarthys Ausschuß zitiert und über Versammlungen oder Bekanntschaften befragt zu werden, die zwanzig Jahre zurücklagen. Ich fand es beängstigend, aber was noch schlimmer war: es war zutiefst deprimierend. Nachdem ich mich an sie gewöhnt hatte, waren seine Fragen eigentlich nur noch ärgerlich; aber das Schreckliche war, Rose, daß ich mich wie eine Ertrinkende fühlte, deren Leben wie ein Film an ihr vorbeirast, bevor sie untergeht. Und was ich da sah, war furchtbar.

Was haben wir getan, daß wir Gnade oder Vergebung verdienen? Ich habe eine Karriere aufgegeben, weil ich mich am Ende des Tages innerlich leer fühlte, und das machte mir angst. Aber wenn dein Leben wie eine Landkarte vor dir ausgebreitet liegt oder blitzschnell an dir vorüberzieht wie bei einer Sterbenden, dann erschrickst du angesichts all der Fehler, der Gier, der Verschwendung. Ich wünschte mir verzweifelt einen Computerausdruck wie diesen Aids-Test, ein simples Stück Papier, auf dem schwarz auf weiß stehen würde, daß mit mir alles okay war, ohne Schuld. Nur dieses Papier würde mir in nüchternen, wissenschaftlichen Zahlen und beruhigenden medizinischen Fachausdrücken bescheinigen, daß mein Leben bis jetzt okay gewesen war. Es gäbe eine Skala von null bis zehn, und wenn man da noch irgendwie drunterfiele, hätte das geheißen, daß man insgesamt auf dem richtigen Weg war und sich keine Sorgen machen mußte. Aber ich hatte kein solches Papier, das ich ihm unter die Nase halten konnte. Dieser widerliche kleine Wurm schleuderte mir Fakten und Details entgegen: Kommentare früherer Liebhaber und Bekannter (sogar einen unseres geliebten Englischlehrers in der elften Klasse), Rezensionen meiner Arbeit bis zurück zum ersten Film, die Zahl verkaufter Karten bei den Flops ... und das Ganze lief auf ein einziges großes *Na und, wofür das alles* hinaus.

Als ich ein kleines Mädchen war, mieteten meine Eltern einen Sommerbungalow mit einem großen Garten. Eines Nachmittags bat Mom eine Freundin zum Kaffee herüber. Während sich die beiden unterhielten, saß ich oben in meinem Lieblingsbaum, übte Indianergeheul und fand es toll. Mom bat mich ein paarmal, leiser zu sein, aber ohne Erfolg. Schließlich wurde ihre Freundin sauer und sagte so laut, daß ich es hören konnte: »Was diesem Mädchen fehlt, ist ein ordentlicher Minderwertigkeitskomplex.« Tja, dreißig Jahre später ist es jetzt soweit.

Ich hab dir noch nichts davon erzählt, aber ich arbeite als freiwillige Helferin in einem Wiener Kinderkrankenhaus. Ich hab gesagt, ich würde tun, was sie wollten, und so kam ich in eine Spezialabteilung, in der unheilbar kranke Kinder liegen, die nur Englisch sprechen.

Ich gehe jeden Tag hin, lese ihnen vor oder spiele mit ihnen – wonach ihnen gerade zumute ist. Auf die Idee bin ich gekommen, nachdem Weber mir von seiner Arbeit mit Krebspatienten in New York erzählt hatte.

Wie nicht anders zu erwarten, erscheint mir mein eigener innerer Aufruhr angesichts dieser Helden, die nicht nur um ihr Leben, sondern einfach um ein bißchen Frieden und Trost im Alltag kämpfen, dumm und abstoßend. Jeden Tag, wenn ich das Gebäude verlasse, fühle ich mich insgeheim glücklich, daß ich gesund und am Leben bin – nur um daheim wieder in die Apathie und den Selbstekel zu verfallen, die jetzt in meinem Leben scheinbar Dauergäste sind.

Der Schocker kam gestern abend. Ich hatte gerade das Krankenhaus verlassen. Es war ein herrlicher Sommerabend, überall schwüle, warme Düfte. Ich hatte drei Stunden lang mit Soraya und Colin Monopoly gespielt. Sie hatten gekreischt, gestritten und gemogelt wie ganz normale, gesunde Kinder. Toll. Die Hände in den Taschen, stand ich auf dem Gehweg, ohne Grund zur Eile.

In diesem Moment hörte ich Geräusche hinter mir wie von einer Rauferei. Ich drehte mich um und sah ein sehr attraktives junges Paar: Die Frau lag auf den Knien, der Mann beugte sich über sie und versuchte ihr aufzuhelfen. Dann erst merkte ich, daß er sie *hochzuziehen* versuchte, aber sie wollte nicht aufstehen.

Sie blieb auf den Knien und begann sich mit den Fäusten auf die Schenkel zu hämmern. »Das ist nicht fair! Das ist nicht in Ordnung! Das ist nicht fair! O Gott, das ist nicht fair!«

Das einzige Wort dafür ist *wehklagen.* Sie weinte nicht, sie stöhnte nicht: sie *wehklagte.* Die Frau tat ihren Schmerz kund. Dem Ehemann war es peinlich, aber er weinte auch. Er zog sie dauernd am Arm und sagte: Komm doch, steh auf, komm doch.

Aber sie wollte nicht. Was war im Krankenhaus passiert? War ihr Kind gestorben? Hatte man ihnen gesagt, daß es sterben würde? Hatten sie es zum fünfzigsten Mal besucht und Leid und Elend gesehen, wie es kein Kind auf Erden verdient hat?

Ich rannte hin und fragte, ob ich helfen könne; ob ich irgend etwas tun könne? Beide erstarrten und sahen mich an, als hätte ich über sie gelacht. In ihren Mienen stand Haß.

Ich hatte sie in ihrem Schmerz gestört, und jetzt war auf einmal alles irgendwie meine Schuld. Die Frau erhob sich schwankend, stieß mich beiseite und rannte die Straße hinunter. Der Mann lief ihr nach. Als er sich noch einmal umdrehte, stand in seinem Gesicht geschrieben: »*Sie* sollten sterben!«

Und sie hatten recht. Wenn es im Leben fair zuginge, was nütze ich dann irgendwem, inklusive mir selbst? Was habe ich den Menschen je genützt, außer daß ich die Leute unterhalten habe, nur um sie nach ein paar Stunden wieder in ihr Leben zurückzuschicken, nicht besser, nicht klüger, nicht gelassener? Ich habe keine Kinder, keinen Menschen, den ich besonders liebe. Ich habe unverschämt viel Geld auf der Bank und habe doch Angst, es könnte nicht für den Rest meines Lebens reichen. Aber welchen Lebens? Ich weiß nicht einmal, ob ich *jemals* irgend jemanden geliebt habe, und das allein reicht schon, um mich in Panik zu versetzen. Ich lese meine Bücher, führe den Hund spazieren und arbeite in einem Krankenhaus, in dem Kinder einen Kampf führen, von dem ich mir nicht vorstellen kann, ihn selbst zu führen, geschweige denn, ihn Tag für Tag durchzustehen.

Hier mein Resümee: A. Ford hat ein paar Filme gemacht, mit zahllosen Männern gevögelt, ekelhaft viel Zeit nur mit der Sorge um sich selbst verbracht und wurde von einem italienischen Journalisten und einem Wiener Ehepaar als das entlarvt, was sie wirklich ist – ein Schatten, eine Fälschung, eine Mogelpackung.

Alles Liebe, Arlen

Hallo, Rose, mein Schatz! Ja, heute kriegst du keinen Brief, sondern eine Kassette. Ich hab zwei sehr merkwürdige Wochen hinter mir, über die ich gern sprechen möchte. Als ich mich vorhin hingesetzt hab, um dir zu schreiben, sind meine Gedanken den Fingern einfach davongelaufen. Ich wollte dir alles frisch aus dem Gedächtnis erzählen; deshalb die Kassette. Falls ich drauflosschwafle oder mich wiederhole, entschuldige bitte, aber ich möchte versuchen, dir alles zu erzählen und es gleichzeitig zu analysieren. Du weißt ja, wie da manchmal alles durcheinandergeht. Aber wenn ich bei *dir* nicht drauflosschwafeln und durcheinanderreden kann, bei wem dann?

Wie du meinem letzten Brief sicher entnommen hast, war mein Leben auf dieser Seite des großen Teichs in letzter Zeit sehr düster und voller Zweifel. Ehrlich gesagt wurde es so schlimm, daß mir klargeworden ist, daß ich aus diesem schwarzen Loch irgendwie raus muß, weil sonst etwas passiert. Eine Möglichkeit war die, wieder in die Welt hinauszuhüpfen, statt mich wie eine Kafka-Figur auf meinem Berg zu verschanzen.

Bitte jetzt keine Panikreaktionen. Du brauchst nicht anzurufen, aus Angst, ich hätte mich schon an einem Weinstock erhängt. Es ist alles in Ordnung. So sehr sogar, daß es mich scheißnervös macht. Okay, äh, wo fange ich jetzt an?

Also, angefangen hat es mit der Oper. In Wien findet jeden Mai ein riesiges Festival statt. Da werden kulturell sämtliche Register gezogen, und es treten so ziemlich alle großen Namen auf, in der Oper, im Konzerthaus, im Musikverein oder sonstwo in dieser musikbesessenen Stadt.

Ich hab Opern noch nie gemocht. Ja, ja, ich weiß, da wird die menschliche Stimme zum schönsten aller Instrumente, die Musik wird transzendent ... ich kenn die ganzen Argumente, aber trotzdem läßt es mich kalt. Vielleicht, weil die Sänger nicht wirklich agieren; die stampfen bloß rum, wenn sie sich überhaupt bewegen, und schlenkern mit den Armen wie riesige Vögel, die gern abheben würden. Nein, ohne mich.

Weil ich aber *wirklich* versuche, hier einen neuen Anfang zu machen, hab ich mir eine Premierenkarte gekauft und ein hübsches Kleid angezogen. Und alles, was zu dieser verdammten Oper hinführte, war wunderbar: allein schon das prächtige Gebäude, das versnobte Publikum und die vor Geld und Hochmut eiskalten Gesichter. Man hatte wirklich das Gefühl, sich an einem Ort zu befinden, der mit der Geschichte auf bestem Fuße steht.

Aber zwanzig Minuten, nachdem das Licht ausgegangen war und vorn das Gekreische losging, wurde ich plötzlich total klaustrophobisch. Ich stand auf und hab mich rausgedrängelt. Es war mir scheißegal, wen ich störte – ich mußte da raus, bevor mir der Kopf platzte. Schon mal eine Panikattacke gehabt? Bei mir war's die erste, und sie hat mir eine Heidenangst eingejagt. Man hat absolut keine Kontrolle mehr über sich. Gar keine! Die Angst schiebt alles beiseite, als würde heiße Lava hervorsprudeln, und man kann nichts dagegen tun. Als ich aus dem Theater stürmte, prallte ich direkt mit einer Frau zusammen, die vor dem Gebäude stand und ganz happy war, als ich ihr meine Karte anbot.

Erinnerst du dich noch, wo die Oper ist – am äußersten Ende der Kärntner Straße, dieser piekfeinen Fußgängerzone in der Innenstadt? Bei schönem Wetter treten da Straßenmusikanten und andere Künstler auf. Ich war so froh, diesem stickigen Raum entflohen zu sein, daß ich am liebsten in jeden Hut und jeden Geigenkasten Geld geworfen hätte.

Ich schlenderte so die Straße entlang und blieb bei zwei oder drei Musikergruppen stehen. Ziellos ging ich dann immer weiter, bis ich schließlich am Donaukanal landete. Es war ein schöner Sommerabend. Die Leute trugen Shorts, aßen Tüteneis und schlenderten gemächlich vor sich hin. Ganze Familien waren mit dem Fahrrad unterwegs, und auf den Bänken am Wasser saßen Teenager, die rauchten und übertrieben laut lachten. Am Schwedenplatz liegt ein altes Donaudampfschiff namens *Johann Strauß* vor Anker, das man in ein Restaurant verwandelt hat. Ich war noch nie dringewesen, aber an diesem Abend sah es phantastisch aus: warmes Licht, gut gekleidete Menschen, die ganz aufgeregt waren, hier zu sein, Ehepaare, Hand in Hand. Die Männer gebärdeten sich wie lauter hohe Tiere und geleiteten ihre Damen an Bord. Ahoi, Jungs! Es war so schön. Ich stand da und schaute. Ich war gar nicht neidisch oder traurig. Ich kam mir vor wie ein Kind, das zuschaut, wie sich seine Eltern für einen tollen Abend in der Stadt zurechtmachen.

Ich weiß nicht mehr, wie lange ich da gestanden hatte, als plötzlich diese freundliche Frauenstimme wie der Schall eines Düsenflugzeugs von hinten über mich herfiel. »Gehören Sie auch zum A.I.S.-Schülerball?« fragte sie in reinstem New-York-City-Englisch.

Ich drehte mich um, und da war das zur Stimme gehörige Gesicht – eine große lächelnde Frau in einem ockergelben Abendkleid. »Das *ist* doch das Schiff, oder? Ich bin ganz durcheinander. Mein Mann hat mich aussteigen lassen und gesagt: ›Geh einfach die Treppen runter, da liegt ein großes Schiff. Da drauf findest du sie.‹ Der hat leicht reden: Er sucht inzwischen einen Parkplatz. Aber schauen Sie mal – da drunten liegt noch ein anderes Schiff. Ich weiß nur, eins ist das Schiff für die Rundfahrten, das andere das Restaurant. Wir wollen ins Restaurant, stimmt's? Was glauben Sie, welches es ist?«

Jetzt hätte ich gern gewußt, woher sie wußte, daß ich Englisch verstand. Dann wurde es mir schlagartig klar: Ich stand im Abendkleid neben einem großen Schiff, und da nahm sie natürlich an, daß ich zu ihrer Gruppe gehörte. Ich spielte mit und fragte nach dem Namen unseres Schiffs.

Sie sah zum Schiff, winkte dann jemandem auf Deck zu und sagte: »Die *Johann Strauß*. Oh, schauen Sie nur, da oben ist C. J. Dippolito! Das muß es sein. Wenn das C. J. ist, muß mein Sohn ganz in der Nähe sein. Kommen Sie. Ich hab vorhin Ihren Namen nicht verstanden. Ich bin Stephanie Singer.« Wir gaben uns die Hand, und ich murmelte irgend etwas vor mich hin, aber

Stephanie hatte sich schon in Bewegung gesetzt und zog mich mit. Sie wirbelte uns beide aufs Schiff und mitten hinein in den Schülerball der American International School von Wien.

Ich bin damals nicht auf unserem Collegeball gewesen und habe das insgeheim immer bedauert, obwohl ich's dir nie gestanden habe. Jedes Mädchen sollte einmal die Chance kriegen, einen zauberhaften Frühlingsabend mit ihrem Freund zu verbringen, der einen neuen Haarschnitt hat, nach English-Leather-Cologne duftet und eine weiße Smokingjacke trägt. Sie selbst muß ein bodenlanges Seidenkleid mit Ansteckbukett tragen und beim Friseur gewesen sein. Danach geht es meiner Ansicht nach nur noch bergab. Mir war dieser Mittsommernachtstraum nie vergönnt gewesen, das hat immer an mir genagt. Aber jetzt, durch einen wunderbaren Zufall, wurde er mir durch mein Opernkleid und Stephanie Singer doch noch zuteil. Ein Collegeball auf einem Donauschiff in Wien!

Auf der *Johann Strauß* wimmelte es von doof aussehenden Jungs in weißen Smokingjacken und Mädchen, die wie dekolletierte Engel aussahen. Bei vielen ahnte man zwar unter den Kleidern noch den Babyspeck, aber man sah ihnen an, wie glücklich und stolz sie waren, mit ihren Jungs hier zu sein. Stephanie suchte uns einen Tisch, aber ich entschuldigte mich, um noch ein bißchen zwischen den Jugendlichen herumzuschlendern. Manche Pärchen waren verliebt, manche gaben an, manche trauten sich nicht einmal, ihrem Partner oder ihrer Partnerin *in die Augen zu schauen.* Aber es war ihr großer Abend, und alle gaben sich Mühe. Wie sich herausstellte, waren Stephanie und ihr Ehemann Al deshalb da, weil die Schule ein paar Eltern als Anstandswauwaus für die Tanzpaare brauchte, und der Sohn der Singers hatte die Hilfe seiner Eltern angeboten. Das erzählte mir später ein etwa sechzehnjähriges Mädchen. Während sie sprach, wurde mir klar, daß sie mich auch für eine Mutter hielt. Das hat mich schockiert, bis mir aufging, klar, vom Alter her könnte ich *wirklich* eine der Mütter sein. Und das war okay, denn es war ein ganz besonderer Abend, und alle hier sahen so gut aus, wie sie es nie wieder tun würden.

Also schlenderte Mama Arlen mit einem Glas billigem Sekt im Saal herum und amüsierte sich wunderbar. Was mich unter anderem beeindruckt hat, war die internationale Mischung der Schüler. Obwohl die Schule American International School heißt, waren es nicht nur amerikanische Jugendliche. Araber und Afrikaner in Dschellabas und Daschikis, Mädchen in Saris ... Ein blonder kalifornischer Junge hielt ein wunderschönes indisches Mädchen namens Sarosh Sattar umschlungen. Ist das nicht ein schöner Name? In Wien gibt es einen Ableger der Vereinten Nationen, und es hätte all diesen Bürokraten sehr gutgetan, an diesem Abend hier zu sein und mit eigenen Augen zu sehen, wie gut sich verschiedenartige Menschen verstehen können.

Ich war etwa eine Viertelstunde auf dem Schiff und saß bei den Singers, als ein Mädchen an unseren Tisch kam und sehr zaghaft fragte, ob ich Arlen Ford sei. Als ich bejahte, änderte sich die Situation ein wenig, aber nicht sehr. Ein paar Schüler und Schülerinnen wollten Autogramme, und zwei oder drei Jungen forderten mich zum Tanz auf, aber insgesamt war ich einfach nur eine Helferin, der es Spaß machte, zuzuschauen, wie sich die tanzenden Paare amüsierten und wie sie sich einen Abend lang ganz erwachsen benahmen, bevor sie in die letzten Tage ihrer Kindheit zurückkehrten.

Alle hatte Fotoapparate dabei und knipsten. Blitzlichtbirnen platzten, die Kinder schoben ihre Freunde zusammen und fotografierten, wie sie lachten und sich hinter den Köpfen gegenseitig Hasenohren machten. Die Jungen steckten den Mädchen Blumen in den Ausschnitt oder machten blöde Gesichter. Alles Fotos, die du zwanzig Jahre später beim Frühjahrsputz im hinteren Teil einer Schublade findest. Im Lauf der Jahre sind sie wellig geworden. Du nimmst sie heraus, bläst dir das Haar aus den Augen, und die Nostalgie überkommt dich so stark, daß du dich erst mal setzen mußt. Du erinnerst dich, wie es an jenem Abend auf der Fahrt zur Party im Wagen gerochen hat, und daran, wie dich dein Tanzpartner geküßt hat, als das Fest schon fast vorbei war.

Ich blieb noch eine Stunde und wurde von einem Jungen namens Fadil Foual für die Schülerzeitung interviewt. Da Fadil vorwiegend interessierte, ob ich schon mal Billy Joel oder Stephen King begegnet bin, war es ein angenehmeres Interview als das mit dem italienischen Journalisten.

Als ich zu meinem Wagen zurückging, fühlte ich mich innerlich viel jünger und war den Großen Mächten sehr dankbar, daß sie mir diesen Abend geschenkt hatten.

Ein paar Tage später riefen die Easterlings an, ob ich Lust auf ein Picknick mit ihnen und ihrem Söhnchen Nicholas hätte. Wir trafen uns bei ihnen und fuhren zum Lainzer Tiergarten hinaus, weit draußen am Stadtrand. Es ist ein großes Forstschutzgebiet, das früher königliches Jagdrevier war. Dann wurde es der Wiener Bevölkerung übergeben, und man kann dort sehr schön spazierengehen, wenn man einen Nachmittag lang zurück zur Natur will. Tiere laufen dort frei herum, und wenn man ein paar Stunden dort ist, begegnen einem garantiert irgendwann Hirsche, Rehe oder Wildschweine. Nachdem wir geparkt hatten, dachte ich, wir seien schon da, aber dann hat sich Walker die Babytragtasche umgebunden und uns auf einem Weg am Wildpark entlang zu einer endlos steilen Treppe geführt. Meine Frage, ob sich der Aufstieg denn lohne, wurde von ihm und Maris bejaht. Immer noch skeptisch, hab ich dann gefragt, was denn da oben sei. Maris sagte: »Der Glücksberg.« Da ich schlecht sagen konnte: »Ich warte hier unten auf euch«, holte ich tief Luft und stieg hinterher.

Die Treppe war *wirklich* endlos, und als wir endlich oben waren, gingen die beiden immer noch weiter. Ich dachte, wir könnten doch wenigstens eine Zigarettenpause machen, aber nichts da. Nachdem wir eine Weile durch den Wald gewandert waren, bog Walker rechts ab, und plötzlich standen wir auf einer riesigen freien Wiese mit einem tollen Blick auf die Stadt. Die beiden nannten es den Glücksberg, weil es einer der ersten Orte war, die Walker Maris gezeigt hatte, nachdem sie sich kennengelernt hatten. Ich mußte ihnen versprechen, hier nur zu ganz besonders tollen Anlässen herzukommen. Sie selbst waren erst das dritte oder vierte Mal zusammen hier oben und hatten an jenem Tag beschlossen, ihrem Baby die Aussicht zu zeigen.

Ihr Nicholas ist ein süßes Kind, dick und kräftig, aber er kam mit einem großen Loch im Herzen zur Welt. Maris hat gesagt, das komme relativ häufig vor und sei eigentlich nicht gefährlich. In ein paar Jahren wird man ihn operieren müssen, aber jetzt ist er einfach ein dickes, glückliches Baby, das nicht stillsitzen kann und die ganze Zeit lacht.

Ich hatte den Wein und das Dessert mitgebracht, sie den Rest. Kaltes Hühnchen und Salat, drei Sorten Käse und Cracker, Obst. Der Anblick dieser in der Sonne ausgebreiteten Speisen – auf einem blauweißen Tischtuch, mit dessen Zipfeln ein leichter Wind spielte – und das Gefühl, Nicholas auf dem Schoß zu halten, der mit einem Händchen in mein Gesicht patschte und mit dem anderen seinen Apfelsaft trank … es war wunderbar, Rose. Ich hatte ein Baby auf dem Schoß, nette Leute um mich herum, Essen … Ich muß wohl an die fünfzigmal geseufzt haben, so froh war ich, hier zu sein. Ich bedankte mich immer wieder bei Maris und Walker, daß sie mich eingeladen hatten, aber wie soll man jemandem dafür danken, daß er einem Frieden schenkt, und sei es nur für eine Weile?

Nach dem Essen hat Walker dann ein Frisbee ausgepackt, und wir haben Nicholas auf das Tuch gesetzt, während wir drei uns auf der Wiese verteilten. Das Frisbee flog hin und her, und wir sahen zu, wie es im Wind verrückt spielte. Gerade als wir langsam müde wurden, tauchte ein Mann auf. Er hatte einen wunderschönen Vizsla bei sich, der meiner Minnie sehr ähnlich sah. Nur war dies hier ein Rüde namens Red, und seine Spezialität war Frisbee. Ganz egal, wie weit man warf, er fing die Scheibe auf. Es war erstaunlich. Das Baby war inzwischen eingeschlafen, der Hund machte drei Meter hohe Sprünge, um die Scheibe zu fangen, Maris und Walker hielten sich an der Hand ... es war die reinste Wonne. Schöner kann es im Leben nicht werden. Ich wäre am liebsten auf diesem Berg geblieben.

Aber das war noch nicht alles. Als wir unten ankamen, schlug Maris vor, wir könnten ein paar Minuten durch den Tiergarten gehen, vielleicht seien Wildschweine in der Nähe. Und kaum waren wir durchs Tor getreten, sahen wir schon ein kleines Rudel, das gerade von einem der Wildhüter mit altem Brot gefüttert wurde. Hast du schon mal Wildschweine von nahem gesehen? Es sind entzückende Tiere, ziemlich altertümlich. So müssen Tiere in der Zeit der Höhlenmenschen ausgesehen haben. Diese Burschen hier waren zwar nicht gerade zahm, aber sie waren zur Fütterung gekommen. Der Wildhüter nannte sie beim Namen – Mickymaus war der größte, der Rudelführer. Egal, was ihnen hingeworfen wurde, er war immer als erster da. Es hatte sich eine Menschenmenge versammelt, und der Wildhüter kam zu mir und gab mir einen Laib Schwarzbrot. Ich war mißtrauisch, ging aber so nah hin, daß ich sie riechen konnte. Unbeschreiblich. Wie im Urwald eben! Das Gegrunze und die Hauer – einfach umwerfend. Als ich mich umdrehte, sah ich viele Leute fotografieren, dachte aber, es gehe ihnen um Mickymaus und nicht um mich. Aber das war ein Irrtum. Du wirst gleich sehen, warum.

Okay, ich hab eine kleine Pause gemacht, jetzt geht es weiter.

Walker mußte eine Woche wegfahren, und deshalb lud ich, bevor wir uns verabschiedeten, Maris und Nicholas für ein paar Tage zu mir ein. Das war für mich ein guter Vorwand für etwas, das mir zur Zeit großen Spaß macht – das Haus zu putzen. Ich weiß, ich weiß, ich war früher furchtbar schlampig, aber das ist jetzt meine neue Phase. Oder vielleicht ist der Hausputz nur momentan eine gute Therapie, weil ich gerade nicht die leiseste Ahnung habe, wie ich den Rest meines Lebens in Ordnung bringen soll. Wie auch immer, ich habe also wild drauflosgeputzt, obwohl sowieso schon alles sauber war. Ich meine, was ist schon zu tun, wenn man nur fünf Möbelstücke besitzt? Die Antwort lautet: Wenn schon alles ordentlich ist, greif zur Möbelpolitur oder rutsch auf den Knien herum und bearbeite, schrubbe und scheure den Boden wie eine Verrückte. Vielleicht kommt meine Putzwut auch davon, daß ich seit meinem Umzug nach Europa mit niemandem mehr geschlafen habe! Das ist die Wahrheit! Ich hatte dir ja gesagt, daß ich enthaltsam leben würde, und hab es auch getan. So ganz allmählich gewinne ich meine Jungfräulichkeit zurück. Eines Tages wird mein Prinz kommen, und dieses Mal soll es wirklich ein *Ereignis* werden.

Nach dem Putzen bin ich nach Wien gefahren, um auf dem Naschmarkt einzukaufen. Märkte unter freiem Himmel sind etwas ganz Neues für mich. Der Anblick dieser Vielfalt, die sich da vor meinen Augen ausgebreitet hat, die verlockenden Gewürze zu riechen, die vielen exotischen Lebensmittel, bei denen man nur raten kann. Das weckt in mir den Wunsch, riesige Menüs zu kochen, deren Zubereitung ewig dauert. Bevor ich hierhergekommen bin, hat mir Kochen nie Spaß gemacht. Aber dann hat mir Weber immer wieder diese tollen Kochbücher geschickt, und bei seinen letzten Besuchen verbrachten wir ganze Tage in der Küche, und er hat mir alles gezeigt. Noch etwas, wofür ich ihm dankbar bin. Ich kann von Glück sagen, daß ich Freunde wie euch habe. Jedenfalls hatte ich eine meterlange Einkaufsliste. Außer den österreichischen Ständen gibt es auf dem Naschmarkt auch türkische Bäckereien, Stände mit Lebensmitteln aus biologischem Anbau, einen islamischen Metzger und einen Laden, der die wundervollste indonesische Erdnußbutter der Welt verkauft. Frisches Obst und Gemüse aus Bulgarien, Israel, Afrika. Riesige Tomaten aus Albanien, Emmentaler aus den Alpen … hier kannst du dich stundenlang verlieren.

Ich war so mit Einkaufen beschäftigt, daß ich das Geräusch erst bemerkt habe, als meine Tasche schon fast voll war. Der

Naschmarkt ist sowieso schon laut, deshalb ist so ein leises Geräusch wie das Klicken einer Kamera kaum zu hören. Aber als ich gerade dabei war, eine Melone zu drücken, hab ich es gehört und aufgeschaut. Die Marktfrau hat irgendwen hinter meiner Schulter angelächelt. Also hab ich mich umgedreht, und da stand ein großer Mann, der eine Kamera auf mich gerichtet hielt. Weil ich so gute Laune hatte, hab ich für ihn posiert – die Melone an die Wange gehalten und dazu ein Gesicht gemacht wie die Mädchen in der Werbung. Er hat gelächelt und noch ein paar Bilder gemacht. Dann hab ich die Melone hingelegt, hab ihm zugewinkt und bin weitergegangen. In Wien wimmelt es von Leuten, die fotografieren, deshalb hab ich nicht weiter drauf geachtet.

Aber ein paar Minuten später hab ich es dann wieder klicken hören, und da hatte er mich immer noch im Visier. Diesmal hab ich die Stirn gerunzelt und mich abgewendet. Ich hab zu viele schlechte Erinnerungen an Leute, denen es schnurzegal war, wie es mir ging, und die mich bloß fotografieren wollten. Zumindest könnten sie *fragen*, verdammt noch mal. Erinnerst du dich noch, was damals dieser verrückte Japaner auf dem Sundance Festival mit seiner Fototasche machte? Selbst wenn dieser Typ auf dem Naschmarkt harmlos war und ich ihm einfach nur gefiel, ich wollte es nicht. Ich drehte mich weg und ging schnell weiter. Etwa in der Mitte des Markts befindet sich auf der anderen Straßenseite ein tolles altes Café, das Café Drechsler. Da hängen lauter schwere Jungs und Mindestrentenempfänger herum und nuscheln in ihr Bierglas. Aber es hat wirklich ein 50er-Jahre-Flair, und ich schau vor der Heimfahrt oft auf einen Kaffee vorbei; ich setze mich immer ans Fenster und beobachte das Markttreiben. Das tat ich auch diesmal und merkte sofort, daß ich ebenfalls beobachtet wurde – von meiner neuen Nemesis, Mr. Kamera. Er hat nicht den geringsten Versuch gemacht, sich zu verstecken – er stand genau gegenüber und hielt seine Nikon auf mich gerichtet. Das Teleobjektiv war so lang und dick wie der Arm eines Gewichthebers.

Erst hab ich versucht, ihn zu ignorieren, aber es gelang mir nicht. Und er ging einfach nicht. Verärgert wollte ich mich vom Fenster wegsetzen, aber dann hab ich gedacht, *den Teufel werd ich!* Warum sollte er mir meinen friedlichen Tag verderben? Ich war kurz davor, ihm den Stinkefinger zu zeigen. Aber statt dessen bin ich aufgestanden, hab dem Kellner gesagt, er solle meinen Kaffee stehenlassen, und bin hinausmarschiert. Zu seiner Ehrenrettung muß ich sagen, daß er nicht weggelaufen ist. Die meisten Fotoschnüffler reagieren feige, wenn man sie zur Rede stellen will. Sie knipsen dich nackt oder beim Sex oder beim Selbstmord, aber wenn du ihnen die Stirn bietest, kriegen sie Schiß und laufen weg. Aber dieser Typ blieb stehen, obwohl er mich auf sich zukommen sah. Er hat sogar weitergeknipst, als ich mit wehendem Kampfbanner über die Straße stürmte.

Ich hab zu ihm gesagt: »Was machen Sie da eigentlich?«

Er hatte ein nettes Gesicht. Das fiel mir trotz meiner Wut gleich auf. Durchschnittlich, aber lebhaft und mit einem amüsierten Ausdruck.

»Ich fotografiere Sie. Filmstars kriege ich selten zu Gesicht.«

»Na prima. Aber jetzt haben Sie genug geknipst, also hören Sie auf, und lassen Sie mich in Ruhe. Hören Sie gefälligst auf, Ihr Objektiv in meine Angelegenheiten zu stecken!«

Sein Gesicht wurde lang. Vor Verwirrung klappte ihm förmlich sein Unterkiefer herunter. Dann fragte er, ob es mich denn wirklich störe.

»Sie können sich gar nicht vorstellen, wie sehr. Wenn Sie wissen, wer ich bin, wissen Sie auch, daß ich mich zurückgezogen habe. Keine Filme mehr, keine Öffentlichkeit. Keine Bilder mehr, okay? Seien Sie nett, und gehen Sie jetzt.«

Dann tat er etwas sehr Merkwürdiges: Er streckte mir die Hand hin, als würden wir einander vorgestellt, und sagte: »Ich heiße Leland Zivić. Es tut mir sehr leid, Miss Ford. Ich höre jetzt auf. Ich hab nur gedacht …« Er wollte eigentlich noch etwas sagen, brach aber kopfschüttelnd ab.

»Danke, Leland. Ich wäre Ihnen sehr verbunden.« Ich wollte schon gehen, aber dann kam mir ein unangenehmer Gedanke. »Was haben Sie damit vor?«

Er hielt die Kamera hoch. »Damit? Oh, keine Angst! Die sind nur für mich. Ich will sie nicht verkaufen oder sonstwas damit anfangen. Bitte machen Sie sich darüber keine Sorgen.«

»Gut.« Ich hab mich umgedreht und bin, ohne mich noch einmal umzuschauen, über die Straße ins Café zurückgegangen. Als ich mich wieder an meinen Tisch setzte, schaute ich zu der Stelle hinüber, wo er gestanden hatte, aber er war weg.

Daheim gab es soviel zu tun, daß ich erst wieder abends im Bett an ihn dachte. Hoffentlich stimmte es, daß die Bilder nur eine persönliche Erinnerung waren. Aber ich hätte sowieso nichts machen können. Außerdem, was konnten Bilder, die mich beim Einkaufen zeigten, schon anrichten?

Am nächsten Morgen bin ich früh aufgestanden und hab den Hund spazierengeführt. Meistens dauert das ziemlich lang, weil Minnie voller Energie steckt, und wenn ich sie eine Weile draußen lasse, tobt sie sich müde. Wenn wir dann zurückkommen, kringelt sie sich auf ihrem Bett zusammen und schläft stundenlang. Wir sind durch die Weinberge und in den Wald gelaufen, zu der Stelle, wo wir beide damals gesessen und uns unterhalten haben. Erinnerst du dich noch?

Als wir den Weg zum Haus hinaufliefen, sah ich ein großes Manila-Kuvert an der Tür lehnen. Die nächsten Hauptstraßen sind so weit entfernt, daß mir der Postbote Pakete offen hinlegt, ohne daß man befürchten müßte, sie könnten gestohlen werden. Acht Uhr morgens war zu früh für ihn, also mußte es ein Eilbrief sein. Aber *die* lassen einen doch immer unterschreiben. Ich hab den Umschlag aufgehoben, mich hingesetzt und ihn geöffnet.

Er enthielt sieben große Fotos. Das erste ließ mir den Atem stocken. Beim zweiten hab ich vor mich hingeflucht, und die übrigen Fotos haben mich so verblüfft, daß ich äußerlich und innerlich verstummt bin.

Das erste war durch das schmutzige Fenster des Café Drechsler fotografiert. Ich zerrte mir gerade mit der Hand das Haar aus dem Gesicht. Das hört sich nach nichts Besonderem an, ich weiß, aber das Kunstvolle waren die Bildeinstellung und der eingefangene Ausdruck. Du kennst mich ja, Rose: Wenn es um Abbildungen von Arlen Ford geht, gibt es keine kältere, härtere Kritikerin als mich. Was mich so verblüffte, waren mein Gesichtsausdruck und die Art und Weise, wie meine Hand am Haar zog. Man hatte den Eindruck, diese Frau da leide an einem herzzerreißenden Schmerz, wer immer sie sein mochte. Der Kopf ist zurückgeworfen, die Augen fest geschlossen. Der Mund ist so verzerrt, als würde sie weinen oder die Zähne fletschen. Sie hat gerade vom Tod eines geliebten Menschen erfahren. Oder der Mann, den sie anbetet, hat zu ihr gesagt: Verpiß dich. Es sieht aus, als würde sie sich die Haare ausreißen, als würde ihr das, was sie soeben gehört hat, den Tod bringen. Noch schrecklicher wird alles dadurch, daß hinter ihr mit gleichgültiger Miene eine alte Frau durchs Café geht. Draußen auf der Straße, direkt vor dem Fenster, läuft in entgegengesetzter Richtung ein lachendes Paar vorbei. Geheimnis, Isolation und Schmerz, alles in einem Foto! Es war so bedrückend! In einer Galerie hätte man gleichzeitig den Wunsch gehabt, näher hinzugehen und zurückzuweichen. Man hätte sich gefragt: Mein Gott, was ist ihr nur zugestoßen? Wie ist es dem Fotografen gelungen, beides einzufangen: diesen Augenblick der Qual und die Gleichgültigkeit der Welt?

Als ich das Foto sah, war ich so erschüttert, daß mir ein paar Sekunden lang gar nicht klarwurde, daß *ich* das war; daß ich die Frau war. Ich konnte mich gar nicht erinnern, daß ich mein Haar so nach hinten gezerrt hatte. An jenem Tag im Café hab ich mich ganz bestimmt nicht unglücklich gefühlt. Maris und das Baby wollten zu Besuch kommen. Ich wußte nur noch, wie froh ich war, nach dem Einkaufen endlich sitzen zu können, und wie ärgerlich, als ich merkte, daß der Typ mich noch immer fotografierte. Das ist alles.

Ich kam zum nächsten Bild. Lainzer Tiergarten am Tag des Picknicks mit den Easterlings. Ich strecke gerade Mickymaus, dem Keiler, das Brot hin. Es sieht aus, als würden wir uns anlächeln. Liebe auf den ersten Blick. Maris steht mit dem Baby auf dem Arm daneben. Nicholas wirft lachend die Arme hoch. Wenn das erste Bild die Hölle war, dann ist das hier der Himmel. Alle, einschließlich dem Keiler, sind glücklich. Das erste Bild hatte mich erschüttert, aber das hier strahlte soviel Glück aus, daß ich unwillkürlich grinsen mußte.

Wie ich schon sagte, gab es noch fünf weitere Bilder: zwei auf der *Johann Strauß* am Abend des Schülerballs, eines vor der Oper, eines, auf dem ich mit meinem Hund am Fluß spazierengehe. Das letzte Bild zeigt mich von hinten, wie ich die Straße überquere und wieder zum Café zurückgehe. Ein alter Mann mit einem albernen Hut schaut zu mir her und deutet in meine Richtung. Er sagt etwas zu seiner Frau, und beide lachen. Dieser Schuft von einem Fotografen hat fünf Sekunden, nachdem ich es ihm verboten hatte, noch ein Bild von mir gemacht! Aber es war so komisch, daß ich kicherte; wenn man nicht Bescheid wüßte, könnte man denken, der alte Mann zeige auf meinen Hintern. Nachdem ich die Fotos immer wieder angeschaut hatte, ließ ich sie in meinen Schoß fallen und zog den Hund in meine Arme. Wer war dieser Mann? Wie lange war er mir gefolgt und hatte Bilder von mir gemacht? Und was für Bilder! Sie waren überraschend, ungewöhnlich. Ich war mißtrauisch, aber auch wahnsinnig neugierig. Das Ganze war irgendwie pervers und beeindruckend.

Maris kam ein paar Stunden später. Nachdem sie das Baby ins Bett gebracht hatte, zeigte ich ihr die Bilder, ohne ihr zu sagen, woher sie stammten. Mir ging es um ihren ersten Eindruck. Du weißt ja, wie berühmt Maris allmählich für ihre Modellstädte wird. Bevor ich weitere Schritte unternahm, wollte ich erst hören, was eine Künstlerin dazu meinte.

Die Bilder befanden sich in der ursprünglichen Reihenfolge.

Am längsten hat sie das erste angeschaut, aber fast ebensolang verweilte sie bei dem Bild, wo ich den Hund spazierenführe. Als ich ihre Frage, ob denn alle von derselben Person aufgenommen seien, bejahte, hat sie gemeint, das sei kaum zu glauben. Ein Bild sei wie aus der *Vanity Fair*-Serie von Herb Ritts, und das vor der Oper erinnere sie an eine Bauhaus-Fotografie der 20er Jahre, von Moholy oder Herbert Bayer. Aber der Knüller sei das Foto im Café; es sei eins der besten Bilder, die sie je gesehen habe. Wer der Fotograf sei? Ob es einen Bildband von ihm gebe, sie wolle ihn sich gleich besorgen.

Ich hab ihr dann erzählt, wie ich den Typen kennengelernt hatte. Sie hat den Kopf geschüttelt, konnte sich aber nicht von den Bildern losreißen. Ich hab sie gefragt, ob sie das Ganze nicht ziemlich bizarr finde, und sie hat gesagt ja, aber trotzdem seien die Bilder hervorragend. Vielleicht liege es ja an ihrer eigenen etwas schrägen Sensibilität; daß der Mann, der die Bilder aufgenommen hatte, schräg sei, das glaube sie nicht. Ich hab die Augen verdreht und hab gesagt, he, der Typ ist mir offenbar tagelang gefolgt, ohne daß ich es gemerkt habe! Er war James Bond und Spanner in einer Person! Vom guten Fotografen ganz zu schweigen. Wie lange er wohl dagewesen war, bevor ich es merkte?

Sie hat gesagt, wenn er je wieder auftauchen und mich belästigen würde, sollte ich einfach sagen, er solle verschwinden. Aber sie glaube nicht, daß es dazu kommen würde. Und dann sagte sie etwas, das mich traf. »Wir leben zur Zeit in ständiger Angst, nicht wahr? Der Schrecken herrscht über das Mitleid.« Ich hatte keine Ahnung, was sie damit meinte, und hab sie gebeten, etwas genauer zu werden. Da hat sie das Café-Foto herausgezogen und hochgehalten. »Dieser Mann will dir keine Angst machen. Er will überhaupt nichts von dir. Er will dir höchstens etwas sagen. Er sagt dir, daß du in Schwierigkeiten steckst.«

Mir krampfte sich der Magen zusammen, und ich hab gefragt, ob man mir das denn so deutlich ansehe. Sie hat gesagt: »Irgendwie schon.«

In der Küche steht doch dieser kleine Fernseher, und wenn ich dort eine Weile zu tun habe, schalte ich meistens CNN ein. Ab und zu schaue ich, ob es irgendwas Interessantes gibt, aber meistens sind das für mich nur englische Hintergrundgeräusche.

Jugoslawien ist bloß ein paar hundert Kilometer von hier entfernt, und seit dort Krieg herrscht, haben die Österreicher natürlich ein wachsames Auge auf das, was da unten passiert. Momentan ist Dubrovnik das bevorzugte Ziel, und es ist widerlich, wie diese schöne Stadt aus purer Bosheit zerstört wird.

Zwei Tage nach Maris' Besuch hab ich mir gerade etwas zu essen gemacht und dabei den neuesten Bericht aus dem Kampfgebiet gehört. Bomben explodierten, Menschen brachten sich rennend in Sicherheit. Man hörte MG-Salven, eine Ambulanz raste vorbei. Vor der Kamera ragte schemenhaft eine alte Frau auf, die Hände vorm Gesicht.

Dann schilderte die Stimme eines Reporters, was gerade passierte. Ich war beim Zwiebelhacken und überlegte gerade, ob ich Schnittlauch eingekauft hatte. Die Stimme im Fernsehen sagte: »Blah bla blah Leland Zivić.« Irgendwo im Hinterkopf hab ich gleich gewußt, daß dieser Name etwas bedeutete, aber ich war zu sehr mit Zwiebelhacken und Schnittlauch beschäftigt.

Dann hörte man eine andere Stimme, die sanfter und freundlicher klang als die erste. Ich hab nur deshalb aufgesehen, weil jemand lachte und sich das mitten im Geschützfeuer so komisch anhörte.

Da war er! Sein Name stand unten quer über dem Bildschirm und darunter *Bildjournalist.* Ich hab mir einen Marker geschnappt und den Namen mit wasserfester Tinte auf das Zwiebelbrett geschrieben. Wie ich das wieder wegkriegen sollte, würde ich mir später überlegen.

Der Reporter sagte, Zivić sei für seine Bilder von Unruheherden in der ganzen Welt berühmt. Er sei in Rumänien gewesen, als Ceauçescu gestürzt wurde, in Liberia, als Doe hingerichtet wurde, in Somalia, als der Krieg dort am schlimmsten wütete. Auf die Frage, was er vom Jugoslawien-Konflikt halte, sagte er so etwas wie: »Vierzig Jahre Friede in diesem Land. Und dann gehen sie von einem Tag auf den andern in Entbindungsstationen und erschießen neugeborene Kinder. Begreift irgend jemand, außer den Politikern, wie es dazu kommen konnte? Das Problematische an Kriegen ist, daß sie für Außenstehende immer gleich aussehen. Nur die Hautfarbe der Toten unterscheidet sich.«

Der Reporter sagte: »Wenn das so ist, warum riskieren Sie dann für diese Bilder ständig Ihr Leben?«

Zivić nickte, als habe der Reporter ein gutes Argument gebracht. »Weil die Leute, wenn ich meinen Job gut mache, sehen, daß Kriege eben *nicht* alle gleich sind; es sind nicht einfach nur Leichenzahlen und anonyme Opfer. Der Tod sollte so gezeigt werden, daß man sich an ihn erinnert.«

Ich kenne eine Filmkorrespondentin von CNN. Nachdem ich lang herumtelefoniert hatte, bin ich endlich zu ihr nach Hollywood durchgedrungen. Ich erklärte ihr, um wen es ging, wo ich ihn gerade gesehen hatte, und bat sie, mir Leland Zivićs Adresse zu beschaffen. Netterweise hat sie nicht gefragt, warum.

Es stellte sich heraus, daß er ein Apartment in London hat und dort auch von einer Agentur vertreten wird. Die Frau gab mir beide Adressen und Telefonnummern. Da er wohl kaum in London ans Telefon gehen würde, wenn er im Fernsehen in Jugoslawien war, hab ich ihm eine Nachricht auf seinem Anrufbeantworter hinterlassen: »Hier spricht Arlen Ford. Bitte rufen Sie mich an, wenn es Ihnen möglich ist.«

Eigentlich hatte ich erwartet, bald von ihm zu hören, aber das war nicht der Fall. Zuerst hab ich gedacht, er sei noch mit seinem Auftrag beschäftigt. Manchmal fuhr mir der gräßliche Gedanke durch den Kopf, er könnte tot sein. Ich hab versucht, einfach nicht mehr dran zu denken, aber seine Fotografien standen auf dem Wohnzimmertisch, und ich hab sie natürlich oft angeschaut. Über dem Telefon klebte ein gelber Zettel mit seinen

Londoner Telefonnummern, und auf dem Hackbrett stand in meiner Handschrift in großen, schwarzen Buchstaben »Leland Zivić«. Ich dachte, ich laß es ein bis zwei Wochen stehen, bevor ich versuche, es abzuschrubben. Eines Morgens öffne ich den Briefkasten, und es liegt nur eine Postkarte drin. Keine Handschrift, die ich kannte: ordentliche Blockbuchstaben; Poststempel Sarajewo. Ein 30er-Jahre-Foto von der Thanksgiving-Day-Parade in New York. Riesige Ballons mit Pinocchio, Uncle Sam und Tin Woodman of Oz, die schief über der Straße schweben und große Schatten auf die Gebäude werfen. Sie sind durch Seile mit winzigen Ameisenmenschen verbunden.

Ich las: »Ich habe Angst, Sie anzurufen, und werde es nur tun, wenn Sie Entwarnung geben. Seit ich Ihnen die Bilder hingelegt habe, trage ich einen Schutzhelm, für den Fall, daß Sie explodieren. Auf einer Skala von eins bis zehn – wie wütend sind Sie auf mich? Wie sind Sie an meine Telefonnummer gekommen? Existiert Leben auf anderen Planeten? Beantworten Sie mir bei Gelegenheit alle oder einige der obigen Fragen.«

Sarajewo war kürzlich beschossen worden. Jetzt immer noch? Ich hab ihn mir vorgestellt, wie er in einem unterirdischen Bunker oder Gefechtsstand sitzt und mir die Karte schreibt, während über seinen Kopf die Bomben hinwegsausen. Wie toll von ihm, daß er mit keinem Wort erwähnt hat, was dort los war! Heutzutage haben die Leute so wenig Mut, daß man fast zwangsläufig beeindruckt ist, wenn man mal jemandem begegnet, der eine Riesenportion davon besitzt. Ich hatte wirklich nur durch einen kleinen Zufall entdeckt, womit Leland seinen Lebensunterhalt verdiente. Sonst hätte ich ihn immer noch für einen dieser Kameradeppen gehalten. Gut, es gefiel mir nicht, was er da gemacht hatte, aber andererseits rührte und faszinierte es mich, daß dieser interessante, bescheidene Mann mich mochte. Also rief ich noch einmal in seiner Londoner Wohnung an, sagte nur: »Die Luft ist rein« und verlegte mich wieder aufs Warten.

Ist dir je aufgefallen, wie sehr man auflebt, wenn man einen wichtigen oder interessanten Anruf erwartet? Man hat das Gefühl, das Telefon beherrsche den ganzen Raum. Wenn man sich irgendwo im Haus aufhält, ist man ständig auf dem Sprung, weil es jeden Moment klingeln und er dran sein könnte. Und wenn es überhaupt nicht klingelt, wird man noch nervöser. Ich zumindest. Ich kannte diesen Mann zwar nicht, aber er hatte diese erstaunlichen, bedrückenden Bilder gemacht und war zuletzt im Kugelhagel in Jugoslawien gesichtet worden. Die Tage vergingen. Weiß Gott, ich hätte ihn gern angerufen. Dann hab ich wieder gedacht, ob meine Nachricht vielleicht zu kurz gewesen war und ihn abgeschreckt hatte. Ich hab mir überlegt, was ich sagen würde, wenn er anrief. Ob ich ihn über seinen Job ausfragen sollte? Oder warum er die Bilder gemacht hatte? Wie würde er sein? Interessant oder nur tapfer und langweilig, mit einem exzentrischen Faible für zurückgezogen lebende Schauspielerinnen? Ich sprach seinen Namen nie laut aus, aber gelegentlich probierte ich ihn in Gedanken aus. Leland. Das klang amerikanisch. Zivić nicht.

Es war spätabends. Ich lag schon im Bett und las zum zweiten Mal *Mariette in Ecstasy* – hast du's dir schon gekauft? Bitte tu es. So wie das Klosterleben da beschrieben wird, steckt es voll überweltlicher Schönheit und voller Möglichkeiten. Das Telefon klingelte. Ich war sicher, daß du es bist, weil du mich als einzige so spät anrufst. Aber ich erkannte die Stimme nicht, und deshalb fragte ich, als er meinen Namen sagte: »Mit wem spreche ich?«

»Leland Zivić. Können wir reden?« Seine Stimme klang ganz anders, als ich sie Erinnerung gehabt hatte. Natürlich, was hätte mir von dem einen Mal, wo wir miteinander geredet hatten, schon in Erinnerung bleiben sollen? Drei Sätze vielleicht? Wenn ich an ihn dachte, muß ich mir viele verschiedene Stimmen vorgestellt haben, in die ich meine Bilder kleidete. Die Stimme, die ich jetzt hörte, klang sanft und sachlich. Leise, aber nicht als charakeristisches Merkmal oder etwas Besonderes. Er sagte, er habe eigentlich vorgehabt, sich geistreich zu entschuldigen, aber dazu sei er heute nicht in der Lage; er wolle einfach nur reden. Ob das okay sei? Ich fragte ihn, was denn los sei, und er hat gesagt, er sei in Jugoslawien in der Nähe des Kriegs. Ich hab gesagt, das wisse ich, ich hätte ihn im Fernsehen gesehen. Dann wurde seine Stimme ganz leise, und, ach, Wahnsinn, du hättest es hören sollen! Er hat gesagt, ich könne mir nicht vorstellen, was er in den letzten Tagen gesehen habe. Er sei Fotograf und mache Kriegsbilder. Normalerweise mache ihm das nie etwas aus, weil es einfach sein Job sei. Aber vielleicht weil die Familie seines Vaters von dort stamme, sei es diesmal schlimm gewesen, echt schlimm. Wart mal, Rose, ich muß mir eine Zigarette anzünden. Ich brauche bloß an seine Stimme zu denken, und schon überläuft es mich kalt.

So, da bin ich wieder. Jedenfalls hat seine Stimme ganz ängstlich und verloren geklungen. Er hatte mich angerufen, weil er mit mir reden wollte. Er sprach gehetzt und atemlos, als würde er mir beichten oder mit sich selber reden. Ich war total überrumpelt. Ich hatte gehofft, unser erstes Gespräch würde interessant, aber entspannt verlaufen. Jetzt hatte ich gleich hunderttausend Volt im Ohr. Ich hab ihm gesagt, er solle mir alles sagen, was er wolle, und mir alles erzählen. Dann hab ich mich im Bett aufrecht hingesetzt und mein Pyjamaoberteil zusammengerafft. Ich wollte anständig für ihn angezogen sein, obwohl er sich in einer ganz anderen Welt befand.

Er sagte: »Ich bin in einer *slasticarna.* Das ist eine jugoslawische Konditorei. Der ganze Boden ist voller Kuchen. Können Sie sich das vorstellen? Kuchen. Alles ist ganz weich und klebrig. Der Mann und die Frau, denen der Laden gehört, rutschen auf den Knien herum und klauben blaue und rosa Zuckerglasur zusammen. Es hat alle Fenster rausgedrückt, und hier herrscht ein einziges Chaos, aber das Telefon geht noch, und ich darf es benutzen.«

Ich hab gefragt, ob dort, wo er war, auch gekämpft würde, und er hat gesagt ja, aber jetzt sei es gerade nicht so schlimm. Vor ein paar Stunden sei es schlimm gewesen, aber jetzt hätte es sich wieder beruhigt. Er hat gesagt, es sei sehr freundlich von mir, so spät mit ihm zu reden. Ich hab gesagt, nicht der Rede wert, ich hätte bloß gerade gelesen und mit der Versuchung gekämpft, mir etwas Eßbares aus der Küche zu holen. Er hat mich gebeten, ihm von meiner Küche zu erzählen, was mich total überraschte. Als ich fragte »*Wie bitte?*«, hat er gesagt: »Beschreiben Sie sie. Ich hätte gern ein Bild von Arlen Fords Küche im Kopf.«

»Hm, okay. Die Küche. Na ja, sie ist teils weiß, teils Holz. Sehr einfach, aber es ist alles da.«

»Kochen Sie gern?«

»Sehr.«

»Ich auch. Dann fühle ich mich immer am aufgeräumtesten. Alles hat einen Sinn. Eine Frau, die raucht und gern kocht. Gut.« Ich hörte an seinem Ende der Leitung ein lautes, metallisches Geräusch.

»Was ist das?«

»Es ist draußen. Eine Frau und ein Junge schleifen auf einer umgedrehten Motorhaube einen Mann vorbei. Hier in der Nähe gibt es ein Krankenhaus.« Dann schwieg er lange. Ich hatte das Gefühl, direkt dort zu sein und den Mann auf der Motorhaube zu sehen. Ich hab ihn gefragt, ob er über das sprechen wolle, was er dort gesehen hatte. Er hat wieder eine Weile geschwiegen, als müsse er überlegen. »Nein. Ich möchte Ihnen sagen, warum ich diese Bilder von Ihnen gemacht habe.«

Das Blut pochte in meinen Schläfen. Der Augenblick der Wahrheit! Ich möchte es dir in seinen Worten sagen, soweit ich mich noch erinnern kann. Es war so schön und bewegend.

Er hat gesagt: »Ich bin jetzt seit ein paar Wochen hier unten. Am Anfang war alles in Ordnung. Ich war schon im Urlaub hier und als Berichterstatter bei den Olympischen Spielen vor einigen Jahren. Aber jetzt verzehrt sich das Land bei lebendigem Leib. Als es zuviel wurde, hab ich Fronturlaub in Wien beantragt: Ein paar freie Tage in ruhiger Umgebung, dann geht es wieder.

Dann liefere ich euch soviel Blut und Flammen, wie ihr für eure Titelseiten braucht. Sie haben gesagt, okay. Also bin ich nach Wien gefahren und dort einfach nur rumgelaufen, ohne etwas zu tun. Ich habe Museen besucht, meine Armbanduhr abgelegt, keinerlei Pläne gemacht. Aber ich kam nicht von dem los, was ich gesehen hatte, und das passiert mir selten. Vielleicht, weil es in Wien so viele Jugoslawen gibt. Immer wenn ich welche sah, hab ich gleich gedacht, ob sie wohl jemanden im Krieg verloren hatten oder ob sie sich um ihre Familie sorgten, die noch dort unten war. Überlastung. Manchmal belastet einen das alles so sehr, daß man es nicht einfach abschütteln kann, indem man die Augen schließt oder Urlaub nimmt. Es sitzt einem wie eine Klette im Kopf.

Ich hab mir in Nußdorf ein Fahrrad geliehen und bin den Fluß entlang nach Klosterneuburg geradelt. In mir war alles schwarz. Meine Gedanken waren so düster und traurig an jenem Tag. Was sollte ich tun? Zurück nach Jugoslawien fahren und noch mehr Tote fotografieren? Blut und Leichen? Ich kenne einen Fotografen, der für seine Bilder die Position der Leichen verändert, damit sie faszinierender wirken.

Und mitten in diesem Dunkel sah ich Sie. Sie und Ihren roten Hund. Unglaublich! Eine Vision! Und Gott sprach, es gibt auch *schöne* Dinge auf der Welt. Arlen Ford führt ihren Hund an der Donau spazieren. Wie hoch war die Wahrscheinlichkeit gewesen, daß das passieren würde? Daß ich Ihnen so begegnen würde?« Hier brach er ab und sagte zu jemandem in der Nähe irgend etwas in einer anderen Sprache. Es gab einen raschen Wortwechsel, dann war er wieder da. Ich hab gefragt, was los sei. Er sagte, der Typ, dem der Laden gehört, habe wissen wollen, wann er endlich gehe, und da habe er ihm einfach hundert Dollar in die Hand gedrückt und er würde ihm noch einmal fünfzig geben, falls wir noch sehr viel länger redeten. Ich hab gesagt, das ist doch verrückt, aber er hat gemeint, so gut habe er sein Geld schon seit Wochen nicht mehr angelegt.

Dann hat er gesagt: »Ich will die Geschichte zu Ende erzählen. Ich war drauf und dran, für immer in der blauen Donau baden zu gehen, als Sie plötzlich auf der Bildfläche erschienen und sogar noch schöner aussahen als in Ihren Filmen. Ich kam mir vor wie ein dreizehnjähriger Junge. Ich wäre fast vom Rad gefallen, die Augen traten mir aus dem Kopf … Und da hab ich mich an Sie herangepirscht. Ich gebe es zu. Dort waren Sie; und ich hatte eine Kamera. Ich wollte ein Bild. Ein tolles Bild von Arlen Ford, gegen all die Höllenbilder, die ich in letzter Zeit hatte machen müssen. Und dann konnte ich nicht genug kriegen. Nach dem einen Bild am Fluß bin ich Ihnen gefolgt und habe Ihr Haus observiert.« Ich sagte ihm natürlich, daß mir das *sehr* unangenehm sei. Er sagte, das wisse er und er wolle sich auch bei mir entschuldigen, aber leid tue es ihm nicht. Das ist stark, wie? Ich meine, wo er doch wollte, daß ich ihn mochte. Aber er hat die Aufnahmen deshalb gemacht, weil sie notwendig waren. Das waren seine Worte. Er hat nicht nur mich fotografiert; er hat versucht, Dinge zu fotografieren, die ihn am Leben hielten. Schöne Dinge: Filmstars und ihre roten Hunde, Leute in Weingärten, alte Ehepaare, die im Sonntagsstaat auf einer Bank am Fluß sitzen. Es wurde eine Art Kreuzzug für ihn. Da gibt es doch dieses nette Heurigenlokal, wenn man von mir die Straße runtergeht, und das Gasthaus, wo man die guten Brathähnchen kriegt. Dort hat er sich reingesetzt, mit den Leuten geredet und dann eine Weile mein Haus beobachtet. Ich hab ihm gesagt, das sei doch verrückt, und wollte noch weiterreden, aber plötzlich wurde seine Stimme hart, und er sagte: »Warten Sie einen Moment.« Eingelullt durch unser Gespräch, hatte ich ganz vergessen, wo er sich befand und was um ihn herum vorging. Ich hörte, wie er in einer anderen unbekannten Sprache mit jemandem sprach. Ein Mann bellte etwas, und Leland sagte: »Scheiße! So nah sind die schon?«

Ich hab gefragt: »Was ist denn los? Was ist denn los?«, und er sagte, man würde sie jetzt gleich als Zielscheibe benutzen und er müsse weg. Er werde wieder anrufen, wenn es gehe. Ob das okay sei? Ich sagte, ja, natürlich, aber da hatte er schon aufgelegt, und das war's. Du kannst dir vorstellen, wie schwer es war, diese Nacht Schlaf zu finden!

Die nächste Postkarte kam zwei Tage später aus einer Stadt namens Mostar, was mich an North Star, Polarstern, erinnerte. Ich dachte die ganze Zeit, jetzt ist er auf dem Polarstern. Er schrieb:

Zwei Freunde treffen sich auf der Straße.
Der erste: »Ich hab gerade eine Frau mit zwei Köpfen geheiratet.«
Der zweite: »Ist sie hübsch?«
Der erste: »Ja und nein.«

Das war's. Keine Nachricht, kein weiterer Bericht mehr.

»Und dann kam ich eines Tages vom Einkaufen heim und sah den Anrufbeantworter blinken: »Arlen, hier ist Leland Zivić. Schade, daß Sie nicht da sind.«

Ich war wütend, daß ich nicht zu Hause gewesen war. So wütend, daß ich mitten in meinem Tobsuchtsanfall lächelnd innehielt und sagte: »Na, na, na. Was ist denn los, Mädchen?«

Dann rief er eine Weile nicht mehr an, was mir Sorgen gemacht hätte, wenn nicht plötzlich Sachen mit der Post gekommen wären, die ich erst neulich vor meinem inneren Auge getippt gesehen hatte. Seine Postkarten und Briefe wimmelten von Beobachtungen, Selbstgesprächen, Zitaten aus Büchern, die er gerade las, weiteren Witzen. Alles in einem. Ich wußte zwar nicht, an wen er sich wandte, freute mich aber über alles, was er zu fast allem zu sagen hatte. Hier ein paar Beispiele:

So viele Soldaten sind verrückt – der Kriegsalltag hat sie durchdrehen lassen.

Alte Männer sollten einen Garten haben. Im Gegensatz zu Männern haben alte Frauen einen inneren Frieden gefunden.

Sie haben alles so gut wie möglich gemacht, und das wissen sie auch; sie haben ihre Kraft gut angewendet und sind jetzt ausgelaugt. Aber wenn man die Gesichter alter Männer betrachtet, scheint das Leben für sie nie zu Ende zu sein; nie genug, nie vollendet. Deshalb sollte man sie in einen Garten stellen, wo sie Ordnung schaffen und so tun können, als sei ihre Arbeit noch von Nutzen. Sie verdienen Mitleid; man muß ihnen ihren Willen lassen.

In einer zerstörten Stadt gesehen: ein Paar rote Spielzeughandschellen aus Plastik am Fuß eines Baums.

Mein Bruder liest gern Bücher über das Scheitern berühmter Leute. Sie geben ihm die beruhigende Gewißheit, daß er, egal wie langweilig sein Leben sein mag, wenigstens in Sicherheit lebt. Ihn gefährden keine selbstverschuldeten Katastrophen wie jene, die Ella Fitzgeralds oder gar Elvis Presleys Leben zerstörten. Mein Bruder ist absolut langweilig, aber er befindet sich in Sicherheit, was man von jenen anderen toten Legenden, Energiebündeln und so weiter nicht behaupten kann.

Dann folgendes Zitat aus Diane Ackermans *A Natural History of the Senses:*

Atemzüge sind gekochte Luft; wir köcheln ständig vor uns hin. Unsere Zellen sind kleine Brennöfen, und wenn wir atmen, leiten wir die Welt durch unseren Körper, kochen sie ein und lassen sie wieder hinaus, leicht verändert durch die Bekanntschaft mit uns.

Gekochte Luft? Fotos, die mir Seiten an mir zeigten, deren ich mir nie bewußt gewesen war, Briefe, die ich mit mir herumtrug und immer wieder las … Wer *war* dieser Mann? Ich bemühte mich sehr, mir sein Aussehen ins Gedächtnis zu rufen, aber ich kam nie weiter als: nettes Gesicht, Brille, groß. Als er wieder anrief, fragte ich ihn deshalb als erstes, wie er aussehe. Er sagte: Vergnügen, Spontaneität, Zuneigung. Ich sagte: Wie bitte? Und er sagte: Sie wollten doch, daß ich mich selbst beschreibe. Ich sagte: Ja, *physisch*. Weißt du, was er geantwortet hat?

»Ich wußte, was Sie meinen. Nächste Frage.«

Ich holte tief Luft und fragte: »Werden wir uns wiedersehen?«

»Ich weiß nicht. Halten Sie es für eine gute Idee?«

Ich sagte: »Jetzt seien Sie doch nicht kokett.«

»Oh, ich *bin* nicht kokett. Wenn wir uns sehen würden und es gäbe ein Desaster, was dann?«

»Es gäbe keins, weil wir unser Desaster schon hinter uns haben. An dem Tag, als wir uns zum ersten Mal sahen, hab ich Sie für einen Kameraarsch gehalten.« Er sagte: »Das bin ich auch. Ich bin ein professioneller Kameraarsch. Ich weiß nicht, Arlen. Ich finde es toll, Ihnen diese Karten zu schreiben; die sind meine Oase hier unten, aber sich treffen … ach, das ist etwas anderes.«

»Wieso?«

»Weil wir beide Erwartungen haben. Wir wissen beide, wie wir den anderen gern hätten. Aber Hoffnungen erfüllen sich im wirklichen Leben meistens nicht. Solange ich per Postkarten und am Telefon mit Ihnen reden kann, sind Sie die Arlen, die ich in den Filmen liebe – Lady Cool, hübsch … Und schauen wir den Tatsachen doch ins Auge: meine Fotos haben Sie erschreckt, aber ich war derjenige, der Sie so gesehen hat. Warum wollen Sie sich mit dem Kerl treffen, der Sie beleidigt hat?«

Ich schrie, ich sei nicht beleidigt. Die meisten fände ich wundervoll, und die anderen … Nur Medusa würde nicht vor ihrem eigenen Spiegelbild erschrecken! Ich hab ihm gesagt, Maris hätte bei dem Foto, das mich im Café zeigt, gesagt, ich sähe aus wie die Maske des Roten Todes!

Er lachte und sagte: »Mögen Sie diese Geschichte nicht? All diese Dummköpfe, die versuchen, sich auf irgendwelchen Festen durchs Ende der Welt zu feiern? Der Tod hat Humor. Der ist nicht einfach reingekommen und hat die Soiree platzen lassen; er hat sich genauso verkleidet wie sie und ist mit einem Drink in der Hand hereinspaziert.«

Ich interessierte mich nicht für Edgar Allen Poe und fragte ihn ohne Umschweife, wann er wieder nach Wien kommen würde. Er sagte, er wisse es nicht und wolle noch drüber nachdenken, der Arsch! Ich litt Todesqualen, Rose! Ich warf mich ihm zu Füßen, und er mußte noch drüber *nachdenken*. Wenn das keine Ohrfeige war!

Blende das jetzt aus und blende auf eine neue Szene, wie Minnie und ich auf der Treppe vorm Haus saßen und die Morgensonne genossen, als er ankam. Ich hatte die Augen zu und umschloß mit beiden Händen einen Becher heißen Kaffee. Der schönste Teil des Morgens. Dann spürte ich an meinem Bein, wie Minnie sich anspannte. Ich öffnete langsam die Augen, als ich hörte, wie in der Nähe ein Wagen hielt und eine Tür aufging. Unten am Berg stand ein Taxi; jemand beugte sich hinten hinein und zog einen Seesack vom Rücksitz. Als er ihn draußen hatte, drehte er sich um und winkte mir zu. O Shit, o Shit, das *isssst* er! Ich war nicht geschminkt, hatte die Zähne noch nicht geputzt und gestern abend Knoblauchsuppe gegessen … Toll, wie? Perfektes Timing. *So* sah er also aus! Sein Gesicht war mir sofort wieder gegenwärtig, und ich wußte nicht, ob ich bleiben sollte, wo ich war, oder ob ich hinuntergehen und ihn begrüßen sollte. Ich war ganz ruhig; kein unruhiges Zittern oder Kribbeln. Jetzt war er endlich da. Wahrscheinlich war ich die ganze Zeit bereit gewesen.

Ich stand auf und ging den Weg hinunter. Minnie rannte voraus. Während sie am Tor stand und schwanzwedelnd darauf wartete hinauszudürfen, schlug Leland die Tür des Taxis zu. Er versuchte, die Tasche auf die Schulter zu hieven, stolperte jedoch und ließ sie schwer zu Boden fallen. Ich war nah genug, um zu sehen, daß er sich mit der Zunge über die Lippen fuhr.

Ich fragte scherzhaft, ob die Tasche denn so schwer sei. Ich öffnete das Tor, und Minnie sprang an ihm hoch.

Er sagte, es sei nur ein bißchen schwierig, worauf ich fragte, ob ich helfen könne. Er sagte nein, aber es sei etwas mit seiner Seite. Ich schaute hin, und da sah ich, daß er blutete! Er lächelte und sagte, *das* sei das Problem. Er trug ein weißes Hemd mit bis zu den Ellbogen hochgerollten Ärmeln. Und dort, wo die Rolle seine Seite berührte, war ein großer dunkelroter Fleck. Ich fragte ihn, was denn passiert sei, und riß ihm die Tasche weg.

Total ruhig, als beschreibe er ein Frühstück, sagte er, er sei von einem Schrapnellsplitter getroffen worden und wenn er Glück hätte, gäbe das eine hübsche Narbe. Blöder Macho. Ich sagte, er solle um Gottes willen ins Haus kommen. Er sagte, ich könne die Tasche nicht tragen, sie sei zu schwer. Kannst du dir vorstellen, daß er das sagte, während er sein Hemd durchblutete?

Die Tasche *war* schwer, aber ich brachte sie zum Haus hoch und stellte sie vor der Haustür ab. Als ich ihn fragte, ob er nicht ins Krankenhaus wolle, um die Wunde untersuchen zu lassen, sagte er nein, es sei nichts Ernstes, nur unschön. Ich sagte, das klinge ja verdammt heroisch.

Drinnen fragte ich ihn, ob er Hunger habe, und als ich in die Küche wollte, berührte er meinen Arm. »War es okay herzukommen? Ich weiß, ich hätte vorher anrufen sollen …«

»Natürlich ist es okay! Jetzt setzen Sie sich mal hin, und zerbrechen Sie sich nicht den Kopf. Ich machen Ihnen was zu essen.« Aber er folgte mir in die Küche und setzte sich an den Tisch.

Minnie wich ihm nicht von der Seite und legte sich auf seinen Fuß. Ich fragte, ob er Eier mit Speck wolle. Das fand er toll. Ich sagte: Schön, jetzt erzählen Sie mal, was passiert ist.

Er war in einem UN-Konvoi mitgefahren, den plötzlich ein paar Dreckskerle beschossen. Ich sagte, *das* sei nicht in den Nachrichten gekommen, und er lachte. In den Nachrichten kommt vieles nicht, sagte er, das gehört zu den ersten Dingen, die man als Journalist lernt. Es heißt, die Leute würden informiert, aber meistens sind die Nachrichten zensiert und entschärft, egal, wie haarig es aussieht. Die Leute sagen, sie wollen die Wahrheit sehen, und denken, sie interessierten sich dafür, Tod und Leichen zu sehen, aber zeig ihnen die Realität, dann sind sie entsetzt.

Nachdem ich das verdaut hatte, fragte ich ihn, was in Jugoslawien eigentlich wirklich los sei. Er sagte, heutzutage wollten sich alle von allen befreien. Vor fünfzig Jahren habe es Kriege gegeben, weil ein Land ein anderes besitzen wollte. Heute gebe es Kriege, weil sich *Teile* von Ländern von anderen Teilen befreien wollen. Die Kroaten von den Serben, die Tschechen von den Slowaken, alle Teile dessen, was einmal die Sowjetunion war.

Während ich kochte, hatte ich ihm den Rücken zugewandt und hörte ihm zu. Als ich über die Schulter nach ihm sah, stützte er gerade seinen Kopf auf die Fäuste und schien zur gegenüberliegenden Wand zu sprechen. Ich hatte eine Menge Fragen, wußte aber, daß er über das sprechen mußte, was ihn beschäftigte, und deshalb hielt ich den Mund.

Minnie lag neben ihm, und er fragte, wie sie heiße. Ich sagte es ihm und fügte hinzu: Wenn sie Ihnen zuviel wird, schieben Sie sie einfach weg. Sie denkt, alle Leute erwiderten ihre Liebe in gleichem Maß.

Er nickte. »Wissen Sie, was komisch ist? Als ich getroffen wurde und man mich zusammengeflickt hat, wußte ich nicht, wohin ich gehen sollte. Ich hab meine Wohnung in London, und dort gibt es Leute, mit denen ich zusammensein kann, aber trotzdem. Es ist keine große Sache – nur eine Fleischwunde, aber es hat mir angst gemacht. Als die Angst am größten war, wurde mir klar, daß ich nach Wien wollte. Ich wollte Sie sehen. Nach unserem letzten Telefongespräch war ich mir eigentlich sicher, daß ich das nicht tun würde, aber da bin ich nun. Hoffentlich störe ich Sie nicht … Falls doch, sagen Sie es einfach.«

»Die Eier sind fertig. Sie stören überhaupt nicht. Sie haben ja gesehen, wie beschäftigt ich war, als Sie ankamen. Hier, essen

Sie.« Was hätte ich sonst sagen sollen, Rose? Daß ich in meinem ganzen Leben noch nie so glücklich gewesen bin, einen Mann zu sehen? Das wäre ein Bombenerfolg gewesen!

Er schlingt genau wie ich: er hat noch nicht runtergeschluckt, da kommt schon der nächste Bissen. Als ich ihm das sagte, meinte er, es sei eine Angewohnheit, wenn man sich an gefährlichen Orten aufhält – man ißt, wann es geht und so schnell es geht. Ich hab ihm gesagt, er könne langsamer machen, hier sei es nicht gefährlich. Er hielt inne, zeigte mit der Gabel auf mich und sagte: »Wollen wir wetten?« Mein Herz machte einen Sprung, und es trat eine große Stille ein, aber dann hatte ich den Mut zu fragen, warum er *wirklich* gekommen war.

»Weil ich in der Zeit, die von diesem Moment übrigbleibt, noch mein Leben schreiben muß.« Genau das waren seine Worte.

Der Satz tat einerseits weh, andererseits elektrisierte er mich. Was für ein merkwürdiger, unwiderstehlicher Satz! Zuerst begriff ich ihn, dann wieder nicht. Ich hätte gern gehabt, daß er ihn wiederholte, aber ich wußte, daß ich es nicht sollte, denn sein Blick hatte mir gesagt: Bitte versteh mich. Das tat ich zwar nicht, aber das hätte ich ihm nie gesagt.

Gott sei Dank entschärfte Minnie die Situation, indem sie sich in ihrem Hintern verbiß und wie wild daran herumkaute. Wir sahen beide lächelnd zu, und ich war froh über die Ablenkung.

Er aß weiter, und als er fertig war, stand er langsam auf und fragte, ob ich in der Nähe ein gutes Hotel wisse. Ich sagte: »Seien Sie nicht albern, schlafen Sie doch in meinem Gästezimmmer! Da haben Sie ein separates Bad, saubere Handtücher.« Aber er wollte nicht. Das Gasthaus unten an der Straße hat auch ein paar Fremdenzimmer. Also rief ich an, und als ich hörte, die Zimmer seien frei, reservierte ich eines. Ich wußte nicht, ob ich über seine Weigerung froh oder betrübt sein sollte. Mein Kopf war ein Nähkorb voll bunter, verwirrter Gefühle. Er war verwundet, ich wollte mit ihm reden, ihn näher kennenlernen. Aber wenn er bei mir wohnen würde, hätte das alles mögliche impliziert, und das wußten wir beide.

Ob er mich körperlich anzog? Nein, vom Äußeren her ist er nicht mein Typ. Auf den ersten Blick machte er auf mich den Eindruck eines alten Kommilitonen. Nettes Gesicht, das beim Reden sehr lebendig wirkt, aber kein Mann, bei dessen Anblick man auf der Straße wie angewurzelt stehenbleibt. Er sah aus wie der sympathische Bruder von jemandem, falls das plausibel klingt. Also das war es jedenfalls nicht. Du weißt ja, ich denke viel über Sex nach, vor allem, wenn ich eine Zeitlang mit niemandem zusammen war. Bei Leland hatte ich das Gefühl, als lausche er aufmerksam jedem meiner Worte. Er schien mir jemand zu sein, dem man sich anvertrauen kann, aber nicht jemand, über den man herfällt und den man gleich ins Schlafzimmer schleppt.

Nachdem wir seine Tasche zum Wagen gebracht hatten, fuhr ich ihn zum Gasthaus. Während der Fahrt sagte er, er sei sehr müde und wolle erst mal ein paar Stunden schlafen. Dann sei er wieder fit; ob er anrufen könne? Ich lud ihn zum Abendessen ein und bot an, ihn abzuholen. Er sagte, das mit dem Abendessen sei toll, aber er wolle lieber laufen, weil es herrlich für ihn sei, zu Fuß zu gehen, ohne Angst haben zu müssen, unterwegs erschossen zu werden.

Der Rest des Vormittags verging mit Putzen und Planen. Ich brütete über meinen Kochbüchern und entschied mich schließlich für ein köstliches Gericht, das aber leicht zuzubereiten war. Da es ganz frischer Zutaten bedurfte, fuhr ich zum Naschmarkt nach Wien. Als ich an Lelands Unterkunft vorbeikam, lächelte ich vor mich hin und sagte leise: »Hallo, du.« Und auf dem Markt hab ich die ganze Zeit daran gedacht, wie ich ihn damals kennengelernt hatte und was dann alles passiert war. Da ich wußte, daß er hiergewesen war und sich jetzt in der Nähe befand, fühlte sich die ganze Stadt anders an und bekam eine neue, schöne Bedeutung. Verstehst du, was ich meine? Wenn es ihm besser ging, würde ich ihm alle Orte zeigen, die ich mochte. Wir würden da- und dorthin gehen. Ich fragte mich, wie lang er wohl bleiben würde.

»Weil ich in der Zeit, die von diesem Moment übrigbleibt, noch mein Leben schreiben muß.« Himmel, was für ein Satz!

Die Heimfahrt gehörte zu diesen wundervollen halben Stunden, an die man später voller Zärtlichkeit zurückdenkt. Es waren frische Erdbeeren in den Tüten, Lauch und frischer ungarischer Paprika für die Suppe, so große Früchte, daß man sie in beiden Händen halten mußte. Ich überlegte, wie ich sie auf dem weißen Küchentisch ausbreiten und nach bestem Wissen zubereiten würde. Ich hatte das Essen schon einige Male gekocht, und es hatte immer gut geschmeckt. Ein langer Nachmittag in der Küche, der mit Vorbereitungen und Vorfreude ausgefüllt war. Das gute Porzellan und die schönen tschechischen Kristallgläser aus dem Schrank holen. War genug Wein da? Sollte ich zum Nachtisch einen Kuchen kaufen?

Als ich dann wieder in der Küche stand, fast startbereit, wollte ich gar nicht so recht, weil mich jeder Schritt der Vollendung und seiner Ankunft näherbrachte. Wie ruhig war mein Leben in letzter Zeit gewesen, wenn man es mit diesem Tag verglich; wie friedlich, aber auch matt. Weber hat mir einmal eine Postkarte geschickt, auf der stand: »Lebe jeden Tag, als stünde dein Haar in Flammen.« Lange Zeit hatte ich geglaubt, ich hätte jetzt genug von diesem Feuer, das mir all die Kalifornien-Jahre hindurch den Kopf versengt hatte. Aber jetzt merkte ich an meiner Aufregung, daß die Monate in Wien zu sehr im anderen Extrem verlaufen waren; zu ruhig, zurückgezogen und nonnenhaft. Die viele Zeit hatte mich *zuviel* über das Leben nachdenken lassen und mir offengestanden Angst eingejagt vor all dem Dunklen, das es da gab. Lelands Ankunft war das beste Mittel gegen meine Selbstvergiftung.

Ich hatte gerade zu kochen begonnen, als es an der Tür klingelte. Da stand er mit einem Blumenstrauß.

»Ich hab gedacht, Sie wollten schlafen!«

»Hab ich auch ein bißchen, aber draußen ist es zu schön dafür. Darf ich mit Minnie spazierengehen?«

Ich schlug ihm vor, mit ihr zu den Weinbergen hinaufzugehen, sie würde ihm schon ihren Lieblingsweg zeigen. Dann stand ich an der Tür und sah den beiden nach. Minnie rannte voraus und drehte sich immer wieder nach ihm um. Er lief ihr ein paar Schritte nach, und ich hatte Angst, es könnte seiner Seite schaden. O Gott, Rose, es hat mich so glücklich gemacht, den beiden nachzuschauen. So glücklich und aufgeregt!

Auch der Rest des Tages war herrlich. Das Essen gelang zwar nicht so gut, wie ich gehofft hatte, aber er verschlang es mit Appetit und lobte mich für jede Schüssel. Die Konversation sättigte mich mehr als das Essen. Da glaubt man, man hätte ein turbulentes Leben geführt, bis man jemandem wie Leland begegnet; wenn du *seine* Lebensgeschichte gehört hast, kommt es dir vor, als hättest du die ganzen Jahre in einem Mauseloch zugebracht.

Er hat mit neunzehn das College abgebrochen, als ihm klarwurde, daß er nur eines wollte: Bilder machen. Er ging nach New York und war Assistent bei Ovo, dem Modefotografen, aber die Glamourszene widerte ihn an. Er hörte auf und flog in Urlaub nach Rhodesien. Kurz nach seiner Ankunft brach dort die Revolution aus, und so saß er in dem Land fest und hatte fast nichts anderes zu tun, als die Ereignisse zu fotografieren. So ist er zum Fotojournalismus gekommen, und es hört sich so an, als sei er inzwischen an allen schlimmen, gefährlichen Schauplätzen der Welt gewesen. Ich hab ihn gefragt, ob er jemals Angst gehabt hat. Er hat gesagt, ja, die ganze Zeit, aber Furcht mache die Erfahrung reicher und befriedigender. Nur so zum Spaß begann ich, ausgefallene Orte aufzuzählen, und an den meisten war er entweder gewesen, oder er war dort zumindest auf dem Weg zu einem noch abgelegeneren Ort zwischengelandet. Er war in einer Kamelkarawane mit mauretanischen Sklavenhändlern mitgezogen, hatte vor einem buddhistischen Kloster in Nepal einen Geist schweben sehen, war in Peking gewesen, als die chinesische

Armee gegen die Studenten losschlug. Geschichten über Geschichten. Er war in fernen Dschungeln und hat Tiere gesehen, die man Bongo und gepanzertes Schuppentier nennt …

Was fragt man jemanden, der all das erlebt hat? Ich wollte wissen, ob er zu irgendwelchen Schlußfolgerungen gelangt sei. Er sagte: »Kennen Sie diese komischen Spinnweben, in die man manchmal hineinläuft, wenn man eine breite Straße entlanggeht? Was haben die da zu suchen? Wie haben es die Spinnen geschafft, ihre Netze so weit zu spannen, ohne daß sie zerrissen sind? Wie haben die Netze so lange überlebt, ohne daß jemand hineingelaufen ist?«

Ich fragte, was er damit meine, aber er zuckte nur die Achseln, stand auf und sagte, er müsse aufs Klo. Nachdem er lange weggeblieben war, begann ich mir Sorgen zu machen. Ich ging zur Tür und rief nach ihm. Keine Antwort. Ich ging zur Toilette und sah, daß die Tür offenstand und das Licht aus war. Wo war er nur? Ich rannte im ersten Stock herum, denn ich glaubte fest, er sei zusammengebrochen oder lehne mit geschlossenen Augen völlig entkräftet an der Wand. In Klosterneuburg gab es ein ganz passables Krankenhaus, dort konnte ich ihn notfalls in zehn Minuten hinfahren. Aber wo war er?

»Arlen?«

Ich blieb stehen und merkte, daß ich vor lauter Sorge gar nicht gesehen hatte, daß die Haustür offenstand.

»Leland? Sind Sie da draußen?«

»Ja, kommen Sie schnell. Schauen Sie mal, was ich gefunden habe.«

Als ich hinausstürzte, bot sich mir folgendes Bild – aber keine Schilderung der Welt wird ihm gerecht. Er saß auf den Stufen, mit dem Rücken zum Haus. Genau wie ich am Morgen, als er mit dem Taxi angekommen war. Minnie schmiegte sich mit dem ganzen Körper an ihn, in dieser wundervollen Haltung, die sie einnimmt, wenn sie jemanden liebt und ihm so nah wie möglich sein will. Allein schon der Anblick, wie die beiden da draußen auf der Steinstufe hockten, wie zwei betrunkene Matrosen, reichte, daß ich die Hand auf den Mund legte und fast aufgeschrien hätte. Und dann merkte ich, daß sie den Hals hochreckte, so weit es ging, um irgend etwas zu sehen, das Leland in den hohlen Händen hielt. Der Anblick erinnerte mich an Vater und Kind oder an einen Lehrer, der einem Schüler etwas Interessantes zeigt. Ich ging hin und stellte mich direkt hinter ihn. Bevor ich genau sehen konnte, was er in der Hand hielt, blickte mich Minnie an – nicht so wild und aufgekratzt wie sonst, sondern mit einem Ausdruck ruhiger Liebe in ihren goldenen Augen.

Ein kleines graubraunes Pelzbällchen lag in Lelands Händen, und ich wollte gerade etwas sagen, als sich das Bällchen langsam aus seiner Schutzhaltung rollte und ein winziges glänzendes schwarzes Schnäuzchen sich über Lelands Finger schob. Diesmal entfuhr mir ein *Oh!* Es war ein Igel. Das goldigste Tier der Welt, und wenn man Glück hat, sieht man nachts manchmal einen, wie er langsam über den Boden trippelt, hie und da stehenbleibt, um sich umzugucken und herumzuschnuppern. Minnie zeigt kein Interesse; wenn sie einem begegnet, beschnüffelt sie ihn und läuft weiter. Aber wenn man einen Igel berührt, rollt er sich normalerweise zu einer Kugel zusammen wie ein Stachelschwein und bleibt so, bis die Gefahr vorüber ist. Hier saß nun mein Hund und schaute das entzückende Tierchen an, als sei es ein Freund. Und der Igel war so furchtlos, daß er sich aufrollte und in Lelands Hand herumschnupperte.

Auf meine Frage, wo er ihn gefunden habe, sagte er, der Igel habe auf der Treppe gesessen, als er herauskam. Ich war verblüfft – wer war dieser Mann? Robert Capa, Indiana Jones *und* der heilige Franz von Assisi? Er fragte, wie man das Tier nenne, und ich sagte es ihm und gestand, daß ich mir immer einen Igel als Haustier gewünscht hatte. Ob ich den hier wolle, fragte er, aber ich sagte nein; es war einfach nur schön, die drei zusammen zu sehen. Er drehte sich mit einem wunderschönen Lächeln zu mir um, dann setzte er den Igel auf den Boden. Das kleine Ding watschelte ohne große Eile davon. Minnie blieb reglos sitzen und schaute sich nur nach mir um, als wolle sie sagen: »Na? Hast du das gesehen?« Als ich Leland fragte, wie er sich fühle, sagte er gut. Er legte Minnie die Hand auf den Kopf, worauf sie sich noch enger an ihn schmiegte. Der Schall eines Flugzeugs zog über uns hinweg, und ein paar Sekunden später glitten seine Blinklichter und sein dunkler Umriß über den Himmel. Leland nahm die Hand vom Kopf des Hundes und streckte sie nach oben. Er tat, als packe er das faustgroße Flugzeug und hole es langsam herunter. Dann hielt er mir die Hand hin, öffnete sie und sagte: »Für Sie.«

WYATT

An meinem zweiten Tag in Wien erweckte ich die Toten.

Unmittelbar nachdem ich mit Sophie und Caitlin in einem Restaurant in der Nähe des Hotels zu Abend gegessen hatte, schlug der Jetlag zu. Im einen Moment ging es mir noch gut, und im nächsten war ich so erschöpft, daß ich nicht wußte, ob meine Kraft reichen würde, vom Tisch aufzustehen und in mein Zimmer zurückzuwanken. Ich schaffte es, aber dort angekommen, warf ich meine Kleider einfach auf den Boden und fiel ins Bett.

Um halb sieben Uhr morgens rief ich hellwach Jesse Chapman an und sagte ihm, er solle mich mit dem Wagen abholen, wir müßten sofort wo hinfahren. Er schien nicht überrascht. Er fragte nur, ob es mit unserem Gespräch vom Vortag zusammenhinge. Ja. Holen Sie mich ab.

Ich stand vor dem Hotel, als er eine halbe Stunde später vorfuhr.

»Hallo, Wyatt. Was gibt's?« In seiner Miene und Stimme lag ein Eifer, den ich am Vortag nicht bemerkt hatte.

»Wissen Sie, wo der Friedhof der Namenlosen ist?«

»Der Friedhof der Namenlosen? Nein.«

»Haben Sie einen Stadtplan?«

»Ja, im Handschuhfach. Was soll dort sein?«

»Keine Ahnung. Ich war ja noch nie in Wien, erinnern Sie sich? Ich weiß nur, daß wir da hin müssen. Ist es der hier?«

Er warf mir einen langen Blick zu, dann nickte er. »Was ist denn los?«

Ohne die Stadt oder den Ort zu kennen, zu dem wir fahren mußten, hatte ich den Friedhof bereits nach wenigen Sekunden auf dem Stadtplan gefunden. »Hier ist er. Ich *weiß* nicht, was los ist. Wissen Sie, wie man hinkommt?« Ich zeigte darauf. Er nahm den Plan und sah ihn kurz an.

»Das ist draußen beim Flughafen. Ja, ich finde es.«

Da dichter Verkehr herrschte, brauchten wir eine halbe Stunde. Er sprach nur, um mir Sehenswürdigkeiten zu zeigen – die Hofburg, den Prater, ein Gebäude, in dem Freud zu Beginn seiner Karriere gelebt hatte. Es war eine saubere, ordentliche Stadt, die mir nicht besonders interessant vorkam. Es gab Städte, die ich vor meinem Tod viel lieber besucht hätte. Ich hatte immer nach Brügge fahren wollen; hatte mir gewünscht, einmal auf Santorin den imposanten Anblick des Meers zu genießen.

Eine Weile fuhren wir am Donaukanal entlang. Das Wasser strömte braun und träge dahin. Es waren keine Schiffe darauf, kein einziges, was mir seltsam vorkam. Fischer standen mit nacktem Oberkörper am Ufer; Radfahrer strampelten vorbei. Ein Hochsommertag in Wien. Jesse sagte, man sei mitten in einer Dürreperiode – jeden Tag mindestens 32 Grad und kein Regen in Sicht. Die Bäume ließen die Zweige hängen, das Ufergras war braungesprenkelt. In den Nachrichten eines englischsprachigen Senders ließ sich der Kommentator ausführlich über den furchtbaren Krieg in Jugoslawien aus. Tausende von Toten, Konzentrationslager; niemand hatte die geringste Ahnung, wie Frieden geschaffen werden konnte.

Sobald der Bericht zu Ende war, schaltete Jesse das Radio aus. »Können Sie mir irgend etwas sagen, oder muß ich warten, bis wir dort sind?«

Ich ignorierte seine Frage und sah weiter zum Fenster hinaus. Wie konnte ich es erklären? Ich verstand es ja selber kaum. Ich verstand es *nicht.*

Wir fuhren auf der Autobahn, verließen sie nach ein paar Minuten und schlängelten uns über Landstraßen an einer riesigen Ölraffinerie und grauen Häuserblocks entlang. Noch mehr Landstraßen. Reklametafeln warben in einer unbekannten Sprache für bekannte Dinge. Hier gab es sowohl Orangenlimonade als auch Strumpfhosen und Bic-Kugelschreiber. Ich wollte nach Hause und die Reklame für diese Produkte in meiner eigenen Sprache lesen. Ich wollte nach Hause. Lagerhäuser, vor denen Lastwagen mit Anhängern standen, deren Seiten mit kühnen kyrillischen Zeichen beschriftet waren. Russische und bulgarische Kennzeichen.

Ich sagte: »Wir sind hier *wirklich* im Osten, stimmt's?«

Wir fuhren langsamer, holperten über Eisenbahnschienen und blieben dann stehen. Er nahm mir den Plan aus der Hand und sah nach, wo wir waren. »Wir müßten fast da sein. Gleich da oben muß es sein.«

Wir fuhren etwas schneller, und dann wußte ich noch vor ihm, daß wir angekommen waren. »Hier, halten Sie auf der anderen Seite der Straße. Es ist da oben auf dem Berg.«

Er parkte, und wir stiegen aus. Links sahen wir ein hohes Lagerhaus mit vielen zerbrochenen Fenstern. Riesige Kräne standen davor, die über einen Kanalausläufer ragten. Der Mast eines Schleppkahns lugte über die Fahrbahn.

»Da. Gehen Sie diese Treppen rauf.«

Er blieb reglos stehen. »Woher wissen Sie das, Wyatt?«

»Österreich ist ein katholisches Land. Wenn sich ein Katholik umbrachte, verbot es früher das Kirchenrecht, daß er in geweihter Erde bestattet wurde. Die Stadt hat diesen Friedhof aus zwei Gründen hierher verlegt. Erstens mußte man die Selbstmörder ja irgendwo beerdigen, und zweitens sind während des Kanalbaus oft Arbeiter ertrunken oder bei den Grabungsarbeiten verunglückt, und da brauchte man einen Friedhof in der Nähe.«

Statt zu fragen, woher ich das alles wußte, begann er die schmale Treppe hinaufzusteigen. Oben befand sich ein seltsames Gebäude, das wie ein steinerner Bienenstock aussah. Es war die Friedhofskapelle. Der Lichtschalter befand sich an der Außenwand. Wenn man ihn drückte, sah man hinter einer verschlossenen, reichverzierten Tür einen kleinen, aber protzigen Altar, der mit frischen Blumen und einer brennenden Kerze geschmückt war. Wer hatte die Aufgabe, jeden Morgen als erstes hierherzukommen, um nachzuschauen, ob die Kerze noch brannte?

Ein paar Stufen führten zu einer hüfthohen Zementmauer hinunter, auf der in dicken Blockbuchstaben FRIEDHOF DER NAMENLOSEN stand. Jenseits der Mauer befanden sich schätzungsweise hundert Gräber. Auf fast allen standen zu Häupten der Erdhügel identische schwarze Eisenkreuze. Am unteren Ende der Kreuze befand sich ein Quadrat, das wie eine kleine Schreibtafel aussah, aber nur selten standen in weißer Schrift Namen und Daten darauf. Die restlichen Tafeln waren leer. Trotzdem lagen auf diesen Gräbern überraschend viele Blumen und Kränze. Mich rührte die Vorstellung, daß hier Leute herauskamen, um die unbekannten Toten zu ehren. Was bewegte sie dazu? Jemand trug Sorge dafür, daß die Kerze in der Kapelle nie erlosch; jemand brachte frische Blumensträuße. Tat das jemand, weil es sein Job war? Bezahlte die Stadt Wien jemanden dafür, daß er einigen anonymen Toten, die niemand kannte, die keinem etwas bedeuteten, die Reverenz erwies? Oder war es einfach der Freundlichkeit und dem Respekt einiger guter Seelen zu verdanken? Ich hoffte, daß es so war. Ein plötzlich aufwallendes Gefühl in meiner Brust ließ mich leidenschaftlich hoffen, daß es so war. Vereinzelt sah man richtige Grabsteine mit Namen, Daten und Todesursache. Aber es waren nur wenige, und sie wirkten unter all den schwarzen Kreuzen fehl am Platz.

Ich ging auf eins der anonymen Gräber zu, legte die Hand auf das Kreuz und sah Jesse an. »Hier liegt ein Mann. Er hieß Thomas Widhalm. Hat 1929 durch Sprung in die Donau Selbstmord begangen. Seine Leiche wurde, wie so viele der anderen, gleich da drüben an der gekrümmten Landspitze angeschwemmt, die den Kanal vom Fluß trennt. Er stammte eigentlich aus Oggau, war aber nach Wien gekommen, um hier Medizin zu studieren. Der ganze Stolz seiner Familie. Aber er war schwul, was natürlich keiner wußte. Und als er entdeckte, daß er sich bei einem Kommilitonen, mit dem er geschlafen hatte, mit Syphilis angesteckt hatte, brachte er sich um. Als die Familie zwei Monate nichts von ihm hörte, schickte sie seinen jüngeren Bruder Friedrich nach Wien, um ihn zu suchen. Da Friedrich jedoch Thomas haßte, kehrte er nach einer Woche halbherzigens Suchens zurück und erzählte der Mutter, ihr Lieblingssohn habe sich nach Deutschland abgesetzt. Am Ende des Kriegs wurde Friedrich getötet, als die Russen in Österreich einmarschierten. Sie erschossen ihn, als er versuchte, sie von einem Versteck fernzuhalten, in dem Nazi-Fahrräder standen.«

Einen Meter weiter berührte ich das nächste anonyme Kreuz. »Margarete Ruzicka. Sie kam aus der Tschechoslowakei. Aus Böhmen.« Ich schloß die Augen und konzentrierte mich eine Minute, bis ich ihr Gesicht deutlich vor mir sah und alles über sie wußte. Es war so, wie wenn man durch dichten Nebel ins Helle fährt. Einen Moment lang sieht man nichts, im nächsten jedoch kilometerweit. Sie war von einer reichen Wiener Familie, die eine Villa in Hietzing und eine Sommerresidenz in Meran besaß, als Kindermädchen für die zwei kleinen Zwillingsbuben angestellt worden. Ich sah, wie sie ihren schäbigen Koffer packte, sich von ihrer Familie verabschiedete und mit dem Zug nach Wien fuhr, den Kopf an die kalte Fensterscheibe gepreßt. Sie versuchte, alles auf einmal zu sehen. Hundertmal sagte sie sich vor: »Ich fahre nach Wien; ich hab eine Stellung in Wien.« Dann ihr scheu gesenkter Kopf und ihr Knicks, als sie dem Hausherrn vorgestellt wird. Ihre furchtbare Klaustrophobie in dieser ersten Woche, die sie von daheim weg war. In ihrem winzigen Kämmerchen versuchte sie nachts in der Bibel zu lesen, war aber nicht mit dem Herzen bei der Sache; sie versuchte vor sich hinzuleiern »Wien …«, wie sie es im Zug getan hatte, aber es nichts half.

Allmählich besserte sich ihre Lage, aber was sie einfach nicht begriff, denn sie war töricht und naiv, war der Umstand, daß der Hausherr, der nach Würstel und 4711 roch, viel zu oft um sie herumstrich und sie beobachtete, unablässig beobachtete. Dann die Nacht im Frühling, als er in ihre Kammer kam und sie zum erstenmal nahm. Sie dachte: Ich kann nichts machen. Ich kann nichts dagegen machen. Ich bin nicht hübsch; warum will er mich? Zum ersten Mal in ihrem Leben begann sie, wann immer sich die Gelegenheit bot, in den Spiegel zu schauen. Die Vergewaltigung hatte sie eitel gemacht. Nach diesem Vorfall ignorierte er sie, sah sie gar nicht mehr an, nur noch, wenn er sie nahm. Sein Atem roch immer schlecht, seine Haut war immer kühl. Manchmal sah sie ihn an und dachte: Was mache ich nur, wenn er es jemandem sagt? Was mache ich, wenn er es meiner Mutter sagt? Und dann blieb ihre Periode aus, und ein anderes Dienstmädchen, das freundlich und eifersüchtig war, sagte ihr, sie müsse weg. Also verließ sie das Haus und verschwand in die Stadt.

Eines Nachmittags wollte ein Freier nicht für die zehn Minuten Sex bezahlen, die er gerade gehabt hatte, und als sie sich beschwerte, schlitzte er ihr die Kehle auf, so glatt, als öffne er einen Brief.

»Woher wissen Sie das?«

Ich zwinkerte und merkte, daß mein Mund offenstand. Ich machte ihn zu und blickte auf ihr Grab hinunter. »Weil ich letzte Nacht einen Ihrer Träume hatte. Ich habe geträumt, ich sei Philip Strayhorn begegnet. Wissen Sie, wer das war?«

»Nein.«

»Er war ein bekannter Schauspieler, der sich vor einiger Zeit umgebracht hat. Wir hatten mal eine kurze Beziehung, aber das war nicht das Wesentliche. Er war mein Freund, und ich habe ihn bewundert.«

»Können Sie mir sagen, was passiert ist?«

»Kommen Sie. Setzen wir uns da drüben auf die Mauer. Ich könnte Ihnen die Namen und die Geschichten aller Personen hier erzählen. All ihre Hoffnungen, all ihren Haß; die Geheimnisse, die sie für so wichtig hielten und die es doch nicht waren … Aber egal. Hat Ihre Person geleuchtet?«

Wir saßen jetzt auf der Mauer, und er sah mich verwirrt an. »Geleuchtet? Wie meinen Sie das?«

»Der Tote, mit dem Sie im Traum gesprochen haben. Wer war das?«

»Ein ehemaliger Schulkamerad. Was meinen Sie mit ›leuchten‹?« Seine Stimme klang argwöhnisch und gereizt.

»Strayhorn hat geleuchtet. Nicht wie eine Lampe, aber es ging eindeutig ein … Strahlen von ihm aus. Von seinem ganzen Körper.

Ich habe geträumt, ich säße in einem New Yorker Steak House, das ich gern besuche. Gallagher's. Ich schaute gerade in die Speisekarte, als Phil hereinkam, als seien wir zum Essen verabredet. Wir gaben einander die Hand, und er setzte sich und fragte, was hier zu empfehlen sei. Es war alles sehr ruhig und angenehm.«

»Waren Sie überrascht?«

»Nein. Ich habe sofort begriffen, warum er da war und was geschehen würde, aber es hat mich nicht gestört. Wir bestellten beide Lendensteak mit Kartoffelpüree. Essen mit einem Toten.«

»Was hat er gesagt?«

»Er wollte wissen, ob ich irgendwelche Fragen hätte. Ich habe gefragt, warum er leuchte. Er hat es mir erklärt, und ich habe es verstanden.«

»*Was?*« Jesse riß die Augen auf und richtete sich auf. Dann stützte er sich mit den Händen ab und beugte sich vor. »Sie haben es verstanden? Was hat er gesagt?«

»Das kann ich Ihnen nicht sagen. Das wissen Sie doch. Aber ich habe es wirklich verstanden.«

»Ich kann Ihnen alles erzählen, was ich gehört habe, Wyatt. Ich kann Ihnen alles sagen, was Sie über meine Träume wissen möchten. Fragen Sie, was immer Sie wollen.«

»*Ich* kann es nicht. Meine Situation ist anders als Ihre.«

»Warum? Was zum Teufel *können* Sie mir dann sagen? Haben Sie irgendwas erfahren, das uns hilft?«

»Ja. Ich habe alle seine Antworten auf meine Fragen verstanden.«

»Nein!«

»Alle. Aber ich war vorsichtig. Die meiste Zeit haben wir nur geplaudert. Ich hab ihn nur dann etwas gefragt, wenn ich dachte, ich könnte die Antwort verstehen, und es hat funktioniert.«

»War er überrascht?«

»Nein, er schien sich zu freuen; er hat mir sogar gratuliert.«

»Was heißt das für uns?«

»Es heißt, daß mit Ihnen und McGann im Moment alles okay ist. Es wird nichts mehr passieren, und Sie werden keine Träume mehr haben. Das hat Strayhorn besonders betont – Ihnen geht es so lange gut, als ich seine Antworten verstehe.«

»Dann hat McGann also recht gehabt. Sie sind tatsächlich der Mann, der uns retten kann.«

»Retten? Ich weiß nicht. Zumindest fürs erste. Aber wer weiß, was als nächstes passiert? Es erinnert mich an 1001 Nacht. Nur muß ich, statt Nacht für Nacht gute Geschichten zu erfinden, um nicht getötet zu werden, die Antworten eines Toten verstehen. So weit, so gut, nach einer Nacht. Aber was wird auf lange Sicht passieren? Das kann man nur vermuten.«

»Aber für den Moment sind Sie sicher, daß mit McGann und mir alles in Ordnung kommt?«

»Mit *Ihnen* beiden ja. Bei mir weiß ich es nicht. Darüber hat er nichts gesagt. Und ich habe ja auch nicht darum gebeten, gerettet zu werden – ich habe um Wissen gebeten. Er hat gefragt, ob ich lieber überleben oder *wissen* möchte. Da hab ich gesagt: ›Werde ich mich nicht besser schützen können, wenn ich ein paar Dinge weiß?‹ Er hat genickt, und das war auch der Moment, wo er mir gratuliert hat.«

»Das verstehe ich nicht. Was soll das heißen, wissen oder gerettet werden? Was gibt es denn zu wissen? Meinen Sie die großen Fragen? Das ist doch dumm! Diese Antworten kriegen Sie sowieso, wenn sie sterben, falls es überhaupt etwas zu wissen gibt! Was gibt es denn im Moment Wichtigeres für uns alle, als zu überleben?«

»Als ich erfuhr, daß ich unheilbar krank bin, habe ich zu Sophie gesagt, das einzige, was ich mir vor meinem Tod wünschen würde, wäre, dem Tod zu begegnen und ihm Fragen zu stellen. Das hat Phil für mich getan. Ich weiß zwar nicht, ob er der Tod *ist*, aber jedenfalls ist er nah genug dran. Er spricht offensichtlich für seinen Boß.« Ich lächelte, während Jesse entrüstet den Kopf schüttelte und das Wort *Boß* nachäffte.

»Aber was heißt es für Sie, Wyatt? Daß Sie jetzt die Fähigkeit haben, auf einem Friedhof Leichen zu identifizieren? Na und? Gewährt Ihnen das neue Einsichten in Gottes Plan? Hm? Ist das hilfreich?«

»Es könnte Ihnen fürs erste das Leben retten.«

Er legte mir die Hand auf die Schulter. »Ich weiß. Bitte glauben Sie mir, daß ich Ihnen dankbar bin. Aber ich denke jetzt an Sie. Ich will nicht, daß Ihnen etwas passiert.«

»Danke, aber es ist bereits passiert – ich bin schon geraume Zeit dabei zu sterben. Das ist ein großer Unterschied zwischen uns.«

»Er kann dem Einhalt gebieten!«

Ich schüttelte den Kopf. »Vielleicht, aber Sie müssen bedenken, daß es noch einen weiteren großen Unterschied gibt. Sie und McGann haben beide Partnerinnen, von denen Sie sehr geliebt werden. Sie haben auch noch Sophie. Ich nicht. Ich bin allein und bin schon seit langer Zeit allein am Sterben. Ich liebe niemanden so, wie Sie Ihre Frau lieben. Ich wünschte, es wäre so. Das ist der Kern der Sache. Da niemand da ist, den ich liebe, muß ich mich selber lieben, so gut ich kann.

Hören Sie, als vor einigen Jahren mein Vater starb, geschah dies auf die schlimmstmögliche Weise. Nichts Erhabenes, keine Barmherzigkeit in letzter Minute. Nur Schmerzen und Qual bis zum Schluß. Und am schlimmsten war, daß diejenigen von uns, die ihn liebten, ebenfalls litten.

Eines Tages kurz vor dem Ende, als er noch klar denken konnte, saß ich bei ihm und sagte: ›Dad, trotz der furchtbaren Schmerzen bist du doch immer noch besser dran als die meisten anderen Leute. Mom und ich sind da, und wir lieben dich, auf der Bank liegt genug Geld für deine Pflege, und du hast ein wunderbar langes und erfülltes Leben hinter dir.‹ Ich weiß, es ist leicht, so etwas zu sagen, wenn man nicht in der Haut des anderen steckt, aber es war die Wahrheit. Ich glaubte wirklich, daß es ihm leichter fallen würde loszulassen, wenn er sich diese Wahrheit irgendwie vor Augen führen würde. Und wissen Sie, was er gesagt hat? ›Warte nur, bis du da bist, wo ich jetzt bin, Freundchen; dann will ich hören, wie du von einem schönen Leben sprichst.‹

Tja, hier bin ich, Pop, direkt hinter dir auf dem Expreß ins Vergessen. Bald werde ich *genau* wissen, wie es dort ist. Aber wissen Sie was? Ich habe meine Meinung nicht geändert, und dabei sterbe ich viel jünger als mein Vater. Er hatte ein tolles Leben, und deshalb kam ihm das, was am Schluß passierte, wie Betrug vor. Was fiel dem Leben ein, schiefzugehen! Es bestand folgende Abmachung: Er würde leben, und das Leben würde es gut mit ihm meinen. Was fiel seiner Gesundheit ein, ihn zu verlassen, was fiel den Kräften und den Sicherungssystemen ein, jetzt plötzlich zu versagen? Er hatte die letzten Dinge stets ignoriert, weil er sie nicht brauchen konnte, und als der Moment dann schließlich nahte, konnte er nur mit Bitterkeit und Verwirrung darauf reagieren. Ich nicht. Nicht, wenn ich es irgendwie verhindern kann.

Wenn man jemanden hat, der einen liebt, ist es etwas anderes. Dann hat man alle möglichen stichhaltigen Gründe weiterzuleben, aber ich habe niemanden. Ich *will* nicht sterben, aber als mir Strayhorn die Wahl zwischen der Möglichkeit des Begreifens und des Überlebens ließ, dachte ich: Was nützt mir das Überleben, wenn ich nichts begreife? Lieber weiß ich etwas darüber. Lehrt uns das nicht auch die Religion? Christus befand sich im Zustand des Friedens, Mohammed, Buddha und die Heiligen auch ... Dieser Friede kann nur davon kommen, daß man begreift, nicht davon, daß man noch zehn Jahre lebt. Wenn ich durch diese Träume etwas lernen kann, ist für mich alles in Ordnung, egal was passiert. Vielleicht wäre es anders, wenn ich wie Sie eine große Liebe hätte, aber das habe ich nicht. Ob jetzt oder später – ich würde wahnsinnig gern genug lernen, so daß ich, wenn der Tod naht, einfach sagen würde: Okay.«

»Das tut doch niemand! Vergessen Sie die Heiligen. Niemand erlangt jemals diese Art von endgültigem Frieden. Das ist doch kein Frieden, wenn ein Mensch aufgibt, weil sein Körper erschöpft ist und nur noch etwas Besseres kommen kann als diese verdammte Qual und Angst!«

»Noch vor einer Woche hätte ich Ihnen zugestimmt, Jesse, aber heute bin ich mir nicht mehr so sicher.«

»Aber Sie können diesen Träumen doch nicht trauen!«

»Warum denn nicht?«

»Weil es der Tod ist, der spricht. Der Tod ist der *Feind*, Wyatt. Warum sollte er einen Handel abschließen, einem einen Blick ins kosmische Wissen gewähren, wo er doch alle Trümpfe in der Hand hält? Sie *können* ihm nicht trauen.«

»Ich gebe Ihnen recht, aber vielleicht finde ich soviel heraus, daß ich nur noch mir selbst vertrauen muß, und das wäre schon eine ganze Menge.«

Es gibt Momente, vielleicht einmal im Monat, wo mein Kopf absolut leer wird. Ein paar Sekunden lang weiß ich wirklich nicht mehr, wer ich bin, wo ich bin – nichts. Als ich noch jünger war, haben mir diese unfreiwilligen Abstecher in die Grenzbereiche Angst eingejagt, weil ich glaubte, ich würde verrückt. Aber im Lauf der Jahre habe ich beinahe gelernt, sie zu genießen. Früher war ich wie versteinert, wenn die Anfälle kamen, und zermarterte mir den Kopf: Wer bin ich? Was geschieht mit mir? Finde den Faden, verdammt noch mal, finde den Faden! Jetzt, wo ich älter bin, weiß ich, daß mein Verstand nur den Fuß vom Gaspedal nimmt und leerläuft. Gleich geht's weiter, also mache ich mir keine Sorgen.

Als ich in Wien zum erstenmal Emmy Marhoun sah, war ich gerade aus einem dieser Blackouts aufgetaucht, und mein Kopf stellte sich gerade wieder auf die Welt ein. Jesse und ich hatten den Friedhof verlassen, nachdem wir uns noch eine Weile darüber gestritten hatten, was ich mit den Fähigkeiten anfangen sollte, die mir meine Träume verliehen. Ich hatte keine Ahnung, wozu ich sonst noch fähig war, aber jeder von uns hielt an seiner Überzeugung fest, und die Diskussion artete in Wut auf seiner und Sturheit auf meiner Seite aus. Wir fuhren in die Stadt zurück, wobei er die meiste Zeit vor sich hinmurrte. Als er mich vor dem Hotel absetzte, war ich noch nicht in der Stimmung, Sophie zu sehen und ihr erklären zu müssen, wo wir gerade gewesen waren. Deshalb wartete ich, bis Jesse weitergefahren war, und machte dann einen Spaziergang. Gegenüber dem Opernhaus lag eine kleine Konditorei, aus der ein so köstlicher Duft wehte, daß ich hineinging. Es war knallvoll, aber zum Glück fand sich in einer Ecke noch ein freies Tischchen. Ich bestellte Kaffee und Kuchen, nahm Platz und fühlte mich zum ersten Mal an diesem Tag glücklich. Kein Verlangen, über irgend etwas nachzudenken. Ich wollte nur in diesem überhitzten kleinen Laden voll ambrosischer Düfte sitzen, von schwatzenden alten Damen umgeben, und ein Stück echter Wiener Torte essen. Ich war über die

Worte hinaus und wollte meiner Zunge und meinen Sinnen ein wenig Ruhe gönnen.

Als wollten diese mich unterstützen, geriet ich in einen richtigen Trancezustand und befand mich plötzlich an keinem bestimmten Ort mehr. Es dauerte so lang, daß inzwischen meine Bestellung kam. Während ich allmählich wieder auf den Boden der Wirklichkeit zurückkehrte, zwinkerte ich ein paarmal das schwarze Tortenstück an, das auf dem Tisch stand. Dann blickte ich, während mein Kopf immer klarer wurde, zu den Leuten an der Theke hinüber. Dort stand Emmy Marhoun und wartete darauf, bedient zu werden.

Aber das war unmöglich. Emmy Marhoun war seit mindestens drei Jahren tot. Ich hatte damals mit ihr Kontakt, als sie in einem New Yorker Verlag als Lektorin arbeitete. Meine Fernsehshow befand sich gerade auf dem Höhepunkt ihrer Beliebtheit, und wir lernten uns kennen, als sie mir schrieb und mich fragte, ob ich Interesse hätte, ein Buch für ihren Verlag zu schreiben. Wir trafen uns ein paarmal zum Essen, und ich mochte sie. Sie war intelligent, geistreich und gehörte zu den aggressiven, kühnen Frauen, die meistens kriegen, was sie wollen. Und es schadete nicht, daß sie auch noch ziemlich schön war. Wäre ich heterosexuell gewesen, hätte ich mich wahrscheinlich in sie verliebt. Wie die Dinge lagen, verliebte ich mich tatsächlich bis zu einem gewissen harmlosen Grad, und das ist der Grund, warum wir uns weiterhin trafen, obwohl ich das Projekt abgelehnt hatte.

Eines Tages sagte mir jemand, sie sei gestorben. Vom Pferd gestürzt und von einem Huf am Kopf getroffen worden. Es gibt viele merkwürdige Todesarten. Mit zunehmendem Alter gewöhnen wir uns an die sonderbaren Berichte, wie dieser oder jener ums Leben gekommen ist. Und doch gibt es Momente, wo man auf so etwas wie Emmys Geschichte nur mit der Frage reagiert: »Was soll das heißen – von einem Huf getroffen?« Da wir nicht eng befreundet gewesen waren und unser letztes Treffen schon weit zurücklag, trauerte ich nicht um sie. Aber ich hatte sie ein kleines bißchen geliebt, und ich dachte überraschend oft an sie, nachdem ich die Nachricht gehört hatte.

Heute stand sie drei Meter entfernt und glättete sogar mit dieser affektierten Geste, an die ich mich noch gut erinnerte, ihre Frisur. Ich stand auf und ging hin, aber sie sah mich erst im letzten Moment. Dann drehte sie sich von der Ladentheke weg, und wir standen einander gegenüber.

»Emmy?«

Erst kniff sie mißtrauisch die Augen zusammen, dann riß sie sie auf. »O, mein Gott, Wyatt Leonard! Was machen *Sie* denn hier?« Sie führte die Hände vors Gesicht und klatschte ein paarmal rasch hintereinander, wie ein fröhliches kleines Kind. Ich mußte sie berühren, um zu sehen, ob das keine Einbildung war. Ich tat es. Es war keine.

»Haben Sie ein bißchen Zeit?«

»Natürlich! Wie schön, Sie zu sehen! Wo waren Sie denn? Es ist schon so viele Jahre her!«

Während wir uns an den Tisch setzten, ließ mein Schrecken nach, und mir fiel ein Wort ein, das alles erklärte: *Strayhorn.* Der Traum letzte Nacht. Daß ich die Namen auf dem Friedhof gewußt hatte, war Teil eins dessen gewesen, was hier vorging. Dies hier war Teil zwei. Alles passierte auf einmal. Im Traum Abendessen mit einem toten Mann; in der Realität Frühstück mit einer toten Frau.

Ich war erstaunt, wußte aber seit dem Traum letzte Nacht, daß mein Leben jetzt auf Hochtouren lief und kein Tempo oder Ereignis ausgeschlossen war. Jetzt lag es an mir, wie ich damit umging. Statt also wegzurennen oder verrückt zu werden, weil ich mit einer toten Freundin beim Kaffeetrinken saß, sprach ich so normal wie möglich und machte meine Sache gut. Hie und da merkte ich, daß ich hyperventilierte oder mir zum x-ten Mal die Lippen befeuchtete, aber insgesamt lief alles glatt.

Das Schrecklichste war, daß sie es nicht wußte. Die Frau wußte nicht, daß sie tot war. Wir unterhielten uns wie alte

Freunde, die viel nachzuholen haben. Über Freunde, gemeinsam verbrachte Abende, darüber, was wir seit unserer letzten Begegnung alles getan hatten. Sie setzte mich über alles ins Bild, nur nicht über das, was am wichtigsten war.

Warum ich sicher wußte, daß sie tot war? Weil ich mehrere Zeitungsberichte über ihren Unfall gelesen hatte. Weil mir das Begräbnis geschildert worden war, von zwei Leuten, die es miterlebt und ihre Leiche im offenen Sarg gesehen hatten. Welche Beweise es noch gab? Der allerwichtigste: sie leuchtete, genau wie Philip Strayhorn. War ich der einzige, der das bemerkte? Ich weiß nicht. Im Café schien es jedenfalls niemand zu bemerken, bis auf einen jungen Mann, der sie dauernd anstarrte und offensichtlich ganz hingerissen war. Ich wäre am liebsten hingegangen und hätte ihn gefragt: »Sehen Sie, wie es aus ihrer Haut kommt? Dieses zarte Blau? Dieser schwache Schimmer, wie eine Fata Morgana über einer Straße im Sommer?« Aber er hätte es nicht wahrgenommen. Diese Dinge sah ich heute nur wegen des Strayhorn-Traums und weil ich im Begriff war zu sterben.

Während ihrer Arbeit bei dem New Yorker Verlag hatte Emmy einen Mann kennengelernt und sich bis über beide Ohren in ihn verliebt. Er war der ungewöhnlichste Mensch, dem sie je begegnet war, und sie war fest überzeugt, er sei der Richtige. Ein paar herrliche Monate lang schwebte sie im siebten Himmel. Dann teilte ihr dieser ganz besondere Mann mit, sie langweile ihn und er wolle sie verlassen. Ich bewunderte sie für diese Offenheit; es wäre leicht gewesen, einfach nur zu sagen, sie hätten Schluß gemacht, aber das tat sie nicht. »Er hat gesagt, ich langweilte ihn, und er hat mir auch genau erklärt warum. Und wissen Sie, was das Schmerzlichste war? Er hatte recht. Ich war wirklich eine Langweilerin.«

Es folgte eine deprimierende Reihe überspannter Affairen mit Männern, die sie anfangs mochte, dann aber rasch verachtete. Daß sie mit ihnen schlief, war der Versuch, einen Ersatz für den einen zu finden, der nicht zu ersetzen war. Sie war am Ende und wußte es auch, aber dank ihrer Schönheit gab es immer Männer, die es unbedingt versuchen wollten, und sie ließ es zu. Sie ließ es zu viele versuchen, und das rührende Begehren, das sie ihr entgegenbrachten, machte alles noch schlimmer. Sie hatte das Gefühl, in ihrem eigenen Leben zu ersticken; wie unter einer dieser Plastikhüllen, mit denen man chemisch gereinigte Kleider zurückbekommt. Wenn sie Atem schöpfen wollte, atmete sie nur sich selbst und ihr Versagen ein. Da war keine Luft mehr.

»Es wurde alles so schlimm, Wyatt, und da habe ich beschlossen, mich von allem loszusagen und eine Weile auf Reisen zu gehen. So bin ich nach Europa gekommen.«

»Wie lange ist das her?«

»Ist mir direkt peinlich. Schon fast drei Jahre.«

Ich mußte erst abwarten, bis mein Herz wieder langsamer schlug, bevor ich die nächste Frage stellte. »Emmy, erinnern Sie sich noch, was Sie in Amerika als letztes getan haben, bevor Sie hier rüberkamen? Als allerletztes?«

»Ich kann mich noch sehr gut daran erinnern. Ich war mit meinem Bruder Bill beim Reiten. Warum fragen Sie?«

Lächelnd suchte ich nach einer plausiblen Erklärung für meine Frage, aber mir fiel nichts ein. Glücklicherweise zog sie ein abschätziges Gesicht und trank einen Schluck Tee. »Nicht, daß es hier viel besser wäre. Aber es zieht mich einfach nicht nach Amerika zurück. Werde ich dadurch zu einer freiwilligen Exilantin? Ich muß zur Zeit irgend etwas sein.«

»Was haben Sie denn gemacht, seit Sie hier sind?«

»Wenn es nötig ist, jobbe ich. Nichts Sensationelles. Man gleitet so von Tag zu Tag und von Stadt zu Stadt, und es passiert nicht viel, aber im Grunde geht es einem gut. Größtenteils lebt man in diesem seltsamen Gefühl, es sei alles *okay.* Man kommt zurecht. Es gibt kaum Höhen oder Tiefen. Es passiert nie etwas wirklich Denkwürdiges oder Tolles, aber auch nichts Schlimmes. Es ist auszuhalten. In der Mitte zwischen Highlife und Langeweile.«

»Sind Sie mit jemandem zusammen?«

»Nein, schon seit langem nicht. Das ist es, was ich meine – ich blocke bei Männern nicht ab, aber ich hab noch keinen kennengelernt, mit dem ich gern zusammen wäre. Aber das ist okay; das Alleinsein stört mich nicht.«

»Und Sie leben in Wien? Was machen Sie hier?«

Einen Moment, eine halbe Sekunde lang, merkte man genau, daß sie es nicht wußte. Ihr Gesicht wurde ausdruckslos. Sie wußte es nicht, weil da nur noch Erinnerungen und vage Schatten existierten.

»Äh, ich arbeite als Sekretärin in der amerikanischen Botschaft. Man kommt gerade so über die Runden damit.«

Ich habe Dantes *Inferno* nie gelesen, kann mich aber lebhaft erinnern, wie ich einmal in einer illustrierten Ausgabe blätterte und ein Bild von zwei Menschen sah, die in der Luft schwebten und verzweifelt die Arme nacheinander ausstreckten. Soweit ich mich erinnere, hatten sie sich zu Lebzeiten durch eine verbotene Liebe versündigt und waren jetzt in der Hölle zu dieser Situation verdammt – einander so nah zu sein, daß sie sich sehen, riechen, hören konnten, aber sich in alle Ewigkeit nie mehr vereinigen zu dürfen.

Emmy Marhoun ging es genau so. Aus welchen Gründen auch immer war sie im Tod dazu verdammt, so nah am Leben zu existieren, daß sie sich immer noch lebendig glaubte. Obwohl sie nie mehr die pulsierende Fülle des wirklichen Lebens berühren durfte, erkannte sie es doch und erinnerte sich noch genau daran. Die Hölle bedeutete für sie, daß sie nahezu lebendig durchs Leben ging, aber den Unterschied nicht mehr wußte.

Würde das der Tod sein, nichts mehr zu wissen? Strayhorn hatte nichts davon gesagt, aber Jesse beharrte darauf, daß dem Tod nicht zu trauen war. Mein Geist war erschöpft. Obwohl noch nicht mal Mittag war, konnte ich nichts mehr einordnen oder enträtseln. Ich hatte die Toten auferweckt und war den Toten begegnet und hatte Hunderte von neuen Fragen, aber jetzt besaß ich keine Kraft mehr und brach fast zusammen. So ruhig wie möglich sagte ich Emmy, ich müsse jetzt gehen. Ich bat sie, mich im Hotel anzurufen, damit wir uns noch einmal treffen konnten, solange ich in der Stadt war. Sie sagte, ich würde erschöpft wirken und sollte mit etwas Ruhe gönnen. Ich bezahlte, und wir verließen gemeinsam das Lokal. Als wir uns auf dem Gehweg Küßchen gaben, war ihre Wange an diesem Sommertag weder warm noch kalt.

Glücklicherweise gab es in der Nähe einen Taxistand, und ich war in wenigen Minuten zu Hause. Als ich nach meinem Zimmerschlüssel fragte, händigte mir der Portier mehrere Nachrichten aus, die ich aber ignorierte. Es war Zeit auszuruhen, und wenn das hieß, erneut Philip Strayhorn zu treffen, gut. Aber im Augenblick war Schlaf wichtiger als Antworten auf Fragen.

Ich renne über eine Brücke. Ich kenne diese Brücke, weiß aber nicht woher. Sie ist sehr lang – erstreckt sich bis zum Horizont. Ich weiß, daß ich erst sicher sein werde, wenn ich auf der anderen Seite bin. Aber der Wolf ist sehr schnell und kommt immer näher. Dieser Wolf, der mich schon so viele Nächte verfolgt. Er hat keine Augen, sondern dort, wo die Augen sein sollten, zwei große X, wie man sie macht, wenn man Schiffeversenken spielt. Sein Maul ist riesig, voll spitzer weißer Zähne, die gummiartige rote Zunge, die sich auf und ab bewegt und um die Lefzen kreist. Wenn er nicht geifert, höre ich den Wolf knurren oder lachen wie eine Hyäne, denn er kommt immer näher. Wenn er mich kriegt, wird er mich töten und fressen. Er trägt einen orangeroten Overall, der auf einer der pelzigen Schultern zugeknöpft ist; der andere Träger ist kaputt und flattert wild, während der Wolf in mörderischem Tempo auf mich zurast. Außerdem trägt er einen schwarzen Zylinder, der beim Rennen vor und zurück rutscht. Hinter mir wirbeln große braune Staubwolken auf, um zu zeigen, wie schnell ich laufe. Wir produzieren Geräusche wie aus einem Zeichentrickfilm – Gekreisch, Geklingel, quietschende

Bremsen –, aber für mich hat das Ganze nichts von einem Zeichentrickfilm. Sie ist fürchterlich real – meine Welt als Siebenjähriger, als ich Nacht für Nacht aus dem immergleichen Angsttraum hochschreckte: Der Wolf hetzte mich über die endlose Brücke, und ich wußte jedesmal, daß er mich kriegen würde. Wenn es soweit war, zog er schnell aus irgendeiner tiefen Tasche einen Kannibalenkessel und Holz hervor, machte ein flackerndes Feuer und warf mich in den Kessel, der jetzt wie durch Zauberhand plötzlich voll Wasser war. Meistens erwachte ich wie versteinert in dem Augenblick, wo das kochende Wasser mich zu verbrühen begann. Ich kann gar nicht sagen, wie furchterregend es war, obwohl ich den Traum in- und auswendig kannte, da ich ihn ja immer wieder hatte.

Auch diesmal erwachte ich, Kopf und Herz vom gleichen Grauen überwältigt wie damals, als ich ein Junge gewesen war. Rebellierende Eingeweide, verkrampfte Finger, die Zunge unförmig im Mund. Genau wie damals. Ein Mann mittleren Alters, der noch einmal erlebt, wie es mit sieben wirklich war.

»So hattest du es nicht in Erinnerung, stimmt's?«

Ich wandte den Kopf und sah Philip Strayhorn auf der Ecke des Betts sitzen. Obwohl es eine Weile dauerte, bis ich wieder klar denken konnte, schien es ihn nicht zu stören, dazusitzen und zu warten. Ich sah mich verdutzt im Zimmer um, bis ich erkannte, wo ich war – im Hotel in Wien.

»Es war so deutlich! Ich erinnere mich an den Traum. Ich habe mich ja schon immer daran erinnert, aber noch nie so lebhaft. Das ist ja beängstigend!«

»Niemand erinnert sich daran, wie seine Kindheit wirklich war. Das bilden sich alle nur ein.«

»Phil, was machst du denn hier?« Ich setzte mich auf und stützte mich auf die Ellbogen. »Ist das erlaubt? Darfst du hier einfach so sitzen?«

»Keine Angst, das gehört immer noch zu deinem Traum. Aber

trotzdem, ja, ich kann in die reale Welt hinübertreten, wenn ich will. Keine große Sache. Dort sieht mich niemand außer den Toten und dir.«

Ich ließ mich aufs Bett zurückfallen. »Ich komme einfach nicht über diesen Traum hinweg. Wie wahnsinnig eindrücklich! Ich kann mich nicht mehr erinnern, daß es so gewesen ist. Nicht so intensiv. Gab es in der Kindheit wirklich so furchterregende Dinge? Wie habe ich das nur Nacht für Nacht überlebt?«

»Du hast es nicht überlebt – das Kind ist gestorben und zum Erwachsenen geworden. Leben heißt nicht, daß man lernt; es heißt, daß man vergißt. Dieser Traum ist nur ein kleines Beispiel. Du mußtest das wissen.«

»Wo wir gerade vom Vergessen sprechen: Erklärst du mir das mit Emmy Marhoun?«

Er schlang die Hände ums Knie und räusperte sich. »Ist das eine offizielle Frage, Wyatt? Du kennst die Regeln.«

»Ja.«

Ich ging überall hin und sah die erstaunlichsten Dinge, immer in Begleitung Strayhorns. Er war mein Führer und Lehrer. Ich glaubte, seine Antworten zu verstehen. Er wirkte stets zufrieden und gewährte mir zur Belohnung immer mehr Einsichten, Erkenntnisse, Fähigkeiten. Er nannte sie »Gaben«. Eine Zeitlang fühlte ich mich wie ein Wunderkind und war voller Hoffnung. Warum fiel es anderen Leuten so schwer, die Antworten des Todes zu verstehen? Ich fand sie logisch und realistisch. Zwar konnte ich über das, was ich lernte, weder mit Jesse Chapman noch mit Ian McGann reden, aber insgeheim gewann ich den Eindruck, sie seien beide schwer von Begriff.

Mein Zustand stabilisierte sich und ihrer auch. Mit Strayhorn besuchte ich Kriege und Hochzeiten; ich ging durch das Bewußtsein verschiedener Menschen wie durch Museen. Ich ging durch mein eigenes Bewußtsein, abwechselnd entsetzt und entzückt. Lebte ich hier? Sah so also die Wirklichkeit aus?

Abgesehen davon, daß ich bestimmte Seiten des Lebens gezeigt bekam, die außer mir sicher nur wenige gesehen oder erlebt hatten, wurden mir immer mehr Informationen und auch Antworten auf meine Fragen zuteil. Ich verstand und verarbeitete, soviel ich konnte, aber alles aufzunehmen war unmöglich. Es war einfach zuviel.

Sophie und Caitlin Chapman gegenüber tat ich so, als sei ich inzwischen ganz begeistert von Europa und wolle, da es mir so viel besser ging, noch ein wenig bleiben, bevor ich nach Amerika zurückkehrte. Jesse fand es beruhigend, daß ich in der Nähe blieb, und suchte eine gute, preiswerte Pension für mich. Daß Strayhorn sagte, er könne wieder in seinen Beruf zurückkehren, ermutigte ihn.

Eines Abends gingen Sophie und ich allein zum Essen. Danach schlenderten wir noch zum Volksgarten und saßen dort in der warmen Dunkelheit. Wir unterhielten uns lange. Sie bat mich, ihr doch zu sagen, was seit unserer Ankunft wirklich passiert sei. Ich erzählte ihr so viel wie möglich, aber nach einer Weile merkte sie, daß ich wichtige Informationen für mich behielt. Ihre Pausen wurden immer länger. »Sophie, sei mir nicht böse. Du mußt das verstehen – diese Sache geht so weit über meinen Verstand, und ich habe furchtbare Angst, etwas Verkehrtes zu sagen oder einen einzigen falschen Schritt zu tun. Du kennst mich doch; ich würde dir alles sagen, wenn ich könnte, aber ich kann nicht.«

»Ist es gut oder schlecht, daß ich dich da hineingezogen habe, Wyatt? Darüber zerbreche ich mir die ganze Zeit den Kopf.« Sie legte den Kopf in den Nacken und schloß die Augen.

»Ehrlich gesagt, ich weiß es nicht. Ich *glaube*, daß es gut ist, aber als zu Beginn meiner Krankheit nach der ersten Chemotherapie eine Besserung eintrat, hab ich auch gedacht, ich würde wieder gesund, und bin es doch nicht geworden.«

»Wieviel kann ein Kaninchen ziehen?« Sie beugte langsam den Kopf vor und sah mich ernst an.

»Was soll das heißen?«

»Die Tochter meiner Freundin ist in der fünften Klasse und mußte ein wissenschaftliches Projekt durchführen. Sie bastelte eine Art Wägelchen, das auf den Rücken ihres Kaninchens paßte. Dann tat sie immer mehr Steine hinein und kniff das Kaninchen, um zu sehen, wieviel es ziehen kann. Das war ihr Projekt. Jetzt ist es deins. Wieviel kann Wyatt ziehen? Ich weiß nicht, was ich dir angetan habe oder ob ich dir überhaupt etwas angetan habe. Mein Bruder ist wieder da und ihm geht's gut, aber du bleibst hier, weil *du* jetzt die Träume hast. Mein Gott, ich wünschte mir, wir wären wieder zusammen in der Schweiz. Ich wäre gern auf diesem Berg, auf den wir damals gestiegen sind, und würde gern die Skifahrer vorbeifliegen sehen.« Sie seufzte und nahm meine Hand. »Ich liebe dich, Wyatt. Ich wünsche mir, daß du hundert Jahre alt wirst.«

Zu Lebzeiten war Strayhorn der bestunterrichtete Mensch gewesen, den ich je gekannt hatte. Im Tod war er das immer noch, und noch dazu ein glänzender Gesellschafter. Geistreich und doch unbeschwert, machte es ihn glücklich, über alles mögliche zu reden. Insgesamt hatte ich den Eindruck, seine Lieblingsbeschäftigung sei es, herumzusitzen und zu plaudern. Ich wußte zwar nicht, was mit mir passieren würde, aber seine Ruhe schien davon abzuhängen, ob ich die Antworten verstand. Solange es so weiterging, brauchten wir beide uns vorläufig keine Sorgen zu machen.

Ich hätte mich nicht gründlicher irren können.

Seine Zwanglosigkeit lenkte mich ab und wiegte mich in dem Glauben, daß sich schon alles irgendwie von selbst lösen würde. Seine Freundschaft, die Gaben und die wiederholten Wunder verstellten mir manchmal den Blick auf meine wahren Lebensumstände, in dem grellen Glanz dessen, was ich derzeit erlebte. Sein kosmischer Anschauungsunterricht ließ mich vergessen, was wichtig war oder wo ich unbedingt wachsam sein mußte. Er bestrickte mich mit seinem Charme, und ich fiel wie ein argloses, unersättliches Kind voll darauf herein.

Bis ich erfuhr, daß Ian McGann tot war.

Ich, beziehungsweise mein Traum-Ich, hatte den Abend auf Santorin verbracht. Bei Sonnenuntergang saßen Phil und ich in einem Lokal im Freien, tranken Ouzo und aßen frisch gebratene Kalamari, während uns ein überwältigend schöner Blick über das sich purpurn färbende Meer unterhielt. Der Anblick war genauso lohnend, wie ich ihn mir immer vorgestellt hatte. Mein Freund sprach von dem Vulkanausbruch, der hier vor langer Zeit stattgefunden hatte, was die Menschen durch ihn hatten erleiden müssen und wie er jahrhundertelang den Weltlauf beeinflußt hatte. Meine Träume waren jetzt so komplex geworden, daß ich die würzige Abendluft riechen und grobe Kieselsteine unter meinen nackten Füßen spüren konnte. Strayhorn schien es ebenso zu genießen wie ich, ruhig dazusitzen und den einzigen Geräuschen um uns herum zu lauschen – dem Klappern des Silbers auf den Tellern, dem traurigen fernen Ruf einer einsamen Möwe über dem Wasser.

Als wir fast fertig waren, kam unser Kellner und sagte leise etwas zu Strayhorn. Ich dachte, er frage, wem er die Rechnung geben solle, aber Phil erwiderte nichts, nickte nur einmal, und der Kellner entfernte sich wieder.

»Ich muß etwas erledigen. Bleib hier, solange du willst. Du weißt ja, wie du zurückkommst.« Er zwinkerte mir zu und stieg die Treppen hinauf, die aus dem Restaurant führten. Ich trank ihm zu und rief ihm träge ›Auf Wiedersehen‹ nach.

Ich weiß nicht, wie lange ich noch blieb, aber ich erwachte vom Klingeln des Telefons. Als ich im stockfinsteren Zimmer die Augen aufschlug und auf das grün leuchtende Zifferblatt meiner Uhr schaute, begriff ich allmählich, daß es drei Uhr nachts war. Jesse Chapman rief an, seine Stimme klang schrill und gehetzt vor Angst. Vor einer halben Stunde war Ian McGann gestorben. Seine Freundin, Miep, war auf die Toilette gegangen. Als sie ins

Bett zurückkam, beugte sie sich über ihn, um ihn zu küssen. Sein Arm lag über der Stirn; die Augen waren offen und starrten ins Nichts. Erst dachte sie, er mache nur Spaß. Bevor sie die Polizei benachrichtigte, rief sie Jesse an. Sie wollte nicht darüber sprechen, sondern es ihm nur mitteilen. Als er sie fragte, was sie jetzt tun werde, sagte sie, sie werde sich wieder zu Ian ins Bett legen und Abschied von ihm nehmen. Dann hängte sie ein.

Jesse telefonierte vom Wohnzimmer aus, die Hand vor dem Mund, damit seine Frau nicht aufwachte. Er wiederholte dreimal: »Sie haben gesagt, es würde alles in Ordnung kommen! Sie haben gesagt, er hätte Ihnen gesagt, für uns sei alles okay!«

»Was macht es schon, was er gesagt hat? Die Wette gilt nicht mehr. Sie haben mich doch gewarnt, ihm zu vertrauen, Jesse! Warum sind Sie überrascht?«

»Ich bin nicht überrascht. Ich will nur nicht sterben, Sie Arschloch!«

»Das Arschloch will auch nicht sterben.«

»Also, was machen wir? Können Sie Strayhorn finden? Mit ihm reden?«

»Ich glaube ja. Nein, ich weiß nicht. Jetzt könnte sich alles ändern. Warum hat er das getan? Was bezweckt er damit?«

»*Bezweckt*? Um Himmels willen, Wyatt, der bezweckt doch nichts, verdammt noch mal! Er ist der Tod! Der Tod kommt und bringt dich um. Basta. Das hab ich Ihnen doch gesagt.«

Im Hintergrund hörte ich eine weibliche Stimme. Jesses Stimme wurde sanft, als er seiner Frau sagte, sie solle sich keine Sorgen machen, es sei alles okay. Ich wartete, während sie sprachen, dann sagte er, er müsse mich später noch mal anrufen, und legte abrupt auf. Ich hängte ebenfalls ein und legte mich hin. Kaum hatte ich die Augen geschlossen, schlief ich ein.

Ich erkannte sofort, wo ich war, obwohl ich fast dreißig Jahre nicht mehr dagewesen war. Es war das Kellergeschoß der Kirche in meiner Heimatstadt, wo ich auf Drängen meiner Mutter jahrelang in die Sonntagsschule gegangen war. Ich saß mit den anderen Kindern an dem vertrauten runden kleinen Tisch. Aber der Lehrer war nicht der schlechtgelaunte Mr. Crown oder die nette Miss Turton; es war Woody Woodpecker.

Mit dieser wunderbar irr kreischenden Stimme sagte er zu mir: »Ich wollte, daß ich jetzt bei euch wäre und meine Stimme wandeln könnte; denn ich bin voller Zweifel an euch.

Saget mir, die ihr unter dem Gesetz sein wollt, habt ihr das Gesetz nicht gehört?«

Ich erwiderte nichts, obwohl ich mich genau an die Worte erinnerte. Galater 4, Vers 20 und 21. Ich hatte sie auswendig lernen müssen, obwohl die Lehrerin damals Miss Turton war, kein Zeichentrickvogel. Wieder stieß er dieses ärgerliche Gelächter aus und fuhr fort:

»Wenn wir im Geist leben, so laßt uns auch im Geist wandeln. Wie geht diese Bibelstelle weiter, Wyatt Leonard?« Plötzlich ahmte er perfekt Miss Turtons Stimme nach.

Wie aus der Pistole geschossen sagte ich: »Laßt uns nicht nach eitler Ehre trachten, einander nicht herausfordern und beneiden.«

»Sehr gut, Wyatt!«

»Warum bist du da?«

»Ich hab es dir doch gesagt: Ich wollte, daß ich jetzt bei euch wäre und meine Stimme wandeln könnte ...«

»Phil, warum hast du McGann getötet? Du hast gesagt, das würde nicht geschehen, solange ich deine Antworten verstehe!«

»Sei nicht kindisch, Kleiner; das ist mein Job. Manchmal kann ich es etwas hinausschieben, und das habe ich bei ihm getan. Er durfte ein bißchen länger leben und hatte viel Freude. Das ist doch gut, nicht? Wäre es dir lieber gewesen, er wäre unter einen Lastwagen gekommen? Der Mann hätte schon lange sterben sollen, aber er durfte Venedig sehen, mit der Frau, die er liebte. Es war die schönste Zeit seines Lebens. Er hatte sogar einen Ständer, als er starb!« Er zwinkerte mir zu, schob sich vom Tisch weg und strich mit der Hand über den hellroten Kamm auf seinem Kopf.

»Phil, sag mir, was hier vorgeht. Wie funktioniert das Ganze wirklich?«

»Offizielle Frage?«

»Ja, verdammt noch mal, ich will nur eine Antwort!«

»Na gut. Es ist ganz einfach – ich habe einen Auftrag, den ich früher oder später bei allen erledigen muß. Wie, das kann ich entscheiden. Natürlich mag ich manche Leute; andere nicht. Denen, die ich mag, versuche ich es so angenehm wie möglich zu machen: Ich lasse sie mit achtzig im Schlaf sterben. Oder es trifft sie beim Tennisspielen der Schlag, so daß sie tot sind, bevor sie wissen, wie ihnen geschieht. So in dieser Richtung. Die Leute, die ich nicht mag, leiden. Pech für sie.

Dich mag ich. McGann hab ich auch gemocht, weil der Mann wirklich Mut hatte. Selbst Jesse ist okay, wenn er nicht das arrogante Arschloch spielt. Ihm geht's noch eine Weile gut.«

»Das hast du schon einmal gesagt, aber jetzt ist McGann tot!«

»Wart ihr nicht alle glücklicher mit dieser Lüge? Bist du sicher, daß ihr die Wahrheit hören wollt? Ich hab da meine Zweifel.«

»Das ist alles? Darauf läuft alles hinaus? Kinder fallen nur deshalb aus dem Fenster oder verhungern in Somalia, weil du sie nicht *magst*? Ich fasse es nicht! Was haben sie getan? Sie hatten ja gar keine Lebenschance! Wie kannst du Kindern so etwas antun?«

»Weil ich es ihnen eben antue. Es ist nicht schwer.«

»Und gute Menschen müssen elend, verwirrt und qualvoll zugrunde gehen, weil du sie nicht *magst*? Was ist mit all dem Guten, das sie im Leben getan haben?«

»Du und ich, wir haben verschiedene Gründe dafür, daß wir jemanden mögen oder nicht, Wyatt. Und gib acht, in welchem Ton du mit mir sprichst; ich lasse mich nicht gerne abkanzeln.«

»Wer bist du? Du siehst nur deshalb wie Strayhorn aus, weil ich es so leichter verstehe, stimmt's?«

»Stimmt! Ich war schon … warte mal …« – er verschränkte die Arme, tippte mit dem Finger an seinen Schnabel und blickte nachdenklich zur Decke – »Chuwawa, Grendel, Kältehaus, Höllenrost, der Polizist im Maskengeschäft ... was immer du willst. Was du begreifen kannst.«

»Bist du der Teufel?«

»Nein. Den gibt es nicht. Nur Leben und Tod. Es ist so einfach, daß es bis jetzt noch niemand glauben wollte.«

»Aber es gibt einen Gott! Sag nicht, daß es keinen gibt!«

Er wollte etwas erwidern, hielt dann aber lächelnd inne. »Da dies eine Antwort ist, die du garantiert nicht verstehen würdest, erspar ich dir eine Narbe. Glaub, was du willst.«

ARLEN

Ich finde es herrlich, so auf Kassette zu sprechen, Rose. *Hoffentlich geht es dir nicht auf die Nerven.* Ich gäbe so viel darum, wenn ich dir all diese Dinge persönlich sagen könnte, aber da das jetzt nicht geht, ist das noch die beste Alternative.

Ich habe mich also die nächsten drei Tage um Leland gekümmert – soweit ich durfte – und ihm das Wien gezeigt, das ich liebe. Anders als Paris oder Venedig ist Wien keine Stadt für Liebende. Es ist zu behäbig, zu konventionell; es hat absolut *nichts* Leidenschaftliches, Spontanes. Nichts dergleichen. Für mich besteht Wiens Größe in seiner würdevollen Schönheit. Wie ein berühmter alter Staatsmann, der ein langes, ergiebiges Leben geführt hat, bezieht auch Wien seine Identität aus seiner Geschichte. Wie der alte Gentleman sitzt diese Stadt in ihren perfekt gepflegten Gärten und ist es zufrieden, für den Rest ihrer Tage in der Erinnerung zu leben.

Wir haben Museen und ein paar Touristenattraktionen besucht, verbrachten aber den größten Teil der Zeit mit langen Spaziergängen durch die Ringstraße und die Prater-Allee oder durch den Wienerwald. Ich war verblüfft, wieviel Leland über Wien wußte – tausendmal mehr als ich. Im Haus von Freud verstrickte er einen der Verwalter in eine lange Diskussion über Anna Freud und Ernest Jones. Ein paar Häuserblocks weiter blieb er stehen und zeigte auf eine Kirche, in der Beethovens Begräbnisgottesdienst stattgefunden hatte. Während wir vor dem Gebäude standen, schilderte er das Begräbnis so ausführlich, daß ich ganz gefesselt war. Ich kam mir vor, als stünde ich neben einem Beethoven-Spezialisten und Sozialhistoriker in einer Person. Ich weiß nicht, wie es dir geht, Mädchen, aber für mich ist es etwas vom Erotischsten, das es gibt, wenn ein Mann viel weiß, aber wenig Aufhebens davon macht. Lelands Wissen kam immer als pure Begeisterung heraus. Wow! Schauen Sie nur! Was glauben Sie, was hier passiert ist? Ist es die Möglichkeit, daß wir hier sind und uns das ansehen können? Ich latschte mit offenem Mund neben ihm her und war so glücklich, daß ich dabeisein konnte.

Hin und wieder legten wir eine Pause ein, weil er müde war oder sich nicht wohl fühlte, aber selbst das war ein Vergnügen, weil er dann wieder aus seinem Leben erzählte. Ich konnte nicht genug davon kriegen. Hast du gewußt, daß die Chinesen mehr Wassermelonen essen als alle anderen Nationen? Daß sie sogar ein Wassermelonenmuseum eingerichtet haben? Oder daß Ceauçescu eine Limousine nur für seinen Hund hatte? Ich war total gefesselt und wünschte mir, die Mahlzeiten, die Spaziergänge oder die Tage würden nie zu Ende gehen.

Und du kannst dir vorstellen, daß ich immer mehr für ihn zu empfinden begann. Sogar sein nettes Durchschnittsgesicht erinnerte mich allmählich an Gary Cooper. Ich wollte ihn und hätte ihm das gern gesagt: keine Bindung, keine Verpflichtung – ich hätte einfach nur gern, daß dieser Tag sich in die Nacht hinein fortsetzt und ich sehen könnte, wie du da bist. Denn wenn es nur *annähernd* so ist wie jetzt, dann gehör ich dir, Bruder. Aber von ihm kam nichts, gar nichts, nicht mal eine fiebrige Sekunde lang. Er berührte nicht zufällig meinen Arm oder strich über meine Hand, wenn er irgend etwas ausführte. Weiß Gott, ich habe es mir so sehr gewünscht und überlegte schon, ob ich vielleicht Läuse habe oder so was, weil von seiner Seite nicht das geringste Anzeichen von Interesse zu spüren war. Kein kurzer Blick auf meinen Busen oder ein kleiner Zusammenstoß, wofür es viele Gelegenheiten gegeben hätte. Einmal versuchte ich auf der Rolltreppe sogar, mit *ihm* zusammenzustoßen, aber als ich mich bewegte, bewegte er sich schneller. Es wurde so frustrierend, daß ich mich bei dem Gedanken ertappte: He, ich bin Arlen Ford, der berühmte Filmstar; lasse ich dich völlig kalt? Oder vielleicht war er schwul? Oje. Dieser Gedanke lastete einen ganzen Tag lang düster auf mir, bis Leland eine Frau erwähnte, mit der er vor einem Jahr eine Affaire gehabt hatte. Zum Glück sah er in diesem Moment weg, denn als ich das hörte, leuchtete mein Gesicht auf wie ein Diamant, und ich hätte fast zu pfeifen begonnen. Da er das Thema zur Sprache gebracht hatte, fragte ich leichthin, ob er zur Zeit eine Beziehung habe. Er sagte nur, er habe eine gehabt, aber sie sei vorbei.

Wir gingen ins Kasino in der Kärtner Straße, und er gewann tausend Schilling. Als wir später die Straße hinunterschlenderten, spielte da eine wirklich gute südamerikanische Band. Wir blieben stehen und hörten eine Weile zu. Dann ging Leland zu den Musikern hin und legte das ganze gewonnene Geld in den Gitarrenkoffer, den sie für Spenden aufgestellt hatten. Als sie das sahen, begannen sie so schnell zu spielen, als hätten sie eine Überdosis Dexedrin erwischt.

Überall, wo wir hingingen, machten wir Bilder. Viele von Wien, aber die meisten von mir. Es störte mich nicht. Diesmal war er mein Freund, und ich freute mich schon auf die fertigen Bilder. Er trug die ganze Zeit zwei kleine Kameras in seinen Brusttaschen – eine mit einem Schwarzweiß-, die andere mit einem Farbfilm.

Nach dem Kasino gingen wir ins Café Hawelka, um uns das

Nachtleben anzuschauen. Nachdem wir es uns mit Kaffee und Zigaretten bequem gemacht hatten, fragte er mich, was eigentlich der wahre Grund dafür sei, daß ich mich aus dem Filmgeschäft und aus L. A. zurückgezogen hätte. Er habe zwar die Stories und Interviews gelesen, aber es komme schließlich nicht oft vor, daß jemand in der Mitte seines Lebens mit allem bricht und sich absetzt, besonders, wenn er erfolgreich war.

Ich erwiderte, ich hätte aus zwei Gründen aufgehört. Erstens sei ich eines Morgens mit einem ekligen Geschmack im Mund und einem ekligen Typen neben mir aufgewacht. Wenn das mit der Schauspielerei besser gelaufen wäre, wäre es ja noch erträglich gewesen: Dann hätte ich einfach gedacht, na ja, jetzt läuft es zwar gerade beschissen, aber das wird schon wieder. Doch der zweite Grund fürs Aufhören fiel auf die schlimmstmögliche Weise mit dem ersten zusammen. Ich hab schon versucht, es dir zu schildern, Rose, aber erst jetzt kann ich es richtig beschreiben. Es ist mir klargeworden, als ich mit Leland sprach.

Ich habe endlich erkannt, daß ich zu den Menschen gehöre, die früh den Höhepunkt ihrer Laufbahn erreichen und mit denen es dann genauso schnell bergab geht. Zumindest mit einem Teil von uns.

Weißt du noch, wie furchtbar durcheinander ich war und was für Drogenprobleme ich hatte, bevor ich weggegangen bin? Ich glaube, ich hatte unbewußt erkannt, daß ich keine gute Schauspielerin mehr sein konnte. Ich hatte meine besten Filme hinter mir, und hätte ich weitergemacht, wäre mir nichts mehr gelungen.

Leland sagte, er habe eine Kritik vom neuesten Stück eines berühmten Dramatikers gelesen. Der Rezensent schrieb, das Stück sei schrecklich und der Autor hätte – nach einigen Flops – schon vor zwanzig Jahren aufhören sollen, denn damals hätte er einfach tief in seinem Innern wissen müssen, daß er nicht mehr die magische Kraft besaß, große Werke zu schaffen. Hätte er damals aufgehört, wäre er jetzt für seine Meisterwerke bekannt und nicht für den peinlichen Mist, der noch folgen sollte. Er hätte einfach aufhören müssen.

Ich sagte *genau!* Genau das ist mir passiert, aber ich wollte es mir selbst nicht eingestehen. Tief drinnen wußte ich, daß ich den Gipfel schon überschritten hatte. Vielleicht hätte es noch gereicht, um … vielleicht wäre ich in irgendwelchen miesen TV-Serien gelandet, hätte wie Joan Collins grimassiert und beschissene Texte gesprochen. Aber so wollte ich nicht enden. Meine darstellerische Leistung in meinem letzten Film hatte mich zuviel gekostet. Es war bitter, Rose, schwerer als alles, was ich je getan hatte. Weber half mir viel als Regisseur, aber ich war nach jedem Drehtag total erschöpft, weil ich das letzte bißchen aus mir herauspreßte. Das letzte bißchen Talent. Als der Film fertig war, war mein Vorrat erschöpft. Ob ich wollte oder nicht, ich war als Schauspielerin erledigt. Schluß mit der Karriere, mit den miesen Typen, mit einem Haus, auf das ich mich nie freute, weil da nichts war … Deshalb bin ich hergekommen. Weil Wien zu den wenigen Dingen gehörte, die ich wirklich liebte.

Mitten in diesem Gespräch kam eine scharfe Brünette auf unseren Tisch zugerauscht, wie das nur eine unerhört attraktive Frau kann – Kopf zurückgeworfen, Titten vorgereckt, ein Lächeln, das sagte, natürlich starren mich hier alle an, aber ist das nicht immer so? Ich sah sie vor ihm und beobachtete, wie sie durch die eng beieinanderstehenden Tische auf uns zusteuerte.

Je näher sie kam, desto glücklicher wurde ihr Gesicht. Und es war echtes Glück – nichts Aufgesetztes, Verlogenes.

»Leland!« rief sie. Er sah sie an, aber statt wie elektrisiert aufzuspringen, weil Miss Superduper seinen Namen flötete, lächelte er nur und blieb sitzen. Er machte nicht einmal dann Anstalten aufzustehen, als sie auf der anderen Tischseite stand und es offensichtlich kaum erwarten konnte, ihn zu umarmen.

»Hi, Emmy. Emmy Marhoun, das ist Arlen Ford.« Das bremste sie. Sie sah mich jetzt zum ersten Mal wirklich an, und in ihren Augen leuchtete ein verärgertes Erkennen auf. Und Lelands kühler, höflicher Ton sprach Bände. Ihre Reaktion war sehr merkwürdig – sie kroch in sich zusammen. Aber tapfer nahm sie einen neuen Anlauf. »O Leland, es ist schon so lange her! Was machst du so?«

Sie wollte plaudern, er nicht. Er war sehr freundlich und höflich, gab ihr aber nichts, woran sie sich festhalten konnte. Er war wie ein Berg aus Glas, den sie verzweifelt zu erklimmen versuchte, ohne einen Halt zu finden. Als ich merkte, was sich da abspielte, lehnte ich mich zurück, um das Schauspiel zu genießen. Ihr Blick sprang zwischen Leland und mir hin und her. Nachdem sie ein paar peinliche Minuten lang auf der Stelle getreten war, wandte sie sich plötzlich direkt an mich, als würde ich verstehen und könnte es ihm besser vermitteln. Vergiß es, Emmy.

Sie sei geschäftlich in Wien. Wie lange er bleiben würde? Ob sie sich auf einen Drink treffen könnten ... es sei doch so lange her. Es sei so wundervoll, ihn wiederzusehen ... aber nichts verfing. Je freundlicher er war, desto verzweifelter wurde sie.

Schließlich kapierte sie, daß außer dieser Begegnung nichts für sie drin war, und selbst Miss Narziß wurde klar, daß sie nicht kriegen würde, was sie wollte. Also versuchte sie es mit einem würdevollen Abgang, winkte bezaubernd und rauschte romantisch von dannen. Aber ihre Gesten hatten etwas jämmerlich Verkrampftes, und man merkte ihrem verletzten Blick und Tonfall an, daß etwas in ihr zerbrochen war.

Ich fragte ihn, wer sie war, und er sagte, eine Frau, nach der er vor einigen Jahren verrückt gewesen sei. Er hatte geglaubt, sie liebe ihn ebenfalls, aber dem war nicht so. Scheinbar mußte sie sich zu sehr um sich selbst kümmern. Eine gewisse Ironie habe darin gelegen, daß er ihr eine Woche nach der Trennung das Leben gerettet und sie ihm das nie verziehen habe, aber er führte das nicht näher aus.

Ich sagte kopfschüttelnd: »Wissen Sie, Leland, seit ich mit Ihnen zusammen bin, beschleicht mich allmählich das Gefühl, daß sich mein Leben im Vergleich zu Ihrem auf dem Objektträger eines Mikroskops abgespielt hat. Was haben Sie eigentlich *nicht* erlebt?«

Seine Antwort kam prompt: »Ich habe nie ein Kind gehabt. Nie ein Buch geschrieben. Mich beim Sex nie wirklich hingeben können. Ich habe nie gelernt stillzusitzen. Ich fürchte, ich werde einer dieser alten Männer, die einen Garten brauchen oder einen Hund zum Rumkommandieren, weil am Ende meines Lebens sonst nichts mehr übrig ist.

Deshalb beneide ich Sie, Arlen, ich beneide Sie um die Lebensweise, für die Sie sich jetzt entschieden haben. Ihr früheres Leben war so wie meines jetzt. Nur hektisches Herumgerenne, kein echter Inhalt. Aber Sie haben Schluß gemacht und sind ausgestiegen. Sie haben so viele Dinge, so viele Eigenschaften, die ich selbst gern hätte.«

Ich konnte es kaum glauben, daß er das sagte, nachdem ich ihm erzählt hatte, was für eine neurotische Chaotin ich war. Ich weiß zur Zeit nämlich nicht, was ich mit meinem Leben anfangen soll. Es ist wie ein Instrument, das ich mal ganz gut beherrscht habe, jetzt aber nicht einmal mehr richtig *halten* kann, geschweige denn spielen.

Er sagte: »Viele Leute haben Leben übrig, wenn das Glück ausgeht. Sie vergeuden ihre glücklichen Momente und würden sich ein paar Meter weiter gern umdrehen und zu ihnen zurückkehren. Es gibt mehr Tage als Glück.« Das ist ein Satz des Dichters Gracián, und gleich im Anschluß zitierte er ihn noch einmal: »Es gibt zwei Arten von Menschen, die Gefahr voraussehen können: die, die auf eigene Kosten gelernt haben, und jene schlauen Leute, die eine Menge auf Kosten anderer lernen.«

Die Hektik und der Lärm des Cafés versanken um uns. Wir sahen einander tieftraurig an. Er war in seinem Chaos verloren; ich hatte Angst davor, daß meines wieder ausbrechen würde, wenn er die Stadt verlassen hatte. Also holte ich tief Luft und sprach es einfach aus. »Wissen Sie, was ich jetzt am allerliebsten machen würde? Heimfahren und mit Ihnen schlafen.«

Er sah weg, und mein Mut sank. Dann sah er mich wieder an und sagte: »Das geht nicht. Ich bin HIV-positiv.«

Ich griff nach seiner Hand und drückte sie, so fest ich konnte. Er erwiderte den Druck. Es war das erstemal, daß wir uns berührten.

»Man hat es entdeckt, als ich das letzte Mal hier war. Das war der eigentliche Grund, warum ich nach Wien gekommen bin. Ich hatte diesen Husten, der nicht mehr wegging, und verlor an Gewicht … Können wir jetzt gehen?«

Mein Gott! O Gott, du kannst dir nicht vorstellen, wie mir zumute war. Ich legte Geld auf den Tisch, und wir gingen. Ich lief vor ihm her, nur noch die Tür im Blick. Ich trat hinaus und hielt sie ihm auf. Draußen standen wir dann da und starrten uns an.

Er berührte meine Schulter. »Ich habe dreimal gehört, wie jemand Ihren Namen sagte, als wir hinausgingen.«

Ich schüttelte den Kopf und brach in Tränen aus. Ich umarmte ihn weinend. Erst tätschelte er mir den Rücken, dann hielt er inne und weinte gleichfalls.

Er sagte: »Ich wollte es Ihnen nie sagen. Ich habe einen Deal mit mir selber gemacht: Wenn ich Sie je wiedersehen würde, würde ich es Ihnen nicht sagen. Aber dann bin ich angeschossen worden und bekam es wirklich mit der Angst zu tun. Ich habe wirklich Angst.«

Sogar jetzt, wo ich es dir erzähle, habe ich einen Knoten im Bauch, Rose. Es war so schlimm! So schlimm!

Ich hab ihn überredet, mit nach Hause zu kommen, und dort haben wir uns noch zwei Stunden unterhalten, aber als wir müde wurden und lange Pausen eintraten, sagte er, er wolle jetzt gehen. Ich flehte ihn an, hier zu übernachten – im Wohnzimmer, im Gästezimmer, bei mir, wenn er wollte –, aber er lehnte ab. Da ich kein Recht hatte, darauf zu bestehen, weckten wir Minnie und legten den knappen Kilometer zum Gasthaus schweigend zurück. Wir hielten uns an den Händen, aber ich war es, die seine Hand ergriffen hatte, die völlig leblos in meiner lag. Ich ließ sie keinen Moment los.

Als wir da waren, küßte er meine Hand aus zwei Zentimetern Entfernung. Dann dankte er mir für meine Freundlichkeit. Mir liefen wieder die Tränen übers Gesicht. Da es nichts mehr zu sagen gab, fragte ich lahm, was er denn zum Frühstück wolle. Er versuchte zu lächeln, aber es gelang ihm nicht. »Wieder Eier mit Speck, wenn noch was übrig ist.« Er ging auf die Tür zu, drehte sich aber noch einmal um und sagte: »Waschen Sie sich daheim gleich die Hände. Ich weiß nichts über diese Krankheit, und wer weiß, wie man sich ansteckt.«

Zu Hause setzte ich mich auf die Eingangsstufen und sah zu den Sternen hinauf, während Minnie schnüffelnd herumlief. Ich mußte an eine Geschichte denken, die er mir erzählt hatte. Sie erinnerte mich an irgend etwas, das mir nicht einfiel, gab mir aber trotzdem ein Gefühl der Hoffnung.

Ein Jahr vor dem Sturz der Regierung war er mit einer Gruppe Journalisten in Rumänien gewesen. Es herrschten schreckliche Verhältnisse, und nicht einmal in den angeblich besten Bukarester Restaurants bekam man etwas Anständiges zu essen. Einer hatte jedoch von einem Lokal gehört, und alle gingen hin. Die Speisekarte haute sie fast um. Die exquisiteste französische Küche – Spargel, weiße Trüffeln und eine verblüffende Weinkarte. Welch eine Entdeckung! War dies eine Fata Morgana? Wie auch immer, sie weideten sich zuerst an den Angeboten der Speisekarte und gaben dann sehr sorgfältig ihre Bestellung auf. Der Kellner nickte und verschwand. Sie waren die einzigen Gäste, führten dies aber darauf zurück, daß hier das Essen für rumänische Verhältnisse unverschämt teuer war. Eine Stunde verging, aber es kam nichts. Nicht einmal der Kellner hatte sich inzwischen blicken lassen. Jetzt wurden sie allmählich mißtrauisch. Endlich erschien er wieder, sehr aufgeregt, und sagte, leider sei heute abend nichts von dem da, was sie bestellt hatten. Was sie statt dessen wollten? Er nannte verschiedene Speisen, und sie trafen erneut ihre Wahl – wunderbare Alternativen. Wieder verging eine Stunde, und der gleiche Vorgang wiederholte sich – kein Essen, keine Spur vom Kellner. Als er auftauchte, sagte er ihnen, er bedauere, aber auch diese Sachen seien heute abend nicht da. Sie waren jetzt drauf und dran, ihn umzubringen. *Was* denn da sei? Er sagte Schweinefleisch. Schweinefleisch? Sonst nichts? Nein, sonst nichts. Warum? Warum er ihnen das nicht schon vor zwei Stunden gesagt und ihnen die Warterei erspart habe, statt ihnen diese Speisekarte zu geben, bei der einem das Wasser im Mund zusammenlief? Nachdem er lange herumgedruckst und sich hundertmal geräuspert hatte, gab er zu, Kellner und Koch in einer Person zu sein. Ja, ihm gehörte sogar das Restaurant. Sobald ein Gast etwas bestellte, rannte er zur Küchentür hinaus, um die ganze Stadt nach den nötigen Zutaten abzuklappern. Der Mann konnte durchaus alle Gerichte zubereiten, die auf der Speisekarte standen, aber es war mehr eine Frage dessen, was es an diesem Tag gerade auf dem Markt gab. Und das hieß in dieser verzweifelten Stadt so gut wie nichts. Also mußte er jeden Abend mit leeren Händen zurückkehren und als Kellner diese Farce aufführen, den Gästen mitzuteilen, dies und jenes sei »nicht da«. Was sie statt dessen wollten?

Ich sagte Leland, ich hätte schon immer gefunden, gute Geschichten seien besser als gute Zeiten, da man die Geschichten immer wieder erzählen kann, die guten Zeiten aber meistens vergißt. Als ich ihn fragte, ob das Schweinefleisch denn wenigstens geschmeckt habe, sagte er, es sei phantastisch gewesen.

Als ich darüber nachdachte, was an diesem Abend und während der letzten Tage geschehen war, schlugen die unterschiedlichsten Emotionen über mir zusammen. Aber am Ende mußte ich immer wieder an diese Geschichte denken. Ihre Moral schien zu sein: Wir haben zwar keine Escargots, aber Schweinefleisch haben wir, also laß uns das beste Schweinefleisch aller Zeiten kochen. Ich wußte nicht recht, ob ich es gut oder schlecht finden sollte, daß der Kellner die leere Küche verschwieg. Auf den ersten Blick schien diese Schwindelei nett und optimistisch, aber es hatte auch etwas Gemeines, Hoffnungen zu wecken und den Leuten dann nach stundenlangem Warten nur Schweinefleisch zu servieren. Und nicht nur einen Abend, sondern jeden Abend. Es gibt also nur Schweinefleisch. Na und? Wenn das alles ist, dann gib es zu und zaubere etwas daraus. Mach das beste Schweinefleisch aller Zeiten daraus.

Bezüglich seiner Gesundheit lebte Leland jetzt in seinem eigenen Rumänien, aber das sollte uns nicht hindern. Morgen früh würde ich zu ihm gehen und ihm sagen, daß wir, selbst wenn es nur dieses und jenes gab, alles tun würden, was in unseren Kräften stand, damit es funktionierte. So einfach war das. Ich würde ihn einladen, so lange bei mir zu wohnen, wie er wollte, und wann immer er wollte. Dann würden wir mit den Zutaten arbeiten, die uns zur Verfügung standen, von einem Tag zum nächsten. Falls er Aids bekam, würde ich ihm mit Trost und Hilfe zur Seite stehen, so gut ich konnte. Er war ein ungewöhnlicher, heroischer Mensch. Es würde eine Ehre bedeuten, seine Freundin und Stütze zu sein.

Ich ging an meinen Schreibtisch und verbrachte lange Zeit damit, aufzuschreiben, was ich tun mußte, welche Fragen ich stellen, wen ich anrufen oder treffen wollte. Ich wußte fast nichts über Aids oder HIV. Wie hatte er sich angesteckt? War er bisexuell? Nahm er Drogen? Spielte das eine Rolle? Jetzt war da nur noch die Krankheit und wie wir damit umgingen. Nur das »Schweinefleisch«. Am nächsten Morgen erwachte ich früh, obwohl ich sehr spät zu Bett gegangen war. Kaum hatte ich die Augen aufgeschlagen, legte ich los. Mit Minnie spazierengehen, Eier und Speck soweit vorbereiten, daß ich Leland, sobald er zur Tür hereinkam, gleich in Schwung bringen konnte, weitere Listen erstellen ... Wie sollte ich ihn bitten dazubleiben, ohne daß es nach Mitleid oder verlogener Besorgnis klang? Was würde ich tun, wenn er nein sagte? Daran wollte ich gar nicht denken.

Bücher und Informationen über das Zusammenleben mit einem Aidskranken besorgen. Aber er *hatte* es ja noch nicht! Also nicht mal in diese Richtung *denken*. Man kann alles mögliche tun, nachlesen, ausprobieren, bevor das wirklich passiert. So durfte man auf keinen Fall denken. Erst vor kurzem hatte ich einen Artikel über einen Virologen gelesen, der sagte, er sei überzeugt, daß es zwischen HIV-Positiven und Personen mit vollausgeprägter Aids-Symptomatik keine wirkliche Verbindung gebe. Beim Kaffeetrinken hatte ich diesen Beitrag zwischen anderen Artikeln entdeckt und ein paar Minuten lang gelesen, aber dann hatte ich weitergeblättert. Jetzt war es der wichtigste Artikel der Welt. Wo hatte ich ihn nur entdeckt? Wer war der Wissenschaftler?

Ich rannte durchs Haus und versuchte einerseits, alles auf einmal zu erledigen, andererseits herauszukriegen, was ich realistischerweise tun konnte und was in den Händen der Götter lag. Der Götter? Gott? Keine Zeit, jetzt darüber nachzudenken, GOTT. Später würde ich eine Menge Zeit dafür haben. Als mir dieser Gedanke durch den Kopf schoß, hob ich die Hand, als bäte ich Ihn um Geduld und Verständnis.

Nachdem ich zwei Stunden lang nervös gewartet hatte, begann ich mir Sorgen zu machen. Wo *war* er nur? Warum war er nicht gekommen oder hatte wenigstens angerufen? Laß ihn doch. Laß ihn alles so machen, wie er will, nach seinem eigenen Zeitplan. Aber vielleicht glaubte er, er könne mir nach seinem Geständnis gestern nacht nicht mehr ins Gesicht sehen. Das wäre sehr schade, Arlen, aber laß ihn. Es ist seine Entscheidung. Ich wartete und führte Selbstgespräche, aber dann hielt ich es nicht mehr aus, nahm Minnie an die Leine und rannte zum Gasthaus hinunter, in der Hoffnung, er würde mir schon entgegenkommen. Leider erfüllte sich diese Hoffnung nicht. Als wir ankamen, standen wir ein paar Minuten im Freien, während ich überlegte, was ich als nächstes tun sollte. Schließlich hatte ich den Mut hineinzugehen – und hörte, daß der Herr schon abgereist sei, aber keine Nachricht hinterlassen habe.

Ich ging heim und saß wie versteinert da. Die meiste Zeit fühlte ich mich ganz leer, nur ab und zu schrie etwas in mir: »Tu etwas! Steh auf und such ihn!« Als ich mich aber in seine Lage versetzte, wurde mir klar, warum er sich davongemacht hatte. Die Scham, die Verlegenheit, der Zweifel, ob einem in einer katastrophalen Situation überhaupt jemand helfen konnte. Und doch, warum hatte er nichts gesagt, bevor er ging? War ich letzte Nacht so wenig mitfühlend gewesen? Ich ging unsere ganze Unterhaltung noch einmal sorgfältig durch, fand aber nichts, was darauf hindeutete.

Auf dem Gipfel der Verzweiflung klingelte das Telefon. Er sagte: »Ich bin am Flughafen. Ich fliege zurück nach Jugoslawien. Danke, daß Sie so freundlich zu mir waren ...«

Ich bat ihn, mir nur ein paar Minuten zuzuhören, aber das wollte er nicht. Er sei zu aufgewühlt. Er bat um etwas Zeit, um nachzudenken, und sagte, wir würden in Verbindung bleiben.

Ich holte tief Luft und schloß die Augen. Am liebsten hätte ich geschrien: »Ich glaube, Sie irren sich!«, aber ich konnte nur sagen, bitte, rufen Sie mich an. Bitte, kommen Sie zurück, wann immer Sie wollen, weil ich auf Sie warten werde. Wann immer Sie wollen.

Ich höre hier auf, Rose. Du hast sicher Verständnis.

Ich arbeitete im Garten, ging mit dem Hund spazieren, ließ Tag und Nacht im Fernsehen CNN laufen. Ich erinnere mich an diese Tage nicht im einzelnen, außer daß ich mir mit allem, was ich tat, große Mühe gab, mich total konzentrierte, um nicht zuviel an das stumme Telefon oder die schrecklichen Berichte von der jugoslawischen Front denken zu müssen. Ich wußte, daß er direkt dorthin gehen würde, und ich hatte Angst, daß er diesmal sterben würde. Oder versuchen würde zu sterben, um dem gräßlichen, langsamen Aidstod zu entgehen.

Ich fuhr jeden Tag ins Kinderkrankenhaus und verbrachte dort mehr Zeit als je zuvor. Ich erinnerte mich an die Frau, die vor der Klinik auf die Knie gefallen war und geschrien hatte, es sei nicht fair. Eines Abends sah ich einen Igel über die Straße huschen und nahm es sofort als gutes Omen. Ich hätte gern Leland angerufen, um ihm nur das zu sagen – zehn Sekunden in sein Ohr: »Ich habe gerade einen Igel gesehen und glaube, daß es etwas Gutes bedeutet.« Und dann fiel mir in einem der wenigen glücklichen Momente seit seiner Abreise ein, daß ich ihn ja tatsächlich anrufen konnte – in London, ich konnte auf seinen Anrufbeantworter sprechen. Dieser Einfall war so aufregend, daß ich den größten Teil des Morgens auf den Knien im Garten verbrachte und beim Graben darüber nachdachte, was ich sagen würde, falls ich den Mut aufbrachte anzurufen. Ich überlegte, wie lange das Tonband war und wie viele Nachrichten ich darauf hinterlassen konnte, bis es voll war.

Kleine Dinge, Igel und Anrufbeantworter – das waren die winzigen Licht- und Hoffnungsschimmer am Horizont jener Tage.

Die Situation in Sarajewo spitzte sich zu. Tausende Menschen starben. Ich schreckte vor den Filmberichten im Fernsehen zurück, paßte aber immer auf, ob vielleicht sein Gesicht kam oder irgend etwas, das mit ihm zu tun hatte. Ich studierte die Jugoslawienkarte, die ich mir gekauft hatte, und versuchte die Namen der kleineren und großen Städte auszusprechen. Wo war er heute: Trebinje? Donji Vakuf? Pljevlja?

Dann habt ihr angerufen, du und Roland, und es war das allererste Mal, daß ich enttäuscht war, eure Stimmen zu hören. Ich wollte die Leitung freihaben, nur für den Fall. Die Dinge, über die wir sprachen, waren für mich nur Hintergrundgeräusche, und dabei hätte mir unser Gespräch zu jedem anderen Zeitpunkt soviel bedeutet.

Unmittelbar danach läutete das Telefon erneut, und diesmal *war* er es. Er befinde sich in Sarajewo, die Lage sei verzweifelt, aber er rufe an, um mir zu sagen, daß es ihm gut gehe und er immer noch über alles nachdenke. Vor allem solle ich mir keine

Sorgen machen. Keine Sorgen? War er von allen guten Geistern verlassen? Aber du wärst stolz auf mich gewesen; ich hab den Mund gehalten. Ich habe ihn zu nichts gedrängt – weder dazu zurückzukommen noch dazu, mir seine wahren Gedanken zu verraten. Ich habe ihn behandelt wie ... wie den Igel, der in der Hand geblieben war. Ich war so froh, seine Stimme zu hören, daß ich ihn reden ließ und ihm nur Fragen stellte, die ihn vielleicht dazu brachten, noch mehr zu reden und am Apparat zu bleiben. Als er aufgelegt hatte, legte auch ich auf, ließ aber meine Hand auf dem Telefon, wie um nur ja kein Echo zu versäumen, das es vielleicht noch von seiner Stimme enthielt.

Zufällig kam an jenem Abend im Fernsehen *Standing on the Baby's Head.* Da ich noch keinen meiner Filme auf deutsch gesehen hatte, schaute ich ihn mir an. Die Frauenstimme, die man für mich ausgewählt hatte, klang gespenstisch ähnlich, und ich saß vorgebeugt in meinem Sessel und sah gebannt zu. Manches von dem, was sie – ich – sagte, konnte ich verstehen, aber es war wie die merkwürdigste Deutschstunde, die ich je gehabt hatte, mit mir als Lehrerin und gespannter Schülerin in einer Person. War es in der Übersetzung noch die gleiche Geschichte? War sie besser oder schlechter, jetzt, wo Webers ursprünglicher Text verdreht wurde, die Betonungen völlig anders lagen? Konnte eine Geschichte in einer anderen Sprache jemals die gleiche sein? Ich dachte daran, wie Leland mir seine Lebensgeschichte in einer Sprache erzählt hatte, die ich als meine Sprache betrachtete, aber ich war kein Mann, ich war nicht HIV-positiv, teilte nicht seine Erfahrungen, obwohl seine Erzählweise sie lebendig werden ließ. Gibt es eine Sprache, die uns allen geläufig ist? Eine Weile dachte ich, die Sprache des Herzens, aber nein. Das ist *die* komplexeste und mannigfaltigste Sprache überhaupt. Gibt es irgendeine Möglichkeit, die Geschichte eines anderen Menschen ganz zu erfassen, ohne wirklich dieser Mensch zu sein? Wohl kaum.

Als ich mich schon fast an diese seltsamen, angsterfüllten Tage gewöhnt hatte, an die besorgten Gedanken und daran, nichts von ihm zu hören, erhielt ich aus Jugoslawien ein Telegramm, in dem stand, daß Mr. Leland Zivić auf dem Weg nach Wien sei. Sein Zug werde am nächsten Morgen in aller Frühe ankommen, und ob ich ihn eventuell abholen könne.

Rose, ich hab den Zettel so klein zusammengefaltet, bis man ihn nicht mehr falten konnte. Ich hab ihn auf den Tisch gelegt und zugesehen, wie er sich langsam aufzufalten versuchte, um mir die frohe Botschaft aufs neue zu verkünden. Minnie schlief auf der Couch. Ich lege mich neben sie und schlang meine Arme um ihren warmen Leib. Sie hob den Kopf und sah mich an, ob alles okay sei. Wir lagen lange beisammen: sie leise schnarchend, ich in dem Wissen, daß morgen etwas Außergewöhnliches seinen Anfang nehmen würde.

Was ich nicht wußte, war, für *welche* Art der Rückreise er sich entschieden hatte. In einem der zahllosen von Lord Carrington ausgehandelten Waffenstillstände wurde denen, die Bosnien-Herzegowina verlassen wollten, von allen Kriegsparteien gestattet, in andere Länder zu fliehen. Ungarn, Österreich und Deutschland waren bereit, die meisten dieser armen Menschen aufzunehmen, aber es wollten so viele gehen, daß nicht einmal die Experten wußten, was mit ihnen geschehen sollte, nachdem sie sich in Sicherheit gebracht hatten. Es war der größte Exodus in Europa seit dem Zweiten Weltkrieg, und keiner wußte, wie damit umzugehen war.

Ganz auf die übliche Abenteurerart hatte sich Leland dazu entschlossen, mit dem ersten Flüchtlingszug aus Sarajewo nach Österreich zurückzukehren. Es waren buchstäblich Tausende von Menschen in diesem Zug, und seine Ankunft am *Südbahnhof* gehört zum Quälendsten und Aufwühlendsten, was ich in meinem Leben je gesehen habe, so wahr mir Gott helfe. Es war die Hölle auf Erden.

Ich war eine halbe Stunde vorher da. Da ich nichts von der Bedeutung des Zuges wußte, nahm ich an, so früh am Morgen würden nur ein paar Leute auf dem Bahnsteig stehen. Aber er quoll über. Großfamilien, Singles, Alte, Junge, gut oder schäbig gekleidete Menschen … alles, was man sich vorstellen kann, hatte sich hier versammelt.

Die Stimmung der Masse war ebenso gemischt. Soviel ich sah, war die Hälfte fröhlich und ausgelassen; die andere Hälfte wirkte besorgt oder sehr, sehr traurig. Was ging hier vor? Überall waren Kinder; sie rannten hin und her, rauften auf dem Boden miteinander, und ihre Familien riefen nach ihnen oder lachten über sie. Alte Frauen rangen die Hände und schaukelten vor und zurück, als beteten sie. Männer mit fünf Zentimeter dicken Schnurrbärten starrten mit Tausendkilometerblicken die Schienen entlang. Völlig verblüfft und verwirrt angesichts der Menschenmassen und der *Vielfalt* um mich herum, hielt ich einen Gleisarbeiter an und fragte, was denn die vielen Menschen hier wollten. Er lächelte und griff sich mit der typisch wienerischen Geste, die besagt, daß die ganze Welt verrückt sei, an den Kopf. »Der Kriegszug aus Jugoslawien fährt gleich ein. Sie warten alle auf ihre Familien. Als hätten wir nicht schon genug *Tschuschen* in unserem Land!«

Als ich hörte, daß er sie »Tschuschen« nannte, trat ich stirnrunzelnd einen Schritt zurück. Er grinste höhnisch und begaffte mich von oben bis unten, als sei ich käuflich. Ich ging schnell weiter. Als über Lautsprecher die Einfahrt des Zuges angekündigt wurde, fand ich eine nicht ganz so überfüllte Stelle, an der ich warten konnte.

Langsam kam die Lokomotive um die letzte Kurve und fuhr auf uns zu. Als sie näherkam, sah ich viele Köpfe aus den Fenstern ragen, viele winkende Hände, Gesichter, die allmählich Konturen gewannen. Die Menge auf dem Bahnsteig setzte sich in Bewegung, manche Leute winkten zurück, andere unterhielten sich aufgeregt und zeigten mit dem Finger, als hätten sie schon die Person entdeckt, die sie abholen wollten. Man hörte zwei kurze Pfeifsignale, dann fuhr der Zug zischend und mit quietschenden Bremsen ein.

Hatte mich schon der Auflauf im Bahnhof schockiert, so war das nichts im Vergleich zu dem, was kommen sollte. Lange bevor der Zug hielt, sprangen, plumpsten, strömten die Passagiere aus den Waggons. Wäre man gerade erst angekommen, dann hätte man geglaubt, im Zug sei Feuer ausgebrochen und die armen Menschen versuchten zu fliehen. Aber sie stiegen nur aus. Ich sah Geschäftsleute in Anzügen, Frauen, Bauern in schmutziger Kleidung, Frauen mit Kopftüchern, die ihre Babys wie Bündel auf dem Rücken trugen …

Fenster um Fenster glitt an mir vorbei, und in den Gesichtern der noch im Zug Gebliebenen spiegelten sich ebenfalls alle denkbaren Emotionen. Völlige Erschöpfung, freudiges Winken; ein ganzes Abteil hielt sich an den Händen und tanzte; Menschen, die hysterisch – vor Glück? vor Trauer? Wer hätte das sagen können? – weinten. Das letzte, was ich an mir vorbeigleiten sah, war eine junge Frau, die einen Mann so heftig ins Gesicht schlug, daß sein Kopf gegen die Scheibe knallte. All das geschah in Sekunden. Ein Bild nach dem anderen, ein lebendes Menschheitsgemälde.

Als der Zug schließlich anhielt, quollen die Menschen in einem Tumult von Schreien, Gesten, flatternden Farben heraus. In Sekundenschnelle hatte mich eine mindestens tausendköpfige Menge verschlungen. Angestellte mit Rotkreuz-Binden am Arm brüllten in verschiedenen Sprachen und versuchten, ein wenig Ordnung ins Chaos zu bringen, aber das war fast unmöglich. Diese Menschen hatten mehrere Kriegsmonate durchlitten und tagtäglich um einen Ausweg und um ihr Leben gebetet. Dann waren sie plötzlich alle in einem Zug zusammengepfercht und hatten nichts mehr zu tun, als darüber nachzudenken, wieviel sie verloren hatten, wie wenig ihnen geblieben war, was sie jetzt tun würden – so weit von dem Land entfernt, das nie mehr ihre Heimat sein konnte.

Ich suchte nach ihm, Gesicht um Gesicht, Köpfe, Bündel … aber alles sprang mir geradezu ins Gesicht; alles war zuviel, als daß ich hätte klar sehen und in dieser explodierenden Menge den einen Mann hätte ausfindig machen können. In Panik drängte ich mich vorwärts ins noch dichtere Gewühl. Vergebens. Da waren so viele Augen und lächelnde Gesichter, Arme, Worte, Pakete, Kinder ... Ich drängte stärker und wurde wieder zurückgedrängt.

Das funktionierte nicht, und die Menschenmenge machte mir schreckliche angst. Vielleicht würde ich ihn vorn an der Sperre treffen. Er kannte mich ja und wußte, daß ich ihn abholen würde. Aber wie konnten wir uns finden? Ich drehte mich um und kämpfte mich zurück. Am Ausgang stellte ich mich auf die Zehenspitzen, um in dieser Masse nach ihm zu suchen, die nie stillstand oder sich verlief und in der so viele Menschen ängstlich, verloren und total verlassen wirkten. Ach Gott, es brach mir das Herz.

Endlich, nach einer halben Ewigkeit, wurde es ruhiger, und auf dem Bahnsteig waren nur noch kleine Grüppchen von Menschen zu sehen, die meisten hockten verlassen auf ihrem Gepäck und redeten miteinander oder mit dem Rotkreuz-Personal. Aber kein Leland. Hatte er den Zug verpaßt? War ihm etwas zugestoßen, bevor er Sarajewo verlassen hatte?

Aber dann – o Gott, o Gott – kam er langsam von weit hinten, die große rote Tasche über der Schulter, und als er mich sah, winkte er ... O Rose, ich begann zu rennen. Aber plötzlich fiel mir die Handtasche hinunter, und der ganze Inhalt verstreute sich über den Boden. Ich bückte mich und sammelte alles wieder ein, wobei ich ständig aufsah, ob er immer noch auf mich zukam. Als ich fertig war, zog ich den Reißverschluß zu und versuchte zu rennen. Dann knickte mein linkes Bein ein, ich taumelte, fing mich wieder und sauste los. Er war jetzt viel näher und lächelte. Er lächelte mich an! Mich! Mich! In drei Metern Entfernung ließ er seine Tasche fallen, breitete die Arme aus und schrie so laut meinen Namen, daß der ganze Bahnhof davon widerhallte: *Arrrleeenn!* Alle sahen erst ihn an, dann mich und begannen zu lächeln. Auch ein kleiner Junge schrie meinen Namen, und ihre Stimmen verwoben sich ein paar Sekunden, und es klang ganz wundervoll.

Als er stehenblieb, umarmte ich ihn, so fest ich konnte. Lange verharrten wir so. Und dann sagte er: »Ich möchte nach Italien fliegen. Ich möchte mit dir hinfliegen. Kommst du mit?«

WYATT UND ARLEN

Ich sah Wyatt an und stellte ihn mir einen Augenblick als Finky Linky vor, den lebenssprühenden, lustigen Mann, der Millionen von Kinder zum Lachen und Nachdenken gebracht hatte. Mehr als alles in der Welt hätte ich mir gewünscht, daß er *jetzt* Finky Linky gewesen wäre – der lauter magische Lösungen parat gehabt, der etwas aus dem Ärmel gezaubert und uns beide vor dem gerettet hätte, was bereits in vollem Gang war. Er sah mir in die Augen, dann aber schnell wieder weg, als habe er sich eines Verbrechens schuldig gemacht. Er war nur ein Mensch, ein kranker Mensch, der zu mir gekommen war, weil ihn das, was sich ereignet hatte, genauso ängstigte und verwirrte wie mich. Ich seufzte und zwang mich, so gut es ging, zu einem Lächeln.

Vor dem Beginn des Gesprächs hatte ich einige Gegenstände auf den Tisch gelegt. Ich wollte sie sehen, während ich sprach, um mich an alles zu erinnern. Die Hundeleine aus braunem Leder, die blaue Baseballmütze und natürlich die Fotografie. Was wäre meine Geschichte ohne sie gewesen? Ich hatte sie zu den anderen Sachen auf den Tisch gelegt, aber mit dem Bild nach unten, weil er es erst sehen sollte, wenn ich fertig war. »Wyatt, erinnerst du dich an das erste Mal, als ich dich vor dem Hilton getroffen habe? Am Tag, an dem du mit deiner Freundin in Wien angekommen warst?«

»Ja. Es war so eine Überraschung.«

»Das war die glücklichste Zeit meines ganzen Lebens. Karriere, Ruhm und alles andere kannst du vergessen. Das *war* es einfach. Ich habe seither viel darüber nachgedacht, und trotz allem, was passiert ist, war es das Beste. Mein Herz war von grenzenloser Freude erfüllt. Nie zuvor war ich so sehr dort gewesen, wo ich sein wollte. Mit einem unwiderstehlichen, phantastischen Mann zusammen. Ich glaubte felsenfest an ihn und das, was zwischen uns möglich war, obwohl seine Krankheit wie eine schwarze radioaktive Wolke über uns hing. Trotzdem! Wir gingen nach Italien, weil er mit mir zusammensein wollte. Endlich. Als ich dich sah, war ich kein bißchen überrascht. Es war eben *noch* ein tolles Ereignis. He, da ist Wyatt Leonard, wie schön! Und weißt du was? Kennst du das auch, daß man manchmal, wenn es einem phantastisch geht, zwanghaft daran denken muß, wann es wohl zu Ende sein wird? Wann es sich wieder zum Schlechten wendet? Ich dachte nie daran. Ungefähr zwei Wochen lang war ich rundherum erfüllt und zufrieden. Ich wollte nichts mehr vom Leben. Und ich zerbrach mir auch nicht den Kopf darüber, ob ich es verdient hatte oder wann es enden würde oder warum mir überhaupt so etwas Wunderbares widerfuhr. Es *war* einfach so, und ich floß über davon und dankte Gott zwanzigmal am Tag.«

»Gott?« schnaubte Wyatt und sprach das Wort zynisch aus.

Ich sah meinem Freund in die Augen. »Ja. Du willst, daß ich sage, es gebe keinen Gott, nach allem, was passiert ist, aber das werde ich nicht tun. Ich hab keine Ahnung, aber ich glaube fest daran: wenn es *einen* von ihnen gibt, muß es den anderen auch geben.«

»Strayhorn sagt, es gebe nur Leben und Tod.«

»Phil ist wohl keine sehr verläßliche Quelle, oder?« Obwohl ich versuchte, ruhig zu sprechen, schnappte meine Stimme am Ende des Satzes über.

»Erzähl mir alles, Arlen. Ich will alles hören. Ich muß.«

»Ich weiß, ich komme noch darauf. Aber ich muß es auf meine Art erzählen, sonst verliere ich den Faden. Also, wir sind dir vor dem Hotel begegnet und haben dann den Bus zum Flughafen genommen. Wir hätten auch meinen Wagen nehmen können, aber Leland riet davon ab – er habe keine Ahnung, wann wir zurückkommen würden, und womöglich würden die Parkgebühren astronomische Höhen erreichen. Ich war richtig elektrisiert, als ich das hörte! Er wußte nicht, wann wir zurücksein würden. Alles war völlig ungewiß, alles war offen. Unsere Pläne betrafen nur uns beide, alles andere schoben wir beiseite. Es ist immer davon die Rede, einfach alles stehen und liegen zu lassen, aber keiner tut es. Zu gefährlich, zu riskant. Aber was soll's? Wir werden es versuchen, also fahren wir nicht mit dem Wagen zum Flugplatz, weil wir ja nicht wissen, wann wir zurück sind. In solchen Momenten möchte man am liebsten jauchzend die Arme hochwerfen. Und es gab so viele dieser Momente, wo mich die Intensität einer Situation wirklich nach Luft ringen ließ oder ich vor Aufregung und Vorfreude erschauderte.

Was Leland sagte und über das Leben dachte, wurde immer interessanter, je länger wir zusammen waren. Der Mann wußte eine Menge, und man wollte alle seine Ansichten hören. Im Flugzeug nach Italien redeten wir über Politik, Liebe, Essen, Reisen. Unsere Gespräche wurden immer intensiver und tiefer, egal, worum es ging. Er wußte so viel und konnte es so gut in Worte fassen; er konnte einem Thema eine so neue Richtung geben, daß einem ganz schwindlig wurde.

Und dann sein unglaubliches Talent, zuzuhören und sich jedes Wort zu merken. Kannst du dir vorstellen, was für ein Kompliment es ist, wenn jemand irgendeinen banalen Satz zitiert, den du vor vier Tagen gesagt und schon wieder vergessen hattest? Der Mann erinnerte sich an alles! Schon *wie* er einem zuhörte …

Im Flugzeug war eine schöne junge Stewardeß, die sich offenbar für ihn interessierte, aber er würdigte sie nicht einmal eines Kopfnickens. Sie blinzelte dauernd mit ihren großen Augen, um Kontakt aufzunehmen, aber das wirkte bloß komisch, weil er sie ignorierte und mir weiter zuhörte.«

»Schließlich kennt dich ja auch die halbe Welt als ziemlich attraktive Frau, Arlen.«

»Klar, aber das war etwas anderes. Er ignorierte sie nicht deshalb, weil er mich verführen wollte. Er wußte, daß er das jederzeit haben konnte, wenn er wollte. Nein, er interessierte sich für das, was ich *sagte*. Er wollte es hören. Das ist etwas ganz anderes und ein Riesenkompliment! Läuft darauf nicht letzten Endes Liebe hinaus? Ich möchte dir zuhören; was du zu sagen hast, ist wichtig für mich. Ja, ich glaube schon. Einmal habe ich sogar gelacht und gesagt, so wie wir zwei dauernd die Köpfe zusammenstecken und quasseln, müssen wir ja wie zwei kleine Kinder wirken, die sich ihre Geheimnisse erzählen. Und wer hört einem Kind aufmerksamer zu als sein Spielkamerad?

Florenz war wunderschön, aber es spielte keine Rolle, wo wir waren. Wir betrachteten Sehenswürdigkeiten und aßen in Restaurants, von denen Leland gehört hatte. Aber meine Haupterinnerung an diese Tage ist das Herumlaufen und Reden und die *Hitze*. Es war so heiß, daß wir uns immer wieder in irgendein Straßencafé fallen ließen und eiskalte Cola bestellten. So gut hat mir Coca-Cola in meinem ganzen Leben noch nicht geschmeckt. Meist brachten sie es einem im Glas, aber wenn man Glück hatte, kriegte man Flasche und Glas. Dann konnte man die kalte Flasche vor dem Einschenken erst noch über Stirn oder Arme rollen. Das war genauso erfrischend wie das Getränk selbst. Spaziergänge, Gespräche und kalte Cola.

Eines Tages fuhren wir mit dem Bus nach Siena. Es war bedeckt und etwas kühler. Am Nachmittag begann es zu nieseln.

Wir stiegen auf den Turm aus dem vierzehnten Jahrhundert hinauf, der in der Mitte dieses unglaublichen Platzes steht, und oben war niemand außer uns. Leland schilderte die berühmten Pferderennen, die hier jeden Sommer stattfinden. Den Palio. Wie Siena dann in Bezirke aufgeteilt wird und jeder für das Rennen einen besonderen Namen bekommt – Adler, Giraffe, Raupe, Gans.«

»Hat er dich jemals berührt, als ihr dort wart?«

»Nie. Er hielt nicht einmal meine Hand, wenn ich nicht seine nahm. Seit er mir von seiner Krankheit erzählt hatte, hütete er sich vor jedem körperlichen Kontakt zwischen uns. Das war das Merkwürdige – es gab soviel knisternde Leidenschaft und Spannung zwischen uns, aber so wenig körperlichen Kontakt. Als seien wir beide nackt und sehnten uns wie verrückt danach, einander zu berühren, wären aber durch eine dicke Glasscheibe voneinander getrennt. Frustrierend, aber auch wieder herrlich. Ich kam mir vor, als sei ich ein tugendhafter Teenager, der zum ersten Mal verliebt ist und es schrecklich gern tun würde, aber der Junge respektiert mich und findet auch, daß ich als Jungfrau in die Ehe gehen sollte. Das kam vorwiegend von seiner Seite; ich sehnte mich sehr nach Berührung.«

»Hättest du wirklich mit ihm geschlafen? Mit einem HIV-positiven Mann?«

»Um ganz ehrlich zu sein, ich weiß es nicht. Glatter Selbstmord, wie? Ich hab gedacht, *falls* es passierte, würden wir uns doppelt und dreifach mit Kondomen und Spermiziden ausrüsten ... ein Maximum an Sicherheit, aber wie hätte ich mir etwas vormachen können? Es *war* verrückt, und genauso verrückt war ich binnen kurzem nach ihm. Wer weiß.«

»So sehr hast du ihn geliebt?«

»Manchmal, wenn ich ihn angesehen habe, stockte mir der Atem. Manchmal schwoll mir das Herz so sehr, daß ich glaubte, ich müsse zerspringen.

Nach Italien sind wir dann jedenfalls nach London geflogen,

weil er mir dort Dinge zeigen wollte, die er liebte. Es war phantastisch. Noch mehr Glück, noch mehr herrliche gemeinsame Tage.

Es gab nur einen merkwürdigen Zwischenfall, aber der war so unbedeutend, daß ich ihm eigentlich keine Beachtung schenkte. Ich liebe Rosen, und das kam in London irgendwie heraus. Eines Tages trennten wir uns, um Besorgungen zu machen. Als ich in seine Wohnung zurückkam, war er nicht da, aber auf dem Küchentisch stand ein riesiger Strauß mit gelben und weißen Rosen. Daran lehnte eine Karte in seiner Handschrift: »Ich glaube, es ist nicht nur ein geheimer, sondern auch ein gefährlicher Ort. Es ist eine so schöne, lautere Welt, daß wir jetzt, wo wir in sie eingetreten sind, zwei Probleme haben: Erstens, wie können wir all diese Schönheit ertragen und am Leben bleiben? Und zweitens, wie werden wir es je schaffen, sie wieder zu verlassen, um in der alltäglichen Welt weiterzuleben?«

Zu jedem anderen Zeitpunkt hätten mich solche Blumen und eine solche Karte hingerissen. Jetzt aber legte ich die Karte zurück, runzelte die Stirn und wußte nicht, ob ich mich ärgern oder eher Mitleid mit dem Mann haben sollte. Ich starrte die herrlichen Blumen an und ging nach einer Weile in sein Schlafzimmer, um den Beweis zu finden, der sich, wie ich wußte, hier befand.

Erwartungsgemäß lebte Leland bis auf die Bücher und die Musik in London sehr bescheiden. Seine Wohnung war voller Regale, die vom Boden bis zur Decke reichten und eine riesige Sammlung von Büchern, Schallplatten und CDs enthielten. Die Regale waren aus dieser schönen, honiggelben Eiche und mußten ein Vermögen gekostet haben, da die Wohnung an vielen Stellen einen seltsamen Grundriß hatte und die Regale maßgerecht in fast jeden verfügbaren Winkel eingepaßt waren. Und das war auch nötig, denn sie standen bis oben hin voll. Es herrschte nicht die geringste Ordnung, was mich überraschte, da andere Buchsammler oder Hi-Fi-Freaks, die ich kenne, die reinsten

Ordnungsfanatiker sind. Lelands Sammlung jedoch war überall verstreut. Bücher, Platten, CDs bildeten ein wildes Durcheinander, und da es so viele waren – von allem Tausende –, hätte man eine Ewigkeit gebraucht, um irgend etwas zu finden. Als ich ihn einmal danach fragte, erwiderte er, er habe selten Lust, etwas Bestimmtes zu lesen oder zu hören. Er schmökere gern, je nach Stimmung, und tue nichts lieber, als in seinen Regalen herumzusuchen und zu sehen, was alles da war. Glucksend sagte er, manchmal kaufe er sogar etwas, trage es nach Hause, stelle es ins Regal und denke nicht mehr dran. Dann entdecke er es Tage oder gar Wochen später und freue sich von neuem. Das war verständlich. Sein Leben führte ihn von einer mörderischen Situation zur nächsten. Warum sollte er dann zu Hause nicht entspannen und alles spontan auf sich zukommen lassen? Er hatte so furchtbares Chaos erlebt; zumindest hier war das Chaos erfreulich.

Aber *ich* wußte, wonach ich suchte, und auch genau, wo es stand. Vor ein paar Tagen hatte ich in seinen Büchern gekramt und war über den Roman *Minotauros* von Benjamin Tammuz gestolpert, einem Schriftsteller, von dem ich noch nie gehört hatte. Es war ein kurzer Roman, und da ich auf Leland wartete, setzte ich mich hin und las ihn ganz. Er gefiel mir sehr, besonders eine Stelle: die Sätze, die ich gerade auf der Karte bei den Blumen gelesen hatte. Nachdem ich seine vielen Postkarten aus Jugoslawien erhalten hatte, war ich daran gewöhnt, daß er aus Sachen zitierte, die er gerade las. Aber er setzte immer den Titel des Werks und den Namen des Autors dahinter, so daß ich das Buch, falls es mir zusagte, auch lesen konnte. Ich setzte es als selbstverständlich voraus, daß alles andere auf diesen Karten Lelands eigene Gedanken waren, und das war toll, weil sie mir nämlich meist besser gefielen als die Zitate.

Ich erinnerte mich, wo der Tammuz stand, und zog ihn aus dem Regal. Beim Durchblättern fand ich die Stelle. Bis auf ein paar Worte war sie mit dem Text auf der Karte identisch. Ich stellte das Buch zurück und ging in die Küche, um die Stengel der Rosen zu kürzen und den Strauß in eine größere Vase zu stellen. Danach versuchte ich die ganze Zeit, nicht mehr daran zu denken, schaffte es aber nicht. Als Leland ein paar Stunden später heimkam, begrüßte ich ihn mit den Worten, wie wundervoll die Blumen und *sein* Zitat seien. Er sagte, das freue ihn. Das war alles. Etwas in meinem Innern schrak zusammen. Wenn nun alles, was er mir geschrieben hatte, von jemand anderem stammte? Wenn nun *keine* dieser gescheiten, anrührenden, witzigen Zeilen, Einsichten, Beobachtungen von ihm selbst war? Bei dem Gedanken an diese Möglichkeit empfand ich erst Mitleid mit ihm, dann Scham, überhaupt gefragt zu haben. Aber nun hatte ich gefragt, es war nicht zu ändern. Ich weiß noch, daß ich eins der Bücherregale ansah, als enthielte es den wahren Missetäter. Ich bin mir auch sicher, daß ich so rot wurde, als hätte ich durch ein Schlüsselloch geguckt oder in fremden Schubladen herumgewühlt.«

»Arlen! Warum solltest *du* Schuldgefühle haben? Er war der Schuldige. Er hat gelogen.«

»Das ist ein großes Wort. Und außerdem, Wyatt, du kennst doch die Regel – wer zuerst sagt, ich liebe dich, verliert. Das war ein doppelter Schlag – ich hatte ihm als erste gesagt, daß ich ihn liebte, aber dann war ich auch die erste, die entdeckte, daß er jämmerlich log. Ich fühlte mich schuldig und verletzt, wußte aber nicht einmal, ob ich Grund dazu hatte. Es war alles sehr seltsam.

Jedenfalls sehnte ich mich plötzlich, vielleicht deswegen, nach Wien zurück und schlug ihm das in aller Ruhe vor. Er könne tun, was er wolle – mit mir zurückfliegen oder in London bleiben und später nachkommen. Aber mein Vorschlag schien ihm zu gefallen, und so flogen wir am nächsten Tag zurück. Keiner von uns wußte, wie sich alles entwickeln würde oder was genau wir tun würden, aber ich glaubte fest daran, daß unser gemeinsames Glück alle Probleme lösen würde. Er stimmte mir zu. Wir würden von einem Tag auf den anderen leben, und wann immer es auch nur das kleinste *Etwas* gäbe, würden wir es direkt zur Sprache bringen.

Ich war noch nie so gern mit einem Mann zusammen. Wir kochten zusammen, gingen spazieren und sahen fern, und er erzählte mir alles über sich, was ich wissen wollte. Wir quatschten über unsere High-School-Zeit und alte Flammen und über unsere Einstellung zu unseren Eltern. Er sagte, kaum seien wir alt genug, um ihnen langsam zu vergeben, was als Kind mit uns passiert ist, müßten wir uns daran gewöhnen, Mitleid mit ihnen zu haben. Ich fand diesen Kommentar merkwürdig, und dann schoß mir der widerwärtige Gedanke durch den Kopf: War das sein Einfall, oder hatte er das irgendwo gelesen? Ich sagte nichts, aber später kehrte der Gedanke wieder und traf mich wie ein eiserner Bumerang am Hinterkopf.

Jeder Morgen verlief gleich. Er stand als erster auf und weckte mich. Dann machte er mit Minnie einen Spaziergang durch die Weinberge, während ich das Frühstück zubereitete. Auf seine Bitte hin bekam er immer das gleiche – Eier und Speck, weil dies das erste gewesen war, was ich für ihn gekocht hatte.

Normalerweise kamen die beiden in heller Aufregung zurück, weil sie irgendein Abenteuer erlebt hatten – sie hatten ein äsendes Reh gesehen, oder Minnie war über die Hügel davongerannt und Leland hatte sie verfolgen müssen. Aber es schien ihm nie etwas auszumachen. Sie liebten einander, und wenn er sich auf die Couch setzte, lief sie jedesmal hin und kletterte ihm auf den Schoß. Er war sehr lieb zu ihr, und manchmal, wenn ich nicht im Zimmer war, hörte ich ihn mit ihr reden wie mit einem Menschen. Auch das gefiel mir an ihm – daß er den Hund ebenso mochte wie ich und ihn nicht irgendwie als Last empfand.

Und dann ist sie ... gestorben.« Es schnürte mir die Kehle zu, und ich mußte aufstehen. Meine Brust hob und senkte sich, dann brach ich in Tränen aus. »Sie ist einfach gestorben.«

Wyatt stand auf und nahm mich in den Arm. Er war so ein

netter Mann, aber in diesem Moment hätte keines Menschen Arm etwas genützt. Ich konnte nur noch an dieses liebe, liebe Tier denken und was für eine gute Freundin es gewesen war. Wie Minnie mir immer ihren Knochen vor die Füße gelegt und mit fröhlichem Blick gesagt hatte: »Komm, spiel mit mir! Wirf ihn!« Oder wie sie beim Schlafen langsam von der Couch auf den Boden geglitten war, ohne ein einziges Mal aufzuwachen. Wie sie zwar beim Fressen nach Herzenslust gesabbert, es aber gar nicht geschätzt hatte, wenn man ihr draußen bei ihrem Geschäft zusah. Wie sanft und lieb sie gewesen war.

»An jenem sonnigen Morgen kam sie durch die Tür getaumelt, und aus ihrem Maul floß Blut. Sie brach auf dem Boden zusammen und bekam einen letzten qualvollen Krampf. Es war ganz schnell vorbei. Als Leland hereingerannt kam und nach ihr rief, zuckte sie noch ein paarmal, dann regte sie sich nicht mehr. Er sagte, sie habe an irgend etwas herumgeschnüffelt und angefangen, es zu fressen. Er sei hingelaufen, um es ihr wegzunehmen, aber sie sei nach Hause gerannt, entzückt, daß sie direkt vor seinen Augen unartig sein konnte.

Gift. Vergiftetes Fleisch. Der Tierarzt in Klosterneuburg, der sie gegen Tollwut geimpft und mir gesagt hatte, was ich füttern sollte, streifte seine Gummihandschuhe ab und warf sie voller Abscheu auf den Untersuchungstisch. Das komme manchmal vor. Manchmal kaufe ein Tierhasser ein saftiges Stück Fleisch, vergifte es und lege es irgendwo hin, wo es sicher gefunden würde.

Ich war am Boden zerstört. Aber selbst jetzt, in den dunkelsten, traurigsten Momenten, dankte ich Gott, daß Leland da war. Er kümmerte sich um alles und gab mir all den Raum und die Zeit, die ich zum Trauern brauchte. Und obwohl er immer *da* war, blieb er doch größtenteils unsichtbar. Aber irgendwie spürte er auch, wenn ich ihn im selben Zimmer brauchte. Dann hielt er meine Hand und sprach mit mir, und an seinen Worten merkte ich, daß ihr Tod für ihn genauso schrecklich war wie für mich. Da ich an nichts anderes denken konnte als an meinen Schmerz, sorgte er für alles andere, was wir beide nötig hatten – Liebe, allumfassende Stärke und eine Unerschütterlichkeit, von der ich nicht genug bekam. Wie mußte es sein, ein *Kind* zu verlieren? Wie fand er angesichts seiner eigenen Angst und seiner angeschlagenen Gesundheit die Kraft und Güte, mich über Wasser zu halten? Gibt es wirklich so kostbare Menschen auf der Welt? Hier war einer. Er war der Beweis.

Ich hatte schon vorher gedacht, ich hätte ihn geliebt, Wyatt, aber das war absolut nichts im Vergleich zu dem, was ich empfand, nachdem Minnie gestorben war und er mich gerettet hatte. Weißt du, was ein *Schochet* ist?«

»Ein was?«

»Ein *Schochet.* Das ist ein koscherer Metzger. Die Juden haben eine völlig andere Art zu schlachten. Die ganze Prozedur wird so durchgeführt, daß das Tier keinen Schmerz spürt. Man benutzt ein *Schalef* genanntes Messer, was soviel heißt wie ›scharf-ohne-Scharte‹. Man kann es auch so übersetzen: ›was Leben in Tod verwandelt‹.«

»Was meinst du damit, Arlen?«

Ich sah Sorge in seinem Blick, als fürchte er um meinen Verstand.

»Es sind wichtige Worte, und sie werden eine große Bedeutung haben, wenn ich dir die ganze Geschichte erzählt habe. ›*Schochet*‹ und ›*Schalef*‹.«

»*Schochet* und *Schalef.* Okay.«

»Kennst du die Redensart ›Ein Unglück kommt selten allein‹? Ich stand immer noch unter dem Schock von Minnies Tod, als Leland ein paar Tage später morgens mit der Post hereinkam. Es war ein großes Manila-Kuvert von meinem Onkel Len Mira in West Lafayette dabei; er war der Bruder meiner Mutter, und ich hatte jahrelang nichts mehr von ihm gehört. Der Umschlag enthielt ein kleines, dickes, ledergebundenes Buch, auf dem in Goldlettern das Wort TAGEBUCH stand. Auf einer Karte teilte mir Len mit, es stamme von meiner Mutter. Dad hatte es ihm vor Jahren zugesandt, gleich nach Moms Tod. Er schrieb, er habe das Buch nie gelesen, weil es ihn wohl nichts angehe, aber er werde immer älter und finde einfach, ich solle das Buch haben.«

»Warum hat es dein Vater nicht behalten?«

»Weil Mom ein sehr enges Verhältnis zu ihrem Bruder hatte und Dad wahrscheinlich dachte, dies sei *der* wichtige Gegenstand aus ihrem Besitz, den er Len geben konnte. Len ist ein scheuer Mensch, und ich glaubte ihm, wenn er sagte, er habe es nie gelesen. Aber *ich* las es und durchlitt den Tod ein zweites Mal – meinen eigenen. Wie wär's mit Kaffee?«

Ich wollte aufstehen, aber Wyatt zog mich wieder in den Sessel zurück. »Komm, Arlen, nach diesem Satz wirst du doch nicht weglaufen. Was meinst du damit? Vergiß den Kaffee.«

»Na gut. Meine Mutter und ich waren richtige Freundinnen. Sie starb, als ich ein Teenager war, und ihr Tod war eins der traumatischsten Ereignisse in meinem Leben. Ich habe ihn nie verwunden. Ich wollte noch soviel mit ihr unternehmen, ihr soviel erzählen. Aber eines Tages war sie einfach tot. Ich war nicht mal da – ich war im Internat. Ich liebte sie und vertraute ihr mehr als allen übrigen Menschen, weil sie, was am meisten zählte, meine Freundin war. Die Mädels. So hat uns Dad genannt, die Mädels. Wir steckten immer zusammen, und ich glaube, er war oft eifersüchtig. Aber dann starb sie, als ich gerade anfing, eine Frau zu werden. Du wirst dich erinnern, wie das in den ersten Teenagerjahren war – es stürzt soviel auf dich ein, und du hast keine Ahnung, wie du damit umgehen sollst. Sex, rauskriegen, wer man ist, was man will – all diese wichtigen Dinge. Plötzlich war mein einziger Leitstern tot, und an wen sollte ich mich jetzt wenden? Bestimmt nicht an meinen Vater, der ein netter Mann war, aber sehr spießig und total blind für das, was ich war. Später wurde meine Freundin Rose dann ein guter Ersatz, aber ein paar Jahre nach Moms Tod war ich ganz auf mich allein gestellt und machte viel falsch.

Ich komme vom Thema ab. Ich dachte also, wir hätten das engste Verhältnis, das Mutter und Tochter haben können.

Wenigstens dies tröstete mich, wenn ich daran dachte, wie jung sie gestorben war: wenigstens hatten wir einander geliebt und geschätzt, als sie noch am Leben gewesen war. Sie war meine größte Stütze und glaubte bedingungslos an mich. Im Gegenzug wußte sie, daß ich ihr alles sagte und so ehrlich war, wie es nur ging. Es war ein gutes Verhältnis, Wyatt. Ich kenne wenige Kinder, die sich so gut mit ihren Eltern verstehen. Als ich noch berühmt war, hat mich einmal ein Reporter gefragt, was ich mir wünschen würde, wenn ich einen Wunsch frei hätte, und ob ich meine Karriere dafür opfern würde. Ich habe sofort ja gesagt, weil ich mir nämlich wünschte, Mom würde wieder lebendig. Das wäre zehn Karrieren wert gewesen.

Du kannst dir also vorstellen, welchen wunderbaren, unerwarteten Schatz ich da mit ihrem Tagebuch in Händen hielt. Jetzt konnte ich über all die verlorenen Jahre hinweg hören, was sie zu den Dingen zu sagen hatte, die wir gemeinsam gekannt hatten. Es war ganz außerordentlich, so etwas zu besitzen, ein echtes Gottesgeschenk. Und so kurz nach Minnies Tod nahm es mir eine tonnenschwere Last vom Herzen. Ich wollte es in kleinen Portionen lesen, es Stück für Stück auskosten, mir eine Seite pro Tag vornehmen und es so in die Länge ziehen.

Der erste Eintrag, den ich las, lautete: Das Schönste am Herbst ist, daß Arlen ins Internat fährt und ich eine Weile Ruhe vor ihr habe.«

»*Was?*« Wyatt klang genauso überrascht, wie ich mich gefühlt hatte, als ich zum erstenmal diese Worte im Tagebuch gelesen hatte.

»Das war der erste Eintrag. Er machte mir eigentlich kaum etwas aus. Ich dachte, wahrscheinlich war sie deprimiert und hat es nicht so gemeint. Ich erinnere mich ja auch an Zeiten, wo sie mir auf die Nerven ging. Also, was soll's?

Aber es war anders, und sie meinte es wirklich so! Denn auch andere Stellen, zu viele, drückten das gleiche aus. Ich hab sie auswendig gelernt. Zum Beispiel: ›Meine Tochter erzählt mir dauernd Dinge aus ihrem Leben, die ich nicht hören will und die sie mir noch unsympathischer machen.‹ Und ›Wie oft habe ich hier schon hineingeschrieben, daß ich alles darum geben würde, wenn ich Mann und Tochter verlassen und einen neuen Anfang machen könnte? Wenn ich noch eine Chance bekäme und mir ein neues Leben aufbauen könnte, das mir etwas bedeutet?‹«

»O Arlen! Mein Gott, du Ärmste! Was hast du gemacht?«

»Geweint. An die Wand gestarrt und gespürt, wie mir meine ganze Geschichte entglitt. Dann habe ich mich gezwungen weiterzulesen, in der Hoffnung auf einen Lichtstrahl, einen Gefühlswandel, aber es war immer das gleiche. Keine Milderung, keine Veränderung. Ich las das ganze Buch in anderthalb Stunden. Jene Jahre. All jene Jahre, in denen ich geglaubt hatte, wir seien uns so nah, aber Seite um Seite in dieser reizenden Handschrift, an die ich mich so gut erinnerte ... Auf jeder stand das gleiche: sie haßte ihr Leben. Sie hielt meinen Vater und mich für ungehobelte Egoisten und hätte alles dafür gegeben, von uns loszukommen. Ruhe hatte sie nur, wenn ich im Internat war.

Und dann starb sie. Es war entsetzlich.«

»Hast du Leland davon erzählt?«

»Ja. Er war großartig. Er hat gesagt, ich müsse alles aus der richtigen Perspektive sehen. Er hat davon gesprochen, wie stolz sie auf mich wäre, wenn sie mich jetzt kennen würde. Wie glücklich sie gewesen wäre, wenn sie gemerkt hätte, wie sehr sie sich in ihrer Tochter getäuscht hatte. Wunderschöne Sätze, aber sie halfen nichts. Und daß es so kurz nach Minnies Tod passiert war ...« Ich schloß fest die Augen. »Warum können uns diese Dinge nach so vielen Jahren und Veränderungen noch verletzen?«

»Weil die Erinnerung sie wachhält. Das ist das Schlimme an Erinnerungen – sie haben eine Halbwertszeit von tausend Jahren, ob es uns paßt oder nicht.«

»Du hast recht. Aber siehst du, wie alles zusammenbrach?

Lelands Krankheit, das Tagebuch meiner Mutter, der Hund. Wo blieb die andere Seite, verdammt noch mal? Das, was dieses Grauen hätte ausgleichen können? Eigentlich hätte es die Liebe zu Leland sein sollen, aber er war eine Zeitbombe, eine Zeitbombe hinter einer dicken Glaswand. Es war ein Gefühl, als würde alles, was ich kannte und liebte, entweder sterben oder explodieren. Es war ein verfluchter Alptraum.

Alles lief schließlich darauf hinaus, daß ich ihn noch mehr liebte. Ich dachte: Okay, vielleicht haben wir nur noch soviel Zeit zusammen, aber er ist alles, was ich habe, und das Beste, was ich *je* hatte. Er füllte mich immer mehr aus, bis ich es fast nicht mehr ertrug.«

»Wie hat er darauf reagiert?«

»Wunderbar. Ich hab dauernd gedacht: Wie hält er es nur mit mir aus? Wie kann er mit einem Menschen zusammensein wollen, der nur noch voller Schmerz ist und nichts zu geben hat?

Aber er blieb, und es kam der Punkt, wo ich wußte, wenn er sterben sollte, würde ich mich umbringen. Es gab keinen anderen Weg.« Ich sagte das ganz gelassen, denn die echte Wahrheit, so schmerzlich sie sein mag, ist immer gelassen. »Der letzte Schlag, der K.-o.-Haken, kam in Gestalt eines Telefonanrufs. Du kennst doch meine Freundin, Rose Cazalet. Außer Leland ist sie der einzige Mensch, der mir wirklich nahesteht. Wir kennen uns seit über zwanzig Jahren. Ihr Mann war mein Agent; ich bin Patin ihres Kindes. Wir sind wie Schwestern. Vor vielen Jahren ist sie von einem Typen, mit dem sie ging, vergewaltigt und schrecklich verprügelt worden. Eigentlich ist das sogar zweimal passiert, aber beim zweiten Mal konnte sie sich retten, indem sie dem Kerl mit einem spitzen Stöckelabsatz ein Auge ausstach.«

Wyatts Hände zuckten hoch und bedeckten sein Gesicht.

»Und Gott sei Dank gelang es ihr, denn sie war sicher, er hätte sie sonst umgebracht. Der Kerl kam ins Gefängnis, aber du kannst dir vorstellen, wie lang sie gebraucht hat, um sich davon zu erholen.

In der gleichen Woche, in der das mit dem Hund und dem Tagebuch war, rief mich ihr Mann an. Er sagte, der Kerl sei entlassen worden, habe herausgekriegt, wo Rose wohnte, und sei gekommen ...«

»Stop! Das reicht! Also, hör mal! Eine Woche? Das ist doch nicht möglich.«

»Die Welt ist voller Menschen, die jeden Tag ihres Lebens leiden.« Ich sagte es so zornig, daß ich selbst erschrak. Wyatt sah mich an, und wir schwiegen beide.

Er schüttelte seufzend den Kopf und massierte dann rasch seine Beine, als sei ihm plötzlich kalt geworden. »Ich weiß, du hast ja recht. Was ist ihr passiert?«

»Er hat ihr den Schädel eingeschlagen und den Arm gebrochen. Sie war bewußtlos, und er dachte wohl, er habe sie umgebracht, denn er rannte weg.«

»Ist sie ... Wird sie wieder gesund?«

»Sie ist im Krankenhaus, ihr Zustand ist stabil. Sie hat Probleme mit dem Gedächtnis. Die Ärzte glauben, es wird einige Zeit dauern, bis sie wieder ganz in Ordnung ist.«

»Was ist mit dem Kerl passiert?«

»Den haben sie noch nicht. Roland hat mich gleich angerufen, und ich wollte rüberfliegen, aber er war zum jetzigen Zeitpunkt dagegen. Es könnte sie aufregen, und das wäre schlecht. Ich rufe jeden Tag an, und er sagt, es gehe ihr ein bißchen besser.

Ich war so durcheinander. Eine Woche. Alles in einer Woche. Daß ich nicht durchgedreht bin, verdankte ich nur Leland. Ich hatte Angst, schreckliche Angst, sie saß mir tief in den Knochen. Was kam als nächstes? Was konnte als nächstes passieren? Und weißt du was? Man fängt an, sich Sachen auszudenken, die einem genausoviel Angst machen. Vielleicht passiert dies als nächstes oder das. Es wird einem schlecht vor Kummer, wie wenig einem noch geblieben ist. Ich wollte ihn nirgends mehr allein hingehen lassen. Ich war sicher, daß ihm etwas zustoßen würde.

Am Abend vor deinem Anruf habe ich ihn gebeten, mit mir

zu schlafen. Alles andere war mir egal. Alles. Ich wollte nur noch ihn. Er war Geborgenheit, das einzig Gute, was mir geblieben war. Schon bevor ich ihn kennengelernt hatte, war mir ja alles entglitten, nur unmerklicher, leiser, wie der Puls aus einem Körper weicht. Jetzt war in dem Körper alles tot, bis auf dieses eine strahlende Licht, das mich am Leben hielt. Und mehr wollte ich nicht; nur dieses Licht eine kleine Weile in *mir* haben, damit ich sicher sein konnte, daß es im Leben etwas Gutes gab. Was war sonst übrig? Woran sollte ich mich sonst festhalten, um zu wissen, daß das Leben nicht nur … *Scheiße* war?« Ich seufzte und zog mir ein Kissen auf den Schoß. »Wir haben stundenlang darüber geredet. Anfangs wollte er gar nichts davon hören, aber ich bestand darauf. Er müsse mir zuhören, er müsse es tun. Wenn ich ihm überhaupt etwas bedeute, müsse er mich berühren. Es war das erste Mal, daß wir uns stritten, aber das war mir egal. Wir weinten beide, stampften aus dem Zimmer, kamen zurück. Einmal hatte er sogar schon *ja* gesagt, aber im nächsten Moment schlug er sich an die Stirn und sagte, das sei doch verrückt.

Es *war* auch verrückt, es war Mord und eigentlich ganz unnötig, weil er mir ja versprochen hatte, bei mir zu bleiben. Aber ich sagte, das reiche mir nicht. Und schließlich waren wir beide so ausgepumpt, daß wir schlafen gingen.«

»Zusammen?«

»Nein. Er sagte, er müsse darüber nachdenken, und schon im selben Bett zu liegen würde alles durcheinanderbringen. Ich war zu leer, um zu streiten. Ich war so müde, daß ich mir nur dieses Kissen da unter den Kopf schob und mich hier ausstreckte. Er schlief neben mir auf dem Boden. Das nächste, woran ich mich erinnere, ist, daß morgens das Telefon läutete und du es warst.«

»Tolle Zeit, um anzurufen, wie?«

»Ja. Ich war froh darüber, sehr froh, deine Stimme zu hören. Sie erinnerte mich daran, daß es da draußen in der Welt auch noch andere schöne Dinge gab – Wyatt Leonard und die *Finky Linky Show*, Kinder, Leben. Nein, ich war sehr froh, von dir zu hören. Und ich war glücklich über deine Einladung zum Essen. Ich wußte gleich, das war das Beste für uns; ich würde ein Bad nehmen, mich etwas schminken, und dann würden wir mit dir essen gehen.«

»Was hat Leland dazu gemeint?«

»Oh, er schien sich sehr zu freuen. Und als wir dich im Restaurant sahen, hob sich meine Stimmung. Es war nett.« – »Nett« das klang so blaß. »Es war also ein nettes Essen mit dir, und ich fühlte mich viel besser. Nachdem wir uns von dir verabschiedet hatten, hab ich mit Leland zwar nicht mehr darüber gesprochen, daß ich mit ihm schlafen wollte, aber es hing in der Luft.

Als wir die Eingangstür erreichten, legte er mir die Hände auf die Schultern, sah mir in die Augen und sagte: ›In Ordnung.‹ Sonst nichts. Ich schloß die Augen und sagte: ›Gott sei Dank. Gott sei Dank.‹

Ich bin gleich ins Schlafzimmer gegangen, um mich fertigzumachen. Ich hatte ein Nachthemd, das ich speziell für ihn anziehen wollte. Als ich durchs Zimmer ging, fiel mein Blick aufs Bett, und ich sah, daß es ganz frisch bezogen war, mit neuer rotgelber Bettwäsche, die ich noch nie gesehen hatte. Es war ein Muster drauf. Rosen. Genau wie die, die er mir geschenkt hatte. Offenbar war seine Entscheidung schon früher gefallen, und er hatte die Wäsche ohne mein Wissen gekauft.

Auf meinem Kissen, diesem nagelneuen frischen Kopfkissenbezug, lag ein großer Umschlag. Ich erkannte ihn als einen von seinen. Wie er sie für seine Fotografien benutzte. Ich war so gerührt über die Bettwäsche und so aufgeregt vor Erwartung, daß ich den Umschlag am liebsten weggeschoben hätte und zur Sache gekommen wäre. Aber ich wußte, daß er aus irgendeinem Grund wollte, daß ich ihn öffnete, bevor wir anfingen. Also setzte ich mich hin, den Umschlag im Schoß. Leland kam ins Zimmer, und ich bedankte mich für die Bettbezüge. Ich bedankte mich dafür, daß er mein Freund war und für das, was sich in dem Umschlag befand.

Er legte die Hände an die Hüften und verneigte sich tief. Es war eine wundervolle Geste – albern, süß und irgendwie schüchtern. Ich klatschte Beifall und öffnete den Umschlag.

Und stieß einen Schrei aus. *Was*? Was war das? Warum zeigte er mir das jetzt? Warum überhaupt? Zuerst erkannte ich mich nicht. Da saß ein abgezehrtes, krankes, kahlköpfiges Etwas mit Kissen gestützt in einem weißen Sessel, mit offenem Mund, als ringe es keuchend nach Luft. Die Augen lagen so tief in ihren Höhlen, daß man sie gar nicht mehr für Augen hielt. Ich schrie ihn an: ›Was ist das? Was sind das für Bilder? Kriegsfotos? Warum gerade jetzt, um Gottes willen, warum bekomme ich sie jetzt zu sehen?‹

Mechanisch ließ ich das Foto aus der Hand gleiten, aber da war noch eins, und es war noch schlimmer, weil ich jetzt erkannte, wer es war. Trotz meines Grauens sah ich die Fotos an, warf sie dann alle hin und machte auf dem Bett einen Satz zurück, weg von den Bildern, weg von ihm.

Auf dem zweiten Bild war eindeutig ich zu sehen, dieses Monster, das auf meinem Bett lag, in dem schönen Nachthemd, das ich in dieser Nacht für ihn tragen wollte. Und es war tot. Abgezehrt und krank, alles Menschlichen beraubt. Ich. Das war ich. Das Nachthemd, mein Bett und im Gesicht gerade genug von irgend etwas, daß man sah, es war ein Bild von mir. Ja. Ja. *Ich.* Niemand anderes hätte es gemerkt, aber ich sah es.«

Wyatt saß jetzt weit vornübergebeugt. Ich neigte mich zu ihm hinunter und legte ihm die Arme auf den Rücken. Ich roch sein Eau de Cologne und spürte, wie straff seine Muskeln waren. Fast flüsternd sprach ich weiter.

»Leland kam herüber und hob die Bilder vom Boden auf. Ohne auf mich zu achten, sah er sie durch. Es müssen zehn gewesen sein. Er hielt eines hoch und sagte: »Ich glaube, das ist gut. Es zeigt deine wunderbaren Falten. Der *National Enquirer* wäre entzückt. ›Sexgöttin stirbt an Aids! Exklusivfotos im Innenteil.‹«

Nachdem er sie durchgeschaut und sein eigenes Werk bewundert hatte, ließ er sie zu Boden fallen und setzte sich auf die Bettkante. »So hättest du ausgesehen, Arlen, in ein paar Monaten. He, erinnerst du dich, was dein Lieblingsdichter Charles Simic sagt? ›Der Tod hat immer einen steifen Schwanz.‹ Ich habe massenweise Sätze von ihm geklaut, und du hast sie alle so toll gefunden. Blöde Gans!« Er legte sich aufs Bett und gähnte. Ich bewegte mich nicht. »Aber um ehrlich zu sein, Arlen, der Gedanke, dich zu ficken und noch länger hierbleiben zu müssen, langweilt mich. *Du* langweilst mich. Ruf deinen Freund Wyatt an, falls du Fragen hast. Er weiß, wer ich bin.« Er stand auf, und das letzte, was er sagte, bevor er hinausging, war: »Wenn du je einen Hund umbringen willst, nimm Strychnin; das wirkt viel *intensiver.*«

Wyatt stöhnte und richtete sich auf. »Als ich das Restaurant betrat und sah, wer bei dir war, bin ich fast gestorben.« Er sah mich an und lachte; es war ein echtes Lachen, tief und kräftig. »Ich wollte diesen Typen so gerne kennenlernen. Den Mann, der Arlen Fords Herz gestohlen hat. Ich hatte ihn zwar einmal gesehen, aber das war so kurz gewesen, daß ich mich nur vage an ihn erinnerte. Als ich dich jedoch diesmal sah, bist du mit Philip Strayhorn am Tisch gesessen.«

»Es war Phil? Du hast tatsächlich Phil bei mir gesehen?«

»Ja. Und als du ihn als Leland vorstelltest, hat er mich angegrinst, als seien wir beide in den Streich eingeweiht. Wahrscheinlich sieht man immer die Person, von der man geträumt hat.«

»Aber ich hatte doch keine Träume wie du und die anderen!«

Wyatt schüttelte den Kopf, als hätte ich nicht kapiert, worum es ging. »Ich weiß. Für dich ist es noch schlimmer, weil er die ganze Zeit im wirklichen Leben bei dir war.«

»Er tötet also dich durch eine Krankheit und mich dadurch, daß er alles zerstört, was ich je geliebt oder woran ich je geglaubt habe. Er hat sich einmal über meine ständige Putzerei lustig gemacht – es habe den Anschein, als bereite ich mich dauernd auf eventuelle Gäste vor. Aber bevor ich nach Österreich zog, bin ich nie ordentlich gewesen. Ich wollte einfach nur meine Siebensachen in Ordnung halten. Ein einziges Mal. Findest du es nicht besser, wenn man weiß, wo alles ist? Wahrscheinlich hab ich mein Leben in Ordnung gebracht, damit ich es aufgeben konnte. Aber ich habe immer noch viele Fragen an dich, Wyatt.«

Sekundenschnell wechselte seine Miene von Trauer zu heftiger Wut. Sein sonst bleiches Gesicht lief knallrot an. »Was kann ich dir sagen, was du nicht schon weißt? Der Tod ist da. Was könnte simpler sein? Wahrscheinlich ist er hier im Zimmer und hört uns zu, aber was macht das schon für einen Unterschied? Für mich ist er Strayhorn, für dich ist er Leland, ganz egal, wie er mit Familiennamen heißt. Die Leute, die er mag, bringt er auf nette Weise um. Sauber und glatt. Das trifft auf mich zu. Ich wollte Antworten haben, also hat mein ›Kumpel‹ sie mir gegeben. Und das Resultat? Ich habe solche Angst, daß ich am liebsten auf dieser Couch hier sitzenbleiben würde. Seine Antworten bedeuten nichts. Ich habe durch sie nichts verstanden.

Dich mag er *nicht*, aus irgendeinem geheimnisvollen oder dummen Grund, also hat er dich durch einen Trick dazu gebracht, ihn so sehr zu lieben, wie du noch niemanden geliebt hast. Als du soweit warst, daß du für ihn sterben wolltest, wirklich *sterben*, hat er zuerst deinen Hund getötet, dann hat er dir das Tagebuch deiner Mutter gezeigt, dann deine Freundin verletzt. Wie du ja sagtest, alles, was du geliebt hast. Mit welchem Resultat? Du hast ihn nur noch mehr gebraucht, weil er das letzte war, was dir geblieben ist. Habe ich recht? Dann gab er dir seinen Gnadenstoß, indem er dir diese Bilder zeigte. Er wollte keine Zeit damit verschwenden, mit dir zu schlafen und dich anzustecken, weil du ihn langweilst. Langweilst!

Was für Fragen hast du sonst noch, Arlen? O ja, ganz recht, ich bin der Typ mit den Antworten auf die großen Fragen, weil ich mit dem Tod gesprochen habe. Und du glaubst, das heißt etwas? Ich weiß nichts. Keine seiner Antworten war hilfreich, weil sich keine auf *jetzt* anwenden läßt, diesen Moment, wo wir noch hier und lebendig sind, aber am Boden zerstört. Siehst du das nicht? Es beginnt damit, daß er dir alles gibt, was du willst – Liebe und Hoffnung oder ein paar Antworten, wenn du dich fürchtest, aber nichts davon hilft dir, nichts schützt dich. Vielleicht *glaubt* man das eine Weile, aber es ist ein Irrtum. Er ist tückisch. Schau uns doch an. Wir sind am Ende. Wie hieß noch das Wort, das du gebraucht hast, *Schalef*?«

»Was Leben in Tod verwandelt. Er ist der *Schochet.*«

»Stimmt. Kauf dir einen Sarg. Schreib dein Testament. Es ist aus.«

An jenem Nachmittag, als Wyatt mit einem Drink in den Händen dasaß und nicht mehr reden wollte, nahm ich mein Fahrrad und radelte los. Das hatte ich in Kalifornien oft getan, wenn das Leben mal wieder zu sehr einem Dampfkochtopf ähnelte. Ich setzte mich aufs Rad und fuhr so lange, bis ich physisch erschöpft war und keine Kraft mehr hatte, mir Sorgen zu machen. Da ich so überdreht bin, dauerte es manchmal Stunden, aber es hat immer funktioniert.

Dieses Mal radelte ich zur Donau hinunter und *strampelte strampelte strampelte*, bis das Feuer in meinen Beinen und das Pumpen in meiner Brust mein Herz etwas von der Angst und Verwirrung befreiten. Ich wußte zwar, daß es kein Entkommen gab, aber ich konnte das Ganze etwas reduzieren und vielleicht klarere Gedanken fassen. Hoffentlich.

Ich fuhr am Wasser entlang, sah russische und bulgarische Lastkähne vorübergleiten, mit Fahrrädern und Wäscheleinen an Deck, Leute, die sich auf diesem berühmten Fluß durch ihr Leben bewegten. Ich dachte an Leland und mein eigenes Leben und was gerade geschah, an das, was Wyatt gesagt hatte, und wie wenig man jetzt tun konnte, um noch irgend etwas davon abzuwenden. Ich fuhr an alten Ehepaaren vorbei, die Arm in Arm spazierengingen und ab und zu auf etwas zeigten. Ich fuhr an Familien vorbei und wußte, daß ich nie eine Familie haben würde. Ich fuhr an Kindern, an Hunden vorbei. Mein Hund war tot. Er hatte ihn umgebracht. Womit hatte ich seinen Haß verdient? Womit verdiente überhaupt irgend jemand den Tod? Ich fuhr und fuhr.

Ich fuhr nach Wien hinein und wieder aus Wien hinaus, immer noch am Fluß entlang. Ich sah Leute in der Sonne liegen und Frisbee spielen. Mir fiel ein, wie ich damals mit den Easterlings auf ihrem Glücksberg gewesen war und der rote Vizsla so begeistert der Frisbeescheibe nachgerannt war. Ich dachte an Minnie. Ich dachte daran, daß er den Hund vergiftet hatte. Womit hatte Minnie das verdient? Womit ich? War es nur Haß? War der Tod einfach voller Haß, und das war die endgültige Antwort? Haßte er einfach, und gab es sonst keinen Grund für das, was er uns allen antat?

Als ich allmählich müde wurde, war ich schon weit außerhalb der Stadt und wußte, daß ich bald umkehren mußte, um es noch nach Hause zu schaffen. So weit draußen gab es nur noch wenige Menschen, und ich begann mich nach einem Rastplatz umzusehen. Der Weg, der dort am Wasser entlangführt, ist unwirtlich. Überall Strauchdickicht und riesige Bäume. Niemand wohnt hier. Hier traut man sich nur für lange Sonntagsspaziergänge oder zum Fischen heraus.

Plötzlich sah ich mitten im Nichts eine große Zahl Sonnenblumen, und dieser Anblick munterte mich aus irgendeinem Grund auf. Hier konnten sie nur hergekommen sein, weil jemand sie bewußt gepflanzt hatte, einzig und allein um ihrer Schönheit willen. Dieser Mensch erweckte große Sympathie in mir, und die Stelle schien bestens geeignet, sich ein wenig hinzulegen und vielleicht ein Nickerchen zu machen. Im Nu war ich eingeschlafen.

Ich erwachte, als ich etwas Warmes im Gesicht spürte. Es war ein heißer Tag, und ich hatte auf dem Rad ziemlich viel geschwitzt. Da ich außerdem sehr tief geschlafen hatte, mußte meine Wange sehr heiß gewesen sein. Als ich zu mir kam, erblickte ich als erstes einen riesigen Penis. Er lag auf meiner Wange und war nicht nur schrecklich heiß, sondern auch sehr schwer. Ich hab schon eine Menge Pimmel gesehen, aber der hier war schockierend groß und schwer. Stell dir vor, du tauchst aus dem Nebel des Schlafs auf und siehst wenige Zentimeter von deinem Auge entfernt so ein Ding. Du versuchst aufzuspringen, wirst aber von einer eisernen Hand so fest zu Boden gepreßt, daß du dich nicht bewegen kannst, egal, wie stark du bist. Stell dir dies alles vor. Und der Schock und die Angst steigern sich rasend, als du eine Sekunde, nachdem der Schlaf gewichen ist, *erkennst*, wer es ist, der da drohend neben dir aufragt, die Sonne über der Schulter. Du siehst genug von seinem Gesicht, um zu sehen, daß er lächelt.

»Ich glaube, du hast es neulich abends nicht gehört. Ich hab gesagt: ›Der Tod hat immer einen steifen Schwanz.‹ Hier bin ich, mein Schatz. Wir sind hier draußen auf dieser animierenden Lichtung, und deine große Chance ist *jetzt*. Na, wie wär's?«

Ich riß mich los. Wahrscheinlich erlaubte er, daß ich mich losriß. Ich stand auf, aber er blieb lächelnd auf dem Boden hocken, und sein Ding ragte immer noch aus dem Schlitz seiner Jeans. »Du hast ausgesehen wie das schlafende Dornröschen, Arlen. Und da hab ich gedacht, ich verdreh die Geschichte ein bißchen und laß ihn dich wachküssen.«

Ich beeilte mich nicht. Das machte mich stolz auf mich. Ich hob nur mein Rad auf und schob es weg, ohne mich auch nur einmal umzusehen. Diesen Triumph gönnte ich ihm nicht. Er schrie, aber ich drehte mich nicht um. Er schrie: »Ich habe alle diese Sätze geklaut! Alles, was ich je zu dir gesagt habe, stammte von jemand anderem! Hast du wirklich gedacht, du verdienst etwas Eigenes? Hast du das wirklich gedacht?«

Ich stieg aufs Rad und fuhr langsam davon. Einmal wäre ich fast gestürzt, aber ich wollte nicht schneller fahren. Ich weigerte mich, schnell von ihm wegzufahren. Irgendwie schien das sehr wichtig zu sein.

Danach passierte nichts mehr, und wir hörten nichts von Leland. Ein paar Tage, bevor Wyatt nach Amerika zurückflog, überredete ich ihn, mit mir ins Kinderkrankenhaus zu gehen. Was sollte man sonst tun, bis das Ende kam? Ich war überzeugt, daß Wyatts Leukämie jetzt voll zum Ausbruch kommen, und auch mich mein Schicksal ereilen würde – durch einen Unfall oder eine Krankheit. Aber außer der Verwirrung und Furcht, die wild durch alle Kammern meines Herzens und Verstandes rasten, viel schneller, als ich es je für möglich gehalten hätte, war auch der Haß geboren worden. Haß, wie ich ihn noch nie erlebt hatte.

Welches Recht hatte der Tod, uns alles zu rauben, was uns wichtig war, und uns dann umzubringen? Ob es das Versagen unseres Körpers bis zum Punkt der größten Schwäche und Demütigung war oder der totale Verlust von allem, was uns etwas bedeutete oder auch nur den geringsten Wert besaß. Welches Recht hatte er, die meisten von uns zu KZ-Opfern zu erniedrigen, die nackt, mit frisch geschorenem Kopf vor höhnisch grinsenden Soldatan stehen, bevor sie in den Tod geschickt werden. Es war nicht nur unrecht, sondern auch unnötig.

Es stellte sich also heraus, daß der Tod genauso war wie die griechischen Götter – nachtragend, zu Späßen aufgelegt, schrecklich. Das war der einzige Grund, warum mir die griechischen Sagen nie gefallen hatten. Wenn diese Götter eine so ehrfurchtgebietende Macht besaßen, warum mußten sie dann auf die Erde kommen, um mit arglosen Frauen zu schlafen oder einen redlichen Mann zu peinigen, der ihnen und ihrer Macht völlig ausgeliefert war? Warum *kümmerten* sie sich überhaupt darum?

Das alles sagte ich Wyatt, aber der war in Gedanken ständig an zehn Orten gleichzeitig, und es war schwer, ihn dazu zu bringen, das anzuhören, was ich zu sagen versuchte. Ich sagte ihm, wir sollten es so sehen: Leland wird uns töten, klar, aber bis dahin sollten wir aus keinem anderen Grund weitermachen als dem, diese letzten Tage so zu nutzen, wie *wir* es wollen, statt ihm auch die noch zu überlassen, indem wir uns ihm vor lauter Angst unterwerfen. Wyatt sagte, das sei nur Bluff und Leland wüßte, daß wir uns nur in blinde Aktivitäten stürzen, um uns vom Unvermeidlichen abzulenken. Vielleicht hatte er ja recht, aber mein Vorschlag war besser als gar nichts, und schließlich stimmte er zu.

Ich organisierte im Krankenhaus einen großen Raum, damit Wyatt eine Art kleine, mehrsprachige *Finky Linky Show* für all jene Kinder veranstalten konnte, deren Zustand es erlaubte zu kommen. Am Morgen der Vorführung kam er in die Küche und wirkte sehr bleich und müde. Als ich ihm sein Frühstück hinstellte, griff er nach meinem Arm. Lächelnd sagte er, er habe das Gefühl, dies sei die letzte *Finky Linky Show* seines Lebens. Ich sagte prompt: »Aber du hast doch sowieso nie gedacht, daß du noch mal eine machen würdest, also steht es eins zu null für dich.« Das gefiel ihm, und er sagte: »Ich glaube, du hast recht.«

Wir fuhren zu einem Faschingsartikel-Geschäft, das ich in Wien kenne. Er kaufte für Hunderte von Dollars Gummibälle, Masken, bunte Tücher, Trickkarten und andere Dinge, von denen ich nichts verstand, aber er und der Ladenbesitzer kamen bestens miteinander aus, nachdem der alte Mann gemerkt hatte, daß er es mit einem echten Meister dieser Kunst zu tun hatte. Er suchte sogar im Hinterzimmer, auf dem Dachboden und an tausend anderen merkwürdigen Orten nach Dingen, von denen nur Wyatt und er wußten, wozu sie da waren. Mit Paketen beladen machten wir uns auf den Rückweg zum Wagen. Dort angekommen, drehte Wyatt sich zu mir um und sagte: »Danke. Ich hatte ganz vergessen, wieviel Spaß mir das macht.« Ich hätte am liebsten geweint, aber da ich wußte, daß ihn das geärgert hätte, schnitt ich eine Grimasse und sagte, es sei purer Egoismus gewesen – ich wolle die Vorstellung genauso gern sehen wie die Kinder.

Im Krankenhaus wußte zwar niemand, wer Finky Linky war, aber alle freuten sich über die Ablenkung und taten, was Wyatt ihnen sagte. Einige der Schwestern sprachen gut Englisch, und den anderen übersetzten wir, was er sagte, und so gab es kaum Probleme mit den Vorbereitungen.

Wie ich es so innig gehofft hatte, war er großartig. In dem Moment, wo die Kinder ins Zimmer kamen, war er »voll da«, tanzte von einem zum anderen, zog ihnen Gummitiere aus Ohren und Haaren, die er ihnen dann schenkte, sang Nonsens-Lieder und brachte die Kinder dazu, singend mitzualbern. Er wechselte die Kostüme und Masken, ließ Feuer in seiner Hand entstehen und in die Luft hinaufschweben, wo es sich dann in bunte, vielförmige Rauchschwaden verwandelte. Er zog sich Rasierklingen aus dem Mund und ließ mitten in seiner offenen Handfläche eine Blume wachsen.

Die Kinder waren begeistert und erklatschten eine Zugabe nach der anderen. Er enttäuschte sie nie. Er jonglierte mit Bällen und benutzte mich gleichzeitig als seine Bauchrednerpuppe. Er führte brillante Pantomimen und Münzentricks auf ... Er hörte erst auf, als er sah, daß die Aufregung die Kinder erschöpfte.

Er schloß mit einem Satz, den ich noch nie gehört hatte und den er in drei Sprachen wiederholte. »Der, dessen Gesicht nicht leuchtet, wird nie ein Stern.« Als ich ihn später danach fragte, sagte er, der Satz stamme von William Blake und er habe ihn bisher nur ein einziges Mal gesagt, zu seiner großen Liebe. Ich fragte, was aus ihm geworden sei, und er sagte nur: »Er ging weg. Aber ich hoffe bis zum heutigen Tag, daß er wiederkommen wird.«

Wir tranken mit den Schwestern und Ärzten, die dabeigewesen waren, ein Glas Wein, und dann war es Zeit zu gehen. Im Gehen fiel mir ein, daß eins der Kinder, denen ich immer vorgelesen hatte, bei der Vorstellung gefehlt hatte. Als ich eine Schwester nach dem Mädchen fragte, wurde ihr Gesicht lang, und sie sagte: »Sie liegt im Sterben.« Warum sollte ich hier darüber erschrecken, wo es tagtäglich soviel Tod gab? Aber ich erschrak doch und fragte die Schwester, ob es möglich wäre, sie kurz zu sehen. Die Frau ging nachsehen, und Wyatt setzte sich und holte tief Luft. »Bist du sicher, daß du das wirklich willst, Arlen? Das macht die Dinge nicht leichter.«

»Ich weiß, aber ich muß es tun.«

Die Schwester kam zurück und sagte, ich solle ihr folgen. Wyatt stand auf, um mich zu begleiten, aber ich bat ihn zu warten. Er sagte, vielleicht könne er sie ein bißchen zum Lächeln bringen. Ich legte den Arm um ihn und küßte ihn aufs Ohr.

Wir gingen durch einige Flure und um einige Kurven. Ich atmete schwer und befahl mir, damit aufzuhören. Wir würden hineingehen, und wenn es sie freute, uns zu sehen, würden wir ein Weilchen bleiben, und vielleicht würde sie dann *wirklich* lächeln.

Aber es war schlimmer. Viel schlimmer. Als die Schwester sacht die Tür öffnete, war das Zimmer fast völlig dunkel, bis auf einen Lichtstreif, der vom Fenster halb aufs Bett fiel.

Das kleine Mädchen, Uschi Soding, lag als winziges, kaum erkennbares Etwas zusammengerollt unter den steifen weißen Laken. Sie hatte Magenkrebs, aber ich hatte sie noch als kahlköpfiges, fröhliches Kind erlebt, ein kleiner Frechdachs, der gern herkam und unter meinem Arm saß, während ich den Kindern vorlas. Einmal hatte sie mich plötzlich in die Brustwarze gezwickt und war in schallendes Gelächter ausgebrochen, als mir vor Schreck der Unterkiefer herunterklappte. Heute war fast nichts mehr von ihr übrig. Wenn sie noch lebte, merkte man das nur am Puls und am langsamen Öffnen und Schließen der Augen. Die Schwester flüsterte, sie könne jeden Moment sterben.

Es hätte mir das Herz zerrissen, wenn ich inzwischen nicht ihre Hände beobachtet hätte und was sie ganz langsam taten. Ich glaube nicht, daß Uschi uns bemerkte, und selbst wenn, war sie so müde, daß sie nicht hätte reagieren können. Statt dessen ruhten ihr Blick und ihre ganze Konzentration auf dem kleinen Gegenstand in ihrer Hand, der nur ganz leicht auf ihrer Brust auflag. Es war eine winzige silbern glänzende Windmühle, wie man sie in Souvenirläden in Amsterdam kaufen kann. Das Licht vom Fenster strömte über ihre Hand, und ich merkte erst nach einer Weile, was sie mit der letzten Kraft tat, die ihr Körper noch besaß. Langsam bewegte sie den Finger über die Windmühle, damit er das Licht abhielt. Dann nahm sie den Finger weg. Hin und weg, hin und weg. Hell und Dunkel, Hell und Dunkel. Mein Kopf fuhr herum, um zu sehen, ob Wyatt es auch bemerkte, aber er hatte sich abgewandt und starrte zu Boden. Die Schwester berührte meine Schulter und machte uns ein Zeichen, daß wir gehen sollten. Ich geriet in Panik. Ich mußte dableiben und sie noch eine Weile beobachten, um sicherzugehen, daß ich richtig gesehen hatte, aber dann merkte ich plötzlich, daß mich die Frau am Arm genommen hatte und mich in den Flur zurückführte.

Wir ließen den Kindern alles da, was wir in dem Zauberladen gekauft hatten, und verließen das Gebäude, jeder in sein eigenes Schweigen gehüllt. Ich wollte darüber reden, was ich gerade gesehen hatte, mußte aber erst noch darüber nachdenken.

Auf dem Weg zum Wagen sprach Wyatt, ohne mich anzusehen.

»Kennst du Claire Stansfield, Harry Radcliffes Freundin?«

»Klar. Ich hab früher bei ihr eingekauft.«

»Sie ist vor kurzem nach Südafrika gezogen. Harry hat mir erzählt, als sie das letztemal miteinander sprachen, hatte er fest vor, sie darum zu bitten, zu ihm zurückzukehren. Er würde alles tun, sie solle nur bitte zurückkommen, weil er nicht ohne sie leben könne. Alles. Na ja, kaum hatte sie ›Hallo Harry‹ gesagt, da wußte er, daß es aus war. Es gab keine Chance. Sie sei immer glücklich und beschwingt gewesen, wenn sie mit ihm telefonierte, und ihr ›Hallo‹ hätte immer sehr liebevoll geklungen. Diesmal aber sei es das dumpfste, kummervollste Wort gewesen, das er je von ihr gehört hatte.

Das Mädchen da drin, Arlen. Ich weiß ja schon lange, was mit mir passiert, aber zu sehen, wie dieses kleine … es war wie bei Radcliffe, als er das ›Hallo‹ hörte. Die anderen Kinder waren wunderbar. Man merkt, daß sie leiden, und doch sind es Kinder, die voller Leben stecken. Aber dieses eine Kind nicht. Mein Gott, ich wünschte, ich hätte es nicht gesehen. Es hat mich an meinen letzten Klinikaufenthalt erinnert. Und daran, wie ich enden werde.«

»Warte mal, Wyatt, ich muß dir etwas sagen.«

»Emmy!«

Noch bevor er ihren Namen aussprach, hatte ich mich schon umgedreht, denn plötzlich riß er die Augen auf, und der Ausdruck bitteren Kummers wich absoluter Verblüffung. Als ich sie sah, begriff ich auch warum. In der Zeit, die wir seit Lelands letztem Besuch zusammen verbracht hatten, hatte mir Wyatt unter anderem von dieser Emmy Marhoun erzählt und was Leland ihr angetan hatte. Sie war tot, ohne es zu wissen. Ich erinnerte mich daran, wie eifersüchtig ich an jenem Tag im Café gewesen war, weil mein Freund einmal eine Beziehung mit dieser großen Schönheit gehabt hatte, egal, wie lange es zurücklag.

»Wyatt, hallo! Ich freu mich ja so, dich zu sehen! Ich *muß* es jemandem erzählen. Es ist etwas Wundervolles passiert!« Sie hatte sich in Schale geworfen, als sei sie unterwegs zu einer Party. Wyatt machte uns bekannt, und ich war nicht ganz sicher, ob sie sich an mich erinnerte. Außerdem war sie viel zu aufgeregt, um sich dafür zu interessieren. »Habt ihr Zeit für einen Kaffee? Hier muß irgendwas in der Nähe sein, wo man hingehen kann.«

Wyatt sah mich an, und ich nickte. Ich wollte ihr Fragen stellen, jetzt, wo ich wußte, was mit ihr pasiert war. Vielleicht konnte sie uns irgend etwas sagen. Ich betete darum, daß sie uns etwas sagen konnte.

In der Straße, wo das Krankenhaus lag, war ein paar Häuser weiter eine kleine Espresso-Bar. Drinnen sahen wir, wie mittags üblich, Arbeiter und einfache Leute, die mit ihrem Glas Wein oder stärkeren Sachen herumsaßen, sich ruhig unterhielten und bei unserem Anblick einen Moment verstummten. Emmy achtete nicht darauf und zeigte fröhlich auf einen Tisch. Kaum hatten wir uns gesetzt, begann sie zu erzählen.

»Es ist so wundervoll. Ihr seid die ersten, denen ich begegne, ich muß es euch erzählen. Der Mann, den ich geliebt habe, ich meine *wirklich* geliebt habe, ist wieder in mein Leben getreten. Ist das nicht unglaublich? Ich hab ihn seit der Trennung nicht mehr gesehen, aber heute, vor zwei Stunden, ging ich die Obere Donaustraße entlang, und wer kommt auf mich zugeschlendert? Er. Ich meine, ist das nicht absolut unglaublich? In Wien? Und er war kein bißchen überrascht. Kam auf mich zu, gab mir einen dicken Kuß und sagte: ›Wie geht es dir?‹ Als hätten wir uns erst gestern gesehen.« Sie kicherte und tippte sich dann seltsamerweise ein paarmal auf die Nase. »Ich weiß nicht, wie lange es her ist, seit wir uns das letzte Mal gesehen haben, und ihr könnt mir glauben, das war wirklich eine schreckliche Zeit. Ich hab damals sechs Monate lang geweint. Aber heute war er da, und das Schönste ist, er hat sich gefreut, mich zu sehen! Er hat mich gefragt, ob ich heute abend mit ihm essen gehe.«

»Emmy, wissen Sie, wer ich bin?«

»Verzeihung?«

»Erkennen Sie mich? Wissen Sie, wer ich bin?« Ich beugte mich vor und starrte sie an. Sie *mußte* es wissen.

»Na ja, wer kennt Sie nicht. Sie sind Arlen Ford. Warum?«

»Erinnern Sie sich, wann wir uns begegnet sind?«

»Nein. Sind wir uns denn schon einmal begegnet? Ich würde mich doch erinnern, wenn ich *Ihnen* schon mal begegnet wäre.«

Wyatt und ich sahen erst uns an, dann sie.

»Wie heißt denn Ihr Freund?«

»Leland. Leland Zivić.«

»Was ist er von Beruf?«

»Er unterrichtet Literatur am Grinnell College.« Sie runzelte die Stirn, und ihr Blick ging zwischen uns hin und her. »Warum wollen Sie das wissen?«

Wyatt sah mich an. »Warum sollte er bei ihr den gleichen Namen benutzen?«

»Ich weiß nicht. Vielleicht bedeutet das etwas für ihn.«

»Was soll das heißen, der gleiche Name? Wovon sprecht ihr beide denn? Kennt ihr Leland?«

Irgendwo im Hintergrund läutete ein Telefon, aber ich achtete nicht weiter darauf. Mir schwirrte der Kopf vor Fragen und Möglichkeiten. Aber bevor ich etwas sagen konnte, kam ein Kellner an unseren Tisch und fragte, ob hier eine »Frau Marhoo« sei. Es sei jemand für sie am Apparat. Emmy stand rasch auf und ging mit nervöser Miene zum Telefon.

»Wer kann wissen, daß sie hier ist?«

»Rate mal, Arlen. Einmal darfst du raten.«

Wir beobachteten, wie sie den Hörer nahm, ein paar Sätze hineinsprach und dann auflegte. Sie winkte uns mit beiden Händen zu – eine Geste, die eindeutig besagte, daß sie sofort weg müsse. Bevor einer von uns reagieren konnten, war sie schon aus der Tür.

»Was geht hier vor?«

»Er macht Spielchen. Er wollte, daß wir sie sehen, und jetzt hat sie ihren Zweck erfüllt. Die Ärmste. Warum kann er sie nicht ...«

»Hallo, Kinder. Hat jemand die schöne Emmy gesehen?«

Er mußte aus der hinter uns liegenden Toilette gekommen sein. Er trug eine blaue Baseballmütze mit der Aufschrift »Japan Professional Baseball – Hanshin Tigers« und ein schwarzweiß kariertes Hemd, das wie ein Kreuzworträtsel aussah. Hemd und Mütze gehörten mir.

Er zog einen Stuhl zurück und setzte sich. »Wir waren zum Essen verabredet, aber sie ist nicht gekommen. Ich hab gerade angerufen, und sie hat gesagt, sie sei hier. Wahrscheinlich haben wir uns knapp verpaßt. Die Vorstellung hat mir sehr gefallen, Wyatt. Ich war der Junge links mit dem Kolostomie-Beutel.«

»Warum hast du sie gezwungen, uns zu treffen?«

»Ich hab sie nicht gezwungen; ich habe sie gelenkt. Weil ihre

Zeit gekommen ist, und ich dachte, ihr drei würdet euch vielleicht gern auf einen letzten Drink treffen.«

»*Ist* sie nicht schon tot?« Ich wollte es eigentlich in gehässigem Ton sagen, doch es klang nur ängstlich.

»Ja, aber heute ist der Tag, an dem sie es merkt. Ein großer Unterschied. Wir werden zu Abend essen, dann werde ich sie mit nach Hause nehmen und mit ihr ins Bett gehen, wie in alten Zeiten, und ratet mal, was passiert, wenn sie ihren Orgasmus hat – *rums.* Hättest du's gern so gehabt, Arlen? Unser wunderbares erstes Mal im Bett, aber statt dich mit Aids anzustecken und langsam und dramatisch wie Camille, deine letzte große Rolle, dahinzusiechen, würdest du einfach direkt den Löffel abgeben. Es ist noch nicht zu spät. Wir können uns immer noch was ausdenken.«

Er sagte das in entspanntem, scherzhaftem Ton. Ich hätte ihm am liebsten eine runtergehauen, aber das war dumm. Dem Tod eine runterhauen? Er hielt alle Trümpfe in der Hand, und wir waren nur zwei davon.

»Warum bist du da? Ist unsere Zeit gekommen?«

»Nein! Ihr habt noch eine Menge Zeit, um euch zu amüsieren. Ich bin gekommen, um euch etwas zu zeigen, das ihr vielleicht beide gern sehen wollt. Ich *glaube* es zumindest, also zeige ich es euch auf jeden Fall. Es ist originell. Ich finde die abgedroschene alte Tour so langweilig, daß ich mich immer bemühe, mir was Neues einfallen zu lassen. Manches davon ist gut. Nicht alles, aber manches.

Nun, Arlen, ich kenne dich. Du fragst dich, warum du es auf deine Art bekommen hast und Wyatt auf seine. Ich werde es euch zeigen. Ich werde es euch beiden zeigen.«

»Was denn?«

»Euer wahres Ich.«

»Was heißt das?«

»Jetzt sei nicht so ungeduldig. Wyatt hat seine Show nach seinen Vorstellungen gemacht. Jetzt bin ich dran.« Er klang verärgert, als hätte er sich ein dankbareres Publikum gewünscht. Wie menschlich. Aber ich vergaß dauernd, daß es ihm Spaß machte, den Menschen zu spielen, daß es ihn antörnte, verärgert zu sein. Bevor er weitersprach, rief er den Kellner, bestellte ein Bier und fragte uns, ob wir etwas wollten. Wyatt sagte: »Noch zehn Jahre?«, und Leland lachte so schallend, daß man alle seine Zähne sah.

»Phantastisch, Wyatt! Das liebe ich so an dir! Finky Linky in Hochform. Das steht zwar nicht auf meiner Tagesordnung, aber, he, man kann nie wissen, stimmt's? Das Leben ist komisch. Nein, ich werde euch beiden etwas viel Besseres schenken als zehn weitere Jahre. Ich schenke euch euer Leben.«

Wir müssen beide erstarrt sein, denn er hob die Hände, als wolle er uns zurückhalten. »Nein, nein, *so* habe ich das nicht gemeint. Ich werde euch euer Leben so schenken, wie es wirklich war.

Arlen, du bist doch der große Lyrik-Fan. Erinnerst du dich an Delmore Schwartz? Na komm, das Buch steht in deiner Bibliothek auf dem dritten Regal von unten. Er hat mir gefallen. Der Typ ist vor lauter Wissen verrückt geworden, aber keiner hat's gewußt. Eines seiner Gedichte ist besonders toll. Ich werde es mit meinen eigenen Worten wiedergeben müssen, weil ich keine Möglichkeit hatte, es so auswendig zu lernen wie die große Schauspielerin. ›Niemand kennt sich selbst wirklich, weil er nicht weiß, was der Rest der Welt von ihm hält.‹ Das trifft den Nagel auf den Kopf. Wir sind ja alle Freunde, also kann ich euch ein Geheimnis verraten. Das Problem ist, daß die Leute, egal wie gut sie sich zu kennen glauben, nie *wirklich* wissen, wer sie sind, weil sie keine Ahnung haben, was andere von ihnen halten.«

»Das hattest du bereits gesagt.« Ich konnte es mir nicht verkneifen. Der Satz rutschte mir so heraus.

Ein gemeiner Ausdruck huschte über sein Gesicht, aber dann lächelte er. »Nicht *ich*. Delmore. Und er hatte hundertprozentig recht. Was ich jetzt gleich tun werde, noch in dieser Minute, ist folgendes: Ich werde euch euer Leben noch einmal durchleben lassen, und ihr werdet ehrlich und vollständig wissen, was eure Umgebung denkt. Über euch, euer Leben und so weiter. Ich werde euch sogar in die Gespräche der Pflanzen und andere Überraschungen einweihen.«

Ohne daß ich auch nur eine Sekunde nachdenken mußte, machte mir diese Vorstellung angst.

»Und warum tust du das?«

»Ich tue es, um dir zu zeigen, warum ich dich nicht mag, und Finky, warum ich ihn mag. Das hast du dir doch insgeheim auf dem Grund deines kleinen Herzens gewünscht, nicht wahr?«

»Es ist mehr als das.«

»Es ist immer mehr als das, Schätzchen, aber ich möchte es nun mal tun, und damit basta.«

Der Kellner brachte das Bier, und Leland dankte ihm. Er trank einen langen Schluck und leckte sich den glänzenden Schaum von den Lippen. »Es ist die Erleuchtung. Manche Typen verbringen ihr ganzes Leben auf irgendwelchen Berggipfeln, um sie zu erlangen, aber ich schenke sie euch umsonst.«

»Dann erfahre ich also mehr darüber, was meine Mutter von mir gehalten hat?«

»Zum Teil. Zum Teil. Aber es gab auch Gutes, was du nicht wußtest. Auch das wirst du jetzt wissen.«

Wyatt streckte die Hand aus und legte sie auf Lelands Arm. »Ich will es nicht. Bitte tu es nicht.«

»Schon passiert.«

Folgendes habe ich erfahren.

Zuerst sprachen die Zellen. Sie sangen einander zu, während sie sich bewegten, teilten und gemeinsam wuchsen. Sie wußten genau, was sie zu tun hatten. Sie waren gute Arbeiter, denen das Bauen Freude machte, egal, was sie bauen sollten. Sie hatten keine Ahnung, was daraus werden würde; sie kannten nur ihre speziellen Aufgaben, und die führten sie aus und sprachen über

Ausrichtung, Winkel, Abstand und Entfernung. Wenn sie dumm waren, hatte das einen Sinn, und sie bedauerten nicht, daß sie so wenig wußten. Sie waren da, um dies zu erledigen, und das reichte ihnen. Es war ihr Leben. Sie hatten einen leichten Tod, weil sie keine Vorstellung vom Tod besaßen. Er kam, und sie starben. Sie hatten keine Namen, keine Identität. Andere wurden geboren, traten an ihren Platz und erledigten die gleichen Aufgaben. Ihre Arbeit war unglaublich schwierig, aber da sie diese Worte nicht kannten, war es einfach Arbeit, und die führten sie aus. Langsam, über Monate hinweg, summierte sich ihre Arbeit und wuchs, von Billionen von Stimmen erfüllt, die immer über die Aufgabe sprachen, darüber, was als nächstes kam, wer sich wohin bewegen sollte oder was noch zu tun war.

Das Bewußtsein entstand langsam, wie Honig von einem Löffel tropft. Empfindungen. Berührung. Was ist das? Das Bewußtsein entsteht, aber es ist weniger ein Hier-bin-ich als vielmehr die Entdeckung zusammenhängender Teile. Das ist jetzt da, aber vor einem Augenblick wußte ich es noch nicht. Es gehört hierher. Der Honig fließt in Spiralen auf den Tisch und bildet einen Berg, der schmilzt, wenn noch mehr Honig drauffällt, und der Berg beginnt von neuem zu wachsen, und alles wiederholt sich. Wenn das Tropfen aufhört, gewinnt die Lache langsam Gestalt und erreicht, wenn man sie läßt, ihre endgültige Form. Das ist die Vollendung. Das ist, was es ist.

Ich wurde am 1. September bei Vollmond geboren, und alle Gezeiten auf Erden, die Preßwehen meiner Muter eingeschlossen, kannten einander. Wie die Zellen wirkten sie in wundervoller Harmonie zusammen. Am Kap der Guten Hoffnung schoben sie den großen Fisch an Land, und es war ein Kampf voller Liebe und Achtung zwischen dem Wasser und ihnen, um zu sehen, wer gewinnen würde. Eine junge Marokkanerin sah zwischen ihre Beine und rannte schreiend zu ihrer Mutter, voller Schrecken angesichts ihres Frauseins, das gerade begonnen hatte. In der Türkei betrachtete ein Mann namens Haroun eine schlafende Frau und sagte innerlich ja zu ihr, weil die Entscheidung beim Mond lag und nicht bei ihm.

Das wußte ich alles. Als ich zur Welt kam, in das Blut und die Schreie meiner Mutter getaucht, wußte ich noch, daß es keinerlei Unterschiede gab, aber bald würde es sie geben, denn mein Verstand öffnete sich blinzelnd und zerbarst in Millionen von Unterscheidungen; die Ehrfurcht und der Strom des Lebensbeginns, wo du als erstes lernst, daß du ab jetzt für immer allein sein wirst, und was du eine Sekunde zuvor gemeinsam warst, ist vergessen.

Mutter haßte mich von Anfang an. Dieses Wissen war fast besänftigend. Sie haßte das Gewicht, den unreinen Teint und die seltsamen Stimmungen, den Bauch, über den sich ihr Lieblingssommerkleid spannte, und die ständigen Bedürfnisse ihres Körpers, der jetzt alles für zwei geben mußte, immer für zwei.

Sie hatte sich geirrt. Sie hatte gedacht, dieses Kind würde ihr Leben retten, ihm einen Sinn geben, ihr zeigen, wer sie war. Aber es bürdete ihr nur die Verantwortung für einen weiteren Menschen auf. Es kam ihr vor, als sei sie betrogen worden. Die Liebe war dran schuld, oder mein Vater, irgend etwas, ich am allermeisten. Ich war der Beweis für den Betrug, der fordernde, egoistische Beweis dafür, daß sie sich falsch entschieden hatte und keine Chance bekommen würde, diese Entscheidung jemals zu korrigieren.

Als ich älter wurde, vergaß sie, daß dies der Grund ihrer Verzweiflung war, und dachte andere Dinge über mich. Fast alle zaghaft, als versuche sie nach einem beinahe tödlichen Sturz wieder über die Oberfläche ihres Lebens zu gleiten.

Die Zellen sangen weiter, aber ich war ein Kind, und meine Verwirrung und große Freude verknüpften sich auf irgendeine Weise und übertönten ihre zarte Musik. Die Liebe kam und definierte sich jeden Tag neu für mich. Ich wollte sie haben, aber sie war so schwer zu fangen wie eine Fliege. Sie summte mir immer lauter ins Gesicht, ein neues Geräusch in meinem Kopf, aber wenn ich hinsah, war sie immer woanders. Die Welt, die ich kennenlernte, war bezaubernd und tückisch zugleich und erweckte in mir den Wunsch, ich könne in jedem Teil gleichzeitig sein, wie ich es einst mühelos gewesen war. Mühe. Ich lernte, was das hieß, aber es brachte mir nichts. Alles war jetzt so voneinander getrennt und sang sein eigenes Lied, das manchmal schön, manchmal schrecklich, aber sehr laut war und mit fürchterlicher Gewalt gegen mich prallte.

Der erste Mensch, den ich bewußt liebte – *bewußt* –, war eine große Frau mit einem schroffen Männergesicht, die beste Freundin meiner Mutter. Den bewußten Schmerz erlebte ich, als ich nach ihren Ohrringen greifen wollte und merkte, daß ich sie nicht erreichen konnte.

Mein Leben verging im Wirbel der Tage, und bisher unbekannte Dinge stürmten auf mich ein, die jetzt jedoch klar und verständlich waren. *Das* war Lelands Grausamkeit: Welchen Sinn hatte sie jetzt noch? Wenn ich es nur schon damals gewußt hätte, wäre das Leben dann *wirklich* besser gewesen? Hätte ich Menschen und Dinge, die mich liebten, wiedergeliebt? Wäre mein Leben unendlich viel besser verlaufen, wenn ich den Wert dieser herrlichen Geschenke gekannt hätte?

Während ich mein Leben lebte und alles ignorierte, was ich nicht wußte oder verstand, schnitzte ich eine ganz bestimmte Form aus mir, ja, aber die Späne und Schnipsel, die dabei abfielen, waren so unentbehrlich.

Lelands »Geschenk« war nur ein Trip in eine Hölle, die ganz und gar und hoffnungslos meine eigene war. Die Qualen dort wurden nicht durch Messer oder Flammen verursacht, sondern durch Nachlässigkeit und Gleichgültigkeit, Geringschätzung und Blindheit so vielen Dingen gegenüber; sie hätten mein sein und mir zur Ganzheit verhelfen können, waren es aber nie gewesen.

Ich habe keine Ahnung, wie lange dieses Erlebnis dauerte, aber als ich in mein jetziges Leben zurückkehrte, saßen wir immer noch zu dritt in der schäbigen Espresso-Bar, und der einzige

Unterschied war, daß Leland jetzt ein Frankfurter Würstchen in der Hand hielt und in ein kleines Häufchen gelben Senf auf einem weißen Teller tunkte. Ich sah ihn an, aber er blickte auf sein Essen. Ich war auf einen Schlag vollständig ins *Jetzt* zurückgekehrt, aber das Gefühl des Verlusts erfüllte mein ganzes Sein.

Als ich langsam zu Wyatt hinüberschaute, sah ich, daß er auf den Tisch starrte, und zwar, ich war sicher, mit dem gleichen Gesichtsausdruck wie ich – verwirrt, verloren, Lichtjahre entfernt. Ich hätte gern etwas gesagt oder zuerst seine Stimme gehört, statt Lelands heitere Drohungen. Wyatt sprach als erster, aber er sagte etwas, das nach dieser Erfahrung, völlig unerwartet war. Er sah vom Tisch auf, und in sein Gesicht trat ein verwunderter Ausdruck. »Ich hatte das alles vergessen. Komplett.«

»Was denn, Finky?«

»Die letzten Tage meines Vaters. Ich hatte diese ganze Zeit direkt vor seinem Tod vergessen.«

»War's schön?«

Wyatt öffnete den Mund und wollte etwas sagen, hielt aber inne. »Es – ja, ja, es war schön. Wirklich.«

»Siehst du, ich hab dir ja gesagt, es wird auch schöne Dinge geben. Wie war dein Trip, Arlen?«

Ich hatte nichts zu sagen. Das wußte er.

Wyatt begann wieder zu sprechen. »Unglaublich, daß ich das vergessen hatte. Kurz bevor mein Vater starb, war ich bei ihm und meiner Mutter. Er war in sehr schlechtem Zustand, und das einzige, wofür er noch Energie aufbrachte, war Wut. Wut auf das Leben, auf meine Mutter und mich. Wut auf alles.«

»Der Mann war nicht besonders glücklich, wie?«

»Er war sein ganzes Leben lang nicht glücklich, was hätte man am Ende erwarten können? Als ich ankam, gab ich mich lustig und lebhaft, um ihn aufzumuntern, aber es nutzte nichts. Ich redete mit ihm und las ihm aus seinen Lieblingsbüchern vor, aber er schrie alle paar Minuten vor Schmerzen oder Wut. Nach einigen Tagen wurde es sehr schwierig, und meine Mutter und ich beredeten lange, ob wir ihn ins Krankenhaus bringen sollten, aber keiner von uns brachte es übers Herz. Am Ende kam es dann doch dazu, aber es dauerte bis dahin noch eine Weile.

Eines Nachts wachte ich sehr spät auf, als ich ihn aufschreien hörte. Ich ging zu seinem Zimmer und begegnete an der Tür meiner Mutter. Da sie erschöpft war, schickte ich sie ins Bett zurück; ich würde mich so lange um ihn kümmern, wie er mich brauchte. Das hörte er und sagte lachend: »Ich brauch keinen von euch beiden. Ich will sterben, dann hab ich's hinter mir.«

Ich sah Leland an. Er zuckte die Achseln und sagte: »Sein Paps hatte recht – er nützte niemandem mehr.«

Wyatt fuhr fort, als habe der andere gar nichts gesagt. »Ich hab mich also in dieses dunkle Zimmer neben sein Bett gesetzt und gesagt: ›Paps, ich will, daß du mir vom schönsten Tag deines Lebens erzählst. Ich will alles hören. Jede Einzelheit, an die du dich erinnerst.‹ Mann, der war vielleicht sauer! Er wollte nicht übers Leben reden; er wollte Mitgefühl und irgendeinen Ausweg aus seinen Schmerzen. Aber nachdem ich eine Weile geschmeichelt und ihm gut zugeredet hatte, konnte ich fast sehen, wie er seinen Körper in eine bequemere Lage brachte. Erst klang seine Stimme rauh und übellaunig, aber mit der Zeit wurde sie sanfter, und je mehr er ins Erzählen kam, desto ruhiger wurde sie.

Komischerweise war es gar keine besonders interessante Geschichte. Sie drehte sich um einen Tag, den er während des Zweiten Weltkriegs auf der Insel Peleliu verbracht hatte. Er war jung und wußte, bei seiner Rückkehr wartete die Welt auf ihn. Er beschrieb mir die Insel und was an jenem Tag losgewesen war, er schilderte den Job, den er dort hatte, und andere Dinge. Einfach ein Tag im Leben eines jungen Mannes, der findet, daß er Glück gehabt hat, und noch nach all den Jahren erinnerte er sich, wie schön das gewesen war. Ich kitzelte jede Einzelheit aus ihm heraus, und obwohl er vielleicht wußte, was ich tat, erzählte er weiter, weil ihm die Erinnerung wohltat und die einzige Alternative seine Schmerzen und das dunkle Zimmer gewesen wären.

Als er fertig war, versuchte er es abzutun, als sei es nichts gewesen, aber das ließ ich nicht zu. Ich fragte ihn nach anderen Dingen, die ihm etwas bedeuteten, nach anderen Erinnerungen, die anzuschauen und zu erzählen irgendeinen Teil in ihm glücklich machten. Ich glaube, ich hatte mich ihm in meinem ganzen Leben noch nie so nah gefühlt.«

»Aber zwei Wochen später hast du ihn dann *doch* ins Krankenhaus gebracht, und er ist gestorben.«

Wyatt sah Leland an und blickte dann weg, als machten ihn seine Worte verlegen. »Ja, das stimmt.«

»Ach, ich bin einfach nur fies. Erinnerungen sind was Schönes. Manchmal stopfen sie beinahe die Löcher.«

»Darf ich dich um etwas bitten?«

»Oje.«

»Ich weiß nicht, ob du es kannst, aber ich muß es einfach fragen.«

»Schieß los.«

»Kannst du uns Gott zeigen?«

Leland legte die Wurst hin und wischte sich an einer Papierserviette die Finger ab. »Ich kann, aber ich müßte es auf eine Art und Weise tun, die ihr verstehen würdet. Sonst hätte es keine Bedeutung für euch.«

Wyatt legte sich die Hand in den Nacken. »Bitte. Bitte zeig uns Gott. Wenn wir sterben müssen, möchte ich das wissen.« Er wandte sich mir zu, immer noch die Hand im Nacken. »Einverstanden, Arlen?«

»Ja.«

»Okay, aber laßt mich erst meine Würstchen fertig essen. Das macht man besser mit vollem Magen.«

Wir sahen ihm zu, wie er seine Mahlzeit beendete. Er aß nicht langsam, beeilte sich aber auch nicht.

»Aber es wird wahr sein? Was du uns zeigen wirst, wird die absolute Wahrheit sein?«

»Die absolute Wahrheit. Ihr seid nicht die ersten, die mich

darum bitten. Es ist keine große Sache.« Er aß noch ein paar Bissen, ließ den Rest auf den Teller fallen und wischte sich die Hände an den Hosen ab. Er beugte sich zur Seite und griff in seine Jackentasche. Er zog eine Postkarte heraus und legte sie vor uns auf den Tisch.

Es war ein Bild der aus dem All fotografierten Erde. Bevor einer von uns etwas sagen konnte, hörten wir ein Geräusch. Ein Summen, eine Art fernes Grollen. Der Tisch und der Raum verblaßten, verschwanden, und ich wußte, daß ich plötzlich *im* All war und auf die Erde hinabsah.

Sie war gewaltig und nahm mein ganzes Gesichtsfeld ein. Das Blau der Meere und das Weiß der Wolken, das braune Land und die Umrisse der Kontinente aus solcher Nähe, aus diesem Blickwinkel, waren überweltlich. Ich begriff zum ersten Mal das Staunen der Astronauten, die Liebe der Menschen, die ihr Leben damit verbrachten, den Sternenhimmel zu studieren.

Nachdem dieses erste Wunder vorüber war, konnte ich hören und erkannte, daß das Geräusch, das ich anfangs gehört hatte, der Klang der Erde aus sehr weiter Entfernung war. Nein, das stimmte nicht ganz. Zum großen Teil bestand es aus dem Murmeln der Flugzeuge, die über den Himmel zogen. Tausende von Flugzeugen da und dort, mit Menschen und Fracht gefüllt, Hoffnungen und Zielen. Stattlich und gemächlich flogen sie vom Tag in die Nacht und wieder zurück, voller Selbstsicherheit. Das Geräusch wurde lauter, und ich hörte die Stimmen im Innern, die Gespräche von Menschen 9000 Meter über der Erde. Triebwerke und die Stimmen der Menschen, das Geräusch der Luft, die über die stählernen Leiber saust, die Aufregung bei der Ankunft, die warme Erwartung. Diese kleinen Lichter vor dem schwarzen Himmel, die durch die Nacht schweben, um silbern, zerbrechlich und doch unversehrt wieder ins Tageslicht einzutauchen. Die Erde, über der kreuz und quer in allen Richtungen Flugzeuge dahinglitten. Ich sah dies alles aus so großer Entfernung, daß ich es begreifen konnte.

Denn vielleicht *war* das Gott, die Erde und die Linien des Azimuts, und die Linien der Flugzeuge und die Linien der Gespräche und die Linien von allem, was sich vom einen Ende zum anderen bewegt, in alle Ewigkeit.

»Du hast dein kleines Haus so sauber und ordentlich gehalten, Arlen. Auf den Knien die Böden geschrubbt, alles makellos. Aber am Ende bleiben dir nur Chaos und Zusammenhänge, die du nicht verstehst. Es gibt keine Ordnung, nicht einmal bei Ihm; nur Starts und Landungen.«

Diesmal war ich nicht überrascht, wieder zurück zu sein. Statt ihn anzusehen, streckte ich die Hand über den Tisch und nahm die Gabel, die der Kellner ihm gebracht hatte.

»Hat es etwas geholfen, Finky? Hat es etwas geholfen, Gott zu sehen?«

Schweigen.

Ich sah nicht auf. Ich legte die Gabel auf den Tisch und schob sie vor und zurück. Ich legte den Finger auf den Griff, nahm ihn weg, legte ihn wieder drauf.

»Ich muß bald gehen und mich mit Miss Marhoun treffen. Gibt es noch irgendwelche Fragen oder Bitten? Noch ein bißchen Gott gefällig?«

Wenn mein Finger auf der Gabel lag, blockierte er das Licht von der Bar. Nahm ich ihn weg, hatte die alte Gabel einen matten Glanz.

»Hmm? Keine tiefschürfenden Probleme?«

Glanz. Kein Glanz. Hin und weg.

Er muß mich beobachtet haben, denn als er weitersprach, klang seine Stimme verärgert. »Was machst du denn da? Erinnerst du dich, daß deine Mutter gesagt hat: Mit Tafelsilber spielt man nicht?«

»Ich bin am Gewinnen.«

»Wie bitte?«

Hin und weg. Licht und kein Licht. »Ich bin am Gewinnen, Leland. Ich habe schon gewonnen.«

»Ach wirklich? Was gewinnst du denn, Arlen?« Jetzt klang seine Stimme belustigt.

»Das.« Ich hielt die Gabel hoch, immer noch ohne ihn anzusehen, drehte sie in der Luft, so daß aus jedem Winkel Licht darauffiel. Dann sah ich ihn an. Er saß lächelnd da, die Arme vor der Brust verschränkt.

»Laß hören, Schätzchen. Ich harre deiner Offenbarung. Diesmal kriegst du deinen Oscar. Schieß los.«

Ich sah Wyatt nicht an, weil ich Angst hatte, wenn er nur eine Miene verzog, würde ich aus dem Konzept kommen, und das durfte jetzt nicht passieren.

»Ich hab es kapiert. Ich weiß nicht wann, aber ich hab es kapiert. Vielleicht als ich sah, was Uschi im Krankenhaus mit der kleinen Windmühle tat. Oder durch Wyatts Geschichte über seinen Vater oder sogar ... oder sogar durch das, was ich einmal für *dich* empfunden habe. Es war nicht die Erde; es war nicht der Anblick der Erde, obwohl das geholfen hat.

Leland, du irrst dich total. Und das ist bemitleidenswert an dir, trotz all deiner Macht.

Bist du der Teufel? Oder nur der Tod? Oder etwas anderes? Egal, was du bist, du bist neidisch. Du bist neidisch auf alle Menschen, die je auf der Erde gelebt haben. Und weißt du warum? Weil dir *Grenzen* gesetzt sind und uns nicht. Trotz all der Macht, die du besitzt, und all der Furcht, die du uns einflößt, gibt es tatsächlich nur eines, was du kannst, und zwar, uns angst zu machen. Das kannst du auf unendlich viele Arten tun, aber *damit hat sich's.* Ich habe mal gelesen, daß Luzifer nicht deshalb aus dem Himmel verstoßen wurde, weil er Gott herausforderte, sondern weil Gott ihm gebot, den Menschen anzubeten und er sich weigerte. Ich weiß, warum Er dir geboten hat, uns anzubeten. Weil wir die Fähigkeit besitzen, schöpferisch zu sein und zu vergessen.«

»Oh, Schätzchen, ich bin *sehr* schöpferisch.«

»Ja, aber nur bei einer Sache, die viele Variationen hat. Wenn wir Bilder malen oder Kuchen backen oder uns verlieben, können wir das gleiche tun wie du – wir können es dazu benutzen, Chaos und Trauer zu schaffen. Schau nur, was du mir und Emmy angetan hast.

Aber dir sind Grenzen gesetzt, Leland, und das ist der springende Punkt. Du hast jemandem wie Uschi alles weggenommen, und da liegt sie im Bett, spielt mit dem Licht und ist ganz darin *versunken.* Wenn du in diesem Moment ins Zimmer gekommen wärst, hätte sie dich nicht erkannt. Und du weißt, daß das die Wahrheit ist. Du weißt nicht, was es heißt, in etwas versunken zu sein. Du kannst sie töten, aber du wirst nie nachempfinden können, wie sie sich *in* dieses Licht vertieft hat. Das geht über deinen Horizont. Deshalb hat Gott gewollt, was immer Er sein mag, daß du uns anbetest. Aber du hast es nicht verstanden. Durch etwas so Kleines wie daß man den Finger hin und her bewegt.« Ich strich mit dem Finger über die Gabel. »Du haßt uns deshalb so sehr, weil es *wirklich* Zeiten gibt, wo wir dich total vergessen. Den Schmerz und den Verlust vergessen …

Die Eigenschaften, die wir an anderen am meisten lieben, lassen uns dich vergessen; sie bringen uns zum Lachen, sie schlafen mit uns, sie tragen unsere Kinder unter dem Herzen, sie geben uns das Gefühl, wichtig und unsterblich zu sein. Nur das ist Ewigkeit – die Augenblicke, wo wir mit unserer Freude im Leben allein sind und dich vergessen.

Aber wir existieren immer für dich. Wir sind das *einzige,* das für dich existiert, und dafür haßt du uns. Und noch mehr haßt du uns, weil wir dich vertreiben können, mit solchen Kleinigkeiten wie einer silbernen Windmühle oder einer schönen Erinnerung, tollem Sex oder einem Picknick auf einem karierten Tischtuch unter einem Baum. Du gewinnst, ja, aber du mußt immer an uns denken. Wir müssen *nicht* immer an dich denken. Selbst wenn du schon so nah bist, können wir immer noch mit dem Licht spielen und dich vergessen, und das stinkt dir gewaltig.«

Einen Atemzug lang. Einen Atemzug lang sah ich in seinen Augen, daß es die Wahrheit war.

»Leck mich, Filmstar.« Er schob scharrend seinen Stuhl zurück, stand auf und ging.

Ich legte die Hände an die Wangen. Heiße Wangen, kalte Hände. Ich blickte auf den Tisch und sah die Gabel. Ich hätte sie gern berührt, traute mich aber nicht.

»Glaubst du, daß es wahr ist, Arlen? Daß es so einfach ist?«

Ich sah Wyatt an. Sein Gesicht war voller Hoffnung.

»Ja, ich glaube schon. Das heißt nicht, daß er nicht immer versuchen wird, es einem noch schwerer zu machen. Aber diesmal haben wir ihn erwischt, stimmt's?«

Wir brachen beide in Gelächter aus.

»Was passiert jetzt?«

Ich lachte immer noch. »Ich weiß nicht. Diese Frage stellen wir uns andauernd. Ich weiß nicht. Ich weiß nicht. Ich weiß nicht, Wyatt. Wir versuchen weiter, ihn zu vergessen und uns ganz in unser Leben zu vertiefen. Oder in das, was davon übrig ist.«

Er richtete sich auf. »Ich will jetzt heim. Ich will mit Jesse und Sophie über das hier reden, und dann will ich heim.«

»Darf ich mit dir kommen?«

»Nach Los Angeles? Du willst mit mir kommen?«

»Ich koch dir Suppen und halte deine Hand. Und ich will Rose sehen. Vielleicht hätte ich das schon die ganze Zeit tun sollen – mich um die Menschen kümmern, die ich liebe.«

Er streckte die Hand über den zernarbten, abgenutzten Tisch und nahm meine Hand. Seine war ganz warm, und meine war ganz kalt. Von jetzt ab würden wir einander helfen und ihn vielleicht, wenn wir Glück hatten, eine Weile vergessen.

»Ich koch dir Suppen und halte deine Hand.«

»Amen.«